KB253230

위대한 새중국

위대한 새중국

편자 김 재 용

원광대학교 한국어문학부 교수
한국근대문학 전공

식민주의와 문화 총서 14

위대한 새중국

초판 인쇄 2011년 6월 1일
초판 발행 2011년 6월 10일

지은이 이태준
엮은이 김재용
펴낸이 이대현
편 집 이소희
펴낸곳 도서출판 역락
　　　서울 서초구 반포4동 577-25 문창빌딩 2층
　　　전화 02-3409-2058(영업부), 2060(편집부)
　　　팩시밀리 02-3409-2059
　　　이메일 youkrack@hanmail.net
　　　등록 1999년 4월 19일 제303-2002-000014호

ISBN 978-89-5556-918-6 93810
정 가 18,000원

* 잘못된 책은 교환해 드립니다.

식민주의와 문화 총서 14

위대한 새중국

이 태 준 저
김 재 용 편

역락

깨어나는 아시아
─이태준의 세계인식과 '위대한 새중국'

1. 새로운 중국의 인식

이태준이 40여 일에 걸친 중국 여행에서 가장 놀랍게 본 것은 두 가지이다. 하나는 중국이 아편 전쟁 이후 구미의 압제와 침탈에서 허덕이다가 드디어 해방되었다는 점이다. 다른 하나는 중국 내부의 민주주의적 변화이다.

1949년 중국의 건국은 단순히 장개석 국민당과의 싸움만이 아니라 이들을 배후에서 지원하였던 미국을 중심으로 한 유럽 세력을 물리치는 것이기 때문에 외세와의 싸움에서 승리하는 것이기도 하였다. 알다시피 중국은 1840년대 아편전쟁을 계기로 하여 구미 세력의 침략 쟁탈의 무대가 되었다. 홍콩이 영국에게 넘어가고 상해 지역에 구미 열강들이 조차지를 만들었던 것 등이 대표적인 사건이다. 이후 일세기 동안 중국은 구미 세력의 침탈과 수탈에 시달려야 했다. 중국 공산당은 장개석 국민당을 배후에서 지지하는 미국을 이러한 침탈 세력의 하나로 간

주하였다. 그런데 이번 전쟁에서 중국 공산당이 국민당을 물리치게 되면서 그 긴 악몽에서 해방되었던 것이다. 그렇기 때문에 이태준이 새로운 중국에서 가장 감동적으로 읽은 것은 구미 외세로부터의 해방이다.

이태준이 새로운 중국에서 감지한 또 다른 측면은 민주적 관계의 진전이다. 억압적인 관계 속에서 살아왔던 사람들이 새로운 세계에서 갖는 자유로움에 대해서 깊은 감동을 받았다. 그가 자주 언급한 것은 토지개혁이다. 토지개혁 이후 이루어지는 농촌의 변화에 대해서 특별한 관심을 갖고 이야기하고 있는데 이는 중국 내부의 민주주의적 개혁에 대한 작가 자신의 지지이기도 한 것이다. 1947년에 북쪽의 토지개혁을 다룬 『농토』를 쓴 바 있는 이태준으로서는 중국의 토지개혁에 대해서도 남다른 관심을 가졌을 것이기에 중국 농촌의 방문에서 빼놓지 않고 언급하는 것이 바로 토지개혁 이후의 중국 농촌의 변화된 삶이다. 그런데 중국 내부의 민주주의적 변화에 대해서는 비단 이러한 계급적 관계에 그치지 않는다. 기차 칸에서 경험한 사람들 사이의 사소한 관계도 이태준에게는 중국 내부의 민주적 변화의 단면이었다. 기차의 승무원이 승객에게 대하는 태도가 결코 위압적이지도 않은 것을 보면서 "나는 새 중국에 와 40여 일 동안 어떤 사람과 어떤 사람 사이에도 명령조의 거센 소리가 오고가는 것을 한 번도 듣지 못하였다."라고 말하는 것 역시 이러한 맥락에서 이해할 수 있다. 사람과 사람의 관계가 과거처럼 위계적이지 않은 것을 목격하면서 이태준은 매우 놀라워하고 있다. 토지개혁을 통하여 농촌의 생산관계가 변하는 것은 이미 북한도 시행한 바 있기 때문에 그렇게 낯선 것이 아니다. 하지만 사람들이 다른 사람에 대해서 결코 명령조로 대하지 않는 것을 보면서 놀라워하는 것은 당시 북한과 대비되는 것이기에 더욱 신선하게 다가왔을 것이다. 이처럼 이태준은 새로운 중국을 보면서 두 가지의 현실 즉 구미 세력으로부터의 해방과 민주주의적 관계의 진전을 가장 눈여겨보았고 또한 이것이 중국의 새로운 모습이라고 평가하였다.

잘 알려져 있는 것처럼 이태준은 동양에 대해서 남다른 관심을 가졌던 작가이다. 근대 이후 한반도의 일상을 지배하기 시작하는 서구에 기원을 두고 있는 근대 자본주의의 물살 속에서 이태준은 고고하게 동양의 정신적 우위를 확신하면서 살아왔다. 하지만 그러한 인식으로는 거칠게 몰아치는 근대의 파고를 제대로 헤쳐 나갈 수 없다는 판단을 하고서는 이전의 도식으로부터 벗어나기 시작하였다. 세계를 바꾸려고 하는 것의 중요성을 깨달으면서 그는 이전의 상고주의적 동양주의 세계에서 벗어나기 시작하여 서양을 그 자체로 받아들이기 시작하면서 동양에 대해서 이전과는 다른 태도를 가졌다. 중일전쟁 이후 특히 1938년 이후 발표하는 이태준의 소설 예컨대 「패강냉」, 「농군」, 「영월영감」, 「장마」 등은 이러한 인식의 전환과 떼놓을 수 없는 작품들이다. 이러한 생각이 해방 후에 국제주의로 이어졌다. 「해방전후」에서 싹트기 시작한 국제주의는 『소련여행』을 계기로 한층 강화되었다. 이러한 사고의 연장에서 나온 것이 『위대한 새중국』이기 때문에 이 책은 동양에 대한 변모된 생각을 가늠할 수 있는 적절한 대상이다.

2. 동양에서 아시아로

이태준이 새 중국을 관찰하면서 반복적으로 언급하는 것이 바로 서구 침탈 역사와 그 극복으로서의 중국 해방이다. 장개석 군대를 물리친 모택동 중심의 중국 공산당이 중국을 통일한 것의 가장 큰 의의를 이태준은 서구 근대 침탈 역사의 극복이라고 보고 있다. 알다시피 장개석 군대를 후원하면서 중국 내전에 관여한 것이 미국을 중심으로 한 일련의 유럽 국가였다. 그렇기 때문에 장개석 국민당과 이들의 뒷배를 봐주고 있던 미국을 물리친 이 사건이 갖는 의미 중에서 유독 구미 세력의 침탈 극복을 강조하고 있다. 북경 관람을 마치고 상해로 들어가면서 본 양자강에 대한 다음의 묘사는 그가 얼마나 이 문제에 몰두했는가 하는 것을 여실히 보여준다.

> 세계에는 이 양자강보다 더 긴 강이 있기는 하다. 그러나 장강 연안이 인구가 조밀하며 황무지가 없어 물산이 막대하며 하구로부터 3천톤짜리 기선은 칠백 마일이나 되는 '한구'까지 올라가고 1천톤짜리 기선은 일천 마일이나 되는 '중경'까지 깊이 올라가므로 강이면서도 좌우에 큰 항구들이 연이어 있는 일대 해안의 역할을 하기 때문에 양자강은 그 존재 가치가 위대한 것이다. 이런 양자강은 거의 한 세기 동안을 차라리 없는 것만 못하게 미 영 강탈자들의 군함이 대륙 오지에까지 함포를 쏘아 댈 수 있게 이용되었다. 인민해방군의 남하 작전을 막아보려 미 영 불의 군함들은 이 장강에서 헤매며 최후 발악도 해 보았다. 그러나 오늘 양자강은 한때 악몽을 황해 밖으로 쓸어버리고 영원한 중국 인민의 복리의 장강으로 유유히 흐르고 있는 것이다.(본서 89쪽)

양자강이 근 한세기 동안 없는 것만 못하게 되었다는 것은 아편 전쟁 이후 유럽 강대국의 자본주의 침탈이 근 100년에 걸쳐 이루어졌다는 것을 의미하며 이번 중국의 해방이야말로 이러한 압제를 물리치고 드디어 중국이 중국 인민들의 것으로 변화하였음을 강조하는 것이다.

중국이 구미 세력으로부터 해방된 것에 관한 이태준의 인식은 비단 양자강에 그치지 않는다. 상해라든가 천진 등의 도시를 방문할 때 어김 없이 언급하는 것이 아편 전쟁 이후 이들 도시들이 얼마나 구미 세력의 억압에 시달렸는가와 이들로부터 벗어나는 해방의 노력이 얼마나 간고하게 이루어졌던가 하는 점이다. 또한 북경의 이화원을 관람할 때 영국에 의해 파괴된 건물들과 전각을 보면서 그들의 야만성에 대해 비판하는 대목 이러한 인식의 연장선에서 나온 것이다.

그렇기 때문에 이태준은 중국의 문화가 갖는 중요성을 자주 강조하면서 유럽중심주의에서 벗어나려고 한다. 북경 하늘을 수놓은 폭죽에 관한 이태준의 성찰은 그 대표적인 대목이다. 국경일을 축하하기 위하여 폭죽을 쏘아 올려서 북경의 하늘이 휘황찬란하게 물들어 있을 때 이태준은 화약에 대해 매우 뜻 깊은 성찰을 하고 있다. 화약을 처음으로 발명한 나라가 중국이라는 것과 또한 중국인은 이 화약을 평화적으로 사용한 반면, 유럽은 정작 화약을 만들어 낸 중국을 비롯한 아시아를 침략하는 데 이 화약을 사용하고 있다는 것이다.

> 저 화약을 세계에서 먼저 발명한 것이 중국이다. 중국은 화약을 먼저 소유했으나 건설과 경사를 위해 썼을 뿐 살인에 먼저 이용하지는 않았다. 그런 중국이 오늘 저렇게 굉장하고 찬란한 불놀이로 경축하는 이 승리야말로 앞으로는 인류가 화약을 살인에 쓰지 않고 그 발명한 본래 중국에서처럼 건설과 경축 오락으로만 쓰는 항구 평화세계를 위해 의의 깊은 전 인류적 승리인 것이다.(본서 46쪽)

화약을 중국이 먼저 만들어 내었고 이를 유럽이 살인에 사용한 것이 그 동안의 근대 유럽 중심의 역사였다면 이제 화약을 건설과 폭죽용으로만 사용하도록 하는 것이 바로 중국 국경일의 의미라고 하는 진술은 유럽중심주의에서 벗어나 있지 않고서는 어려운 것에 틀림없다.

알다시피 이태준은 작가 초기부터 유럽 중심주의에서 벗어나려고 노력하였던 인물이기에 이러한 인식이 그렇게 낯선 것은 아니다. 그는 유럽 근대의 문명이 아시아를 휩쓸고 있는 현실에 대해 결코 주눅들지 않았다. 그의 생각으로는 물질적으로는 유럽 근대의 서양 문명이 앞서 있지만, 정신적으로는 동양이 서양보다 윗길이라고 보았던 것이다. 그렇기 때문에 그는 유럽 근대 문명에 도취되지 않았다. 당시 많은 근대 한국의 문학가들이 서구 근대 문명의 위력 앞에서 왜소해져 유럽을 추수하기에 바빴던 것과는 분명 차이를 보여주었다. 그렇기 때문에 한국전쟁기 중국을 방문하여 중화인민공화국의 창건 두 해를 맞는 국경일의 폭죽놀이를 보면서 화약에 대해서 이렇게 생각하는 것이 갑작스러운 것은 아니다.

하지만 여기에는 중요한 차이가 있다. 과거 물질적 서양과 정신적 동양이라는 이분법 속에 가두어져 있을 때에는 서양과 동양만이 존재하였고 지구상의 다른 지역은 안중에도 없었다. 아프리카나 남아메리카와 같은 것은 시야에 없었다. 그런데 이번의 중국 여행기에서는 서양과 대비되는 동양은 더 이상 나오지 않는다. 동양 대신에 아시아에 주목하였다. 그렇게 됨으로써 더 이상 정신적 동양이란 개념은 그의 사유 속에서 자리 잡기 어려운 것이 되었다.

물론 이태준이 물질적 서양에 대비되는 정신적 동양의 개념에 대해 회의하면서 이를 포기하기 시작한 것은 이 무렵이 아니다. 중일전쟁 이후 일본이 중국을 침략하는 것을 목격하면서 정신적 동양이 들어설 자리가 더 이상 없다는 것을 명확하게 깨달았다. 동양이란 것도 철저하게 서구 근대의 세계에 편입되어 있기에 정신적 동양이란 것은 결코 현실에서 가능한 것이 아님을 알게 되었다. 또한 이러한 격랑의 현실에서 관조적인 삶을 영위하는 것이 결코 능사가 아니라는 것을 깨달으면서 실천에 주목하게 된다. 그리하여 세상을 바꾸어 나가는 인간의 실천이 갖는 의미에 대해서 깊이 생각하면서 이러한 노력을 하는 인물을 소설 속에 그리고자 하였다. 소설 「농군」, 「영월영감」에 나오는 인물들이 바로 이러한 작가적 노력의 산물이었다. 세상을 바꾸어 나가는 실천의 중요성을 강조하는 인물을 주인공으로 내세우면서 이전의 관조적 태도로부터 벗어나고자 하였다. 근대 세계의 흐름에 적응하지 못하고 패퇴하는 인물은 더 이상 이태준의 세계가 아니었다. 그렇기 때문에 이 시기에 이태준은 물질적 서양과 정신적 동양이라는 이분법을 넘어서서 물질적 세계라는 조건 속에 살고 있는 인간이 나은 삶을 위하여 억압을 깨고 실천하는 것의 중요성을 이야기할 수 있었다.

　세계 속의 아시아를 인식하기 시작하였다는 것을 상징적으로 보여주는 대목이 아시아 작가들의 모임에 관한 묘사이다. 당시 이태준을 비롯한 각국의 대표들의 숙소였던 북경반점에서 아시아의 여러 작가들이 모여서 아시아의 문학에 대하여 좌담회를 열었다. 중국 작가는 물론이고 인도 버어마 등지에서 온 작가들이 발언을 하고 상대방의 문학에 대해서 이해를 높이는 자리였다. 또한 이러한 좌담회를 기화로 앞으로 중국이 아시아 작가들의 대회를 열어 줄 것을 요구하는 발언도 있을 정도로 아시아 작가들의 모임에 대해 열의가 높았다. 그런데 이 모임은 더이상 아시아주의에 근거한 것이 아니었다. 아시아의 특성에 대해서 깊이 논의하는 것이기는 하지만 그것은 아시아의 특수성을 배타적으로 주장하는 것과는 거리가 멀었다. 아시아주의가 아시아 이외의 것을 배타적으로 대하는 것이라면 이 좌담회에서의 아시아에의 관심은 어디까지나 세계 속의 아시아였던 것이다. 그런 점에서 일제말 일본이 행하였던 대동아문학자대회와는 차원이 다른 것이었다. 이 모임의 이러한 성격을 보여주는 것이 이 좌담회 자리에 아시아 외부에서 온 작가들이 참석하고 있다는 점이다. 특히 흥미로운 것은 시인 파블로 네루다의 참석이다. 물론 소련에서 참가한 에렌부르그도 발언도 하였지만 당시 냉전적 대립의 세계질서를 생각하면 그 이상의 의미를 부여하기는 어려운 것이다. 하지만 파블로 네루다는 다르다. 그는 이 회의에 참석하여 발언하지 않고 아시아 작가들의 이야기만을 듣고 있었던 것으로 묘사되고 있지만 남미 칠레 출신의 그가 아시아 작가들의 모임에 합석하였다는 것 자체만으로 이 모임이 단순히 아시아주의에 뿌리를 두고 있는 것이 아님을 보여주는 산 증거이다. 미국을 중심으로 한 세계 패권 하에서 주변부의 문학가들이 서로 자신들의 의견을 나누는 그런 차원에서 이해될 수 있는 것이고 그 속에서 아시아의 문학이 이야기되고 있다는 점이다. 이태준은 남미에서 온 이 시인에 대해 큰 관심을 갖고 다음과 같이 적고 있다.

> 이날 저녁 네루다 선생은 새 조선문학 이야기에 깊은 관심을 가지고 들었고 자기는 발언하지 않았다. 그는 큰 키에 우람한 몸집과 깍지 않는다면 탐스러울 구레나룻의 얼굴이었다. 이 분은 미국 자본가들 밑에 피땀을 착취당하고 있는 칠레 광산노동자들 속에서 시를 써왔고 제2차 세계대전 당시에 벌써 미국이 앞으로 파쇼의 길을 걸을 것을 예견하여 미국 청년들에게 경종을 울리는 많은 시를 썼으며 미제와 자기 나라 반동정권의 갖은 박해 속에서 세계 평화를 위하여 싸워온 시인의 하나다. 이 네루다의 중

요 시편들은 중국에서도 번역되었는데 이 좌담회가 있은 다음 날 네루다
는 중국어판 자기 시집 한권에 내 이름을 한문으로 그림 그리듯 써서 보
내주었다.(본서 73쪽)

네루다로서는 조선에서 온 이태준에 대해서 각별한 관심을 가졌을
것으로 보인다. 왜냐하면 당시 한국전쟁은 아시아뿐만 아니라 전 세계
에 걸쳐 중대한 관심사였기 때문에 칠레서 온 네루다 역시 예외가 아니
었을 것이기 때문이다. 오히려 그는 이 문제에 대해 더욱 깊은 관심을
갖고 있었을 터이기에 이태준의 발표를 주의 깊게 들었을 것이다. 그가
이태준의 한문 이름을 그림 그리듯 써서 보내주었던 것 역시 이런 맥락
에서 이해할 수 있다. 반대로 이태준은 네루다를 통해서 남미에 대해서
새롭게 인식하였을 것이다. 일제하에서 제한된 지역밖에 모르던 이태준
으로서는 이렇게 남미에서 온 시인을 직접 만나 그의 시를 읽을 수 있
었다는 것 자체가 놀라운 경험이다. 네루다가 미국을 중심으로 한 세계
중심부 국가의 문학인이 아니라 주변부에서 온 문학인이고 또한 네루
다가 미국 패권에 대해서 대단히 비판적인 시인이기 때문에 이태준으
로서는 더욱 신선하게 여겼을 것이다. 구미와 아시아 이외에 존재하는
지구의 한 지역을 안다는 것은 아시아를 세계 속에서 볼 수 있는 지반을
마련해주는 것이라 할 수 있다. 이제 동양이 아니고 아시아인 것이다.

3. 민주적 아시아의 꿈

1942년부터 일본과 중국에서 매해 열렸던 대동아문학자대회에서 아
시아의 작가들이 아시아 문학의 미래에 대해서 논했던 것이 불과 몇 년

전이고 이태준은 이 대회에 참가하지는 않았지만 당시의 정치적 정황에 대해서 누구보다도 잘 알고 있었기에 이렇게 중국에서 열리는 아시아 작가 좌담회에 참석하여 발언하게 되었을 때 특별한 감회에 젖었을 것에 틀림없다. 이태준이 아시아주의에 빠지지 않을 수 있었던 것은 앞서 보았던 것처럼 아시아를 서양과 대비되는 동양으로 이해하는 것이 아니라 남미와 아프리카를 포함한 비서구 주변부가 세계 속에서 갖는 위상에 대한 이해가 전제되기에 가능한 것이었다.

이태준이 아시아주의에서 벗어날 수 있었던 데에는 아시아를 아시아 바깥과 연관하여 상상하는 태도와 더불어 아시아 자체 내부의 차이에 대한 준열한 성찰이 있었기에 가능한 것이었다. 아시아 내부 자체의 차이에 대한 이태준의 사유는 군국주의 일본의 존재와 조선의 독자성에 대한 천착에서 구체화되었다.

우선 군국주의 일본의 존재에 대한 이태준의 분석을 보자. 이태준이 이 기행문을 쓸 무렵은 미국과 일본의 샌프란시스코 강화조약이 체결된 직후이다. 잘 알려져 있는 것처럼 미국은 중국에서의 장개석 국민당이 대만으로 철수하면서 동북아시아에서 힘의 균형이 깨어지는 것을 우려하여 전쟁 당사자였던 일본을 끌어들여 자신의 진영으로 합류할 필요성을 강하게 느꼈다. 특히 1949년 중화인민공화국의 성립을 목격하면서 미국은 강한 위기의식을 가졌기에 일본과의 단독 강화조약을 맺었다. 일본은 전쟁의 폐허를 딛고 일어설 수 있는 기회라고 생각하여 미국의 대동아시아 정책의 첨병으로 나섰고, 이후 한국전쟁의 특수를 만끽하여 전후 재건의 발판을 마련해다는 것은 널리 알려진 일이다. 일본은 과거 자신이 저지른 식민주의적 억압에 대한 진지한 반성보다는 자신들의 위상 제고만을 염두에 두었다. 식민주의적 과거에 대한 반성이 없는 상태에서 동북아시아에서의 민주의의에 대한 거시적 관심을 기대하기는 어려운 것이다. 이태준은 일본이 민주적 아시아 건설의 일원이 되기보다는 아시아에서의 맹주국으로 재차 일어서려고 하는 것에 대해 이 책 곳곳에서 비판을 가하였다.

이태준이 민주적 아시아 건설에 남다른 관심을 갖고 있었음을 확인할 수 있는 또 다른 대목이 조선의 독자성에 대한 인식이다. 중국은 새로운 국가를 건립함으로써 자신들의 성취가 과거 전근대 문명의 위업에 그치는 것이 아님을 입증하였다. 전근대 중국의 문명이 세계 문명에서 차지하는 위상은 익히 잘 알려져 있다. 그런데 거기에 그치는 것이 아니고 이렇게 구미와 일본의 식민주의적 위협에 맞서 싸워 독립된 민주주의 나라를 건설하였기에 일본 식민지에서 벗어나서도 여전히 미소의 대립 속에서 독립을 성취하는 데 실패하고 나아가 이렇게 동족상잔의 전쟁을 겪는 분단된 나라의 지식인인 이태준으로서는 주눅이 들만하다. 특히 한국전쟁에서 북을 결정적으로 도운 것이 소련이 아니고 중국 지원군이었다는 사실을 고려하면 더욱 그럴 수 있다. 하지만 이 기행문 전체를 읽어 보면 중국의 건강한 모습에 대해 이태준이 찬사를 아끼지 않고 있지만 그렇다고 그것에 짓눌려 있지 않음도 동시에 확인할 수 있다. 다음 대목은 아시아 각국이 어떻게 자신의 독자성을 가지면서 민주적 아시아 건설에 이바지할 수 있는 가능성에 대해서 흥미로운 자료를 제공해주고 있다.

　나는 송시대 청자기를 볼 때 우리 고려시대 청자기를 연상하지 않을 수 없었다. 고려자기가 송자기의 영향을 받았을 것은 물론인데 고려자기는 그 색조에 있어 일단 발전하였고 독특한 상감기술을 창안하여 세계 애호가들이 소위 삼도수라 일컬어 애완하는 조선 독자의 도자기를 제작하였다. 이는 일본에는 물론 중국의 도자공예에도 다시 돌아가 영향을 주었다. 나는 과거 조중 문화교류에 있어 이런 아름다운 관계를 고서적들을 보면서도 회상할 수 있었다. 선명 수려한 송판본들과 명시대 '십죽재황보'를 비롯하여 인쇄서적도 특징적인 것들은 대개 진열되어 있는데 중국의 인쇄술은 물론 조선에 흘러 들어왔을 것이다. 그러나 조선에서 먼저 발명된 금속으로 주조한 활자는 다시 중국 출판 문화를 현대화시키는 데 획기적인 역할을 놀았던 것이다. 송자에서 물을 길은 고려자기는 세계 도자계의 여왕처럼 떠 받들린다. 중국판본 인쇄물을 모방하여 발전시킨 조선의 금속활자의 창안은 오늘 세계문명의 보고를 풍부히 하고 있다. 과거 조중 문화의 교류는 이외에도 아름다운 결실이 많을 것이다.(본서 51쪽)

　북경의 고궁 안에 열린 각종 전람회를 보면서 쓴 위의 대목은 이태준이 중국의 위력에 결코 주눅들지 않고 조선의 독자성에 대해서 지속적으로 사고하였다는 것을 보여준다. 당시 이태준은 중국과의 강한 연대를 보여주었다. 자신이 전선에서 보았던 중국인 지원병들에서 깊은 감명을 받는데 그것은 미국과 그 하수인으로 전락한 일본의 패권에 맞서 중국의 병사들이 함께 싸우고 있다는 점 때문이다. 또한 중국의 농민들이 올해 농사를 잘 지어 이를 조선에 보내 주어야 한다고 하는 대목에서는 이루 말할 수 없는 감사함을 드러내었다. 이처럼 중국의 도움을 일방적으로 받고 있는 정황에서 중국과 다른 조선의 독자성을 강조하고 이를 기반으로 이루어지는 두 나라 간의 문화적 교류를 '아름다운 관계'라고 말할 수 있는 것은 결코 쉽지 않은 것이다. 이렇게 당당하게

나올 수 있었던 것은 그가 민족주의자거나 혹은 국민주의자이어서가
아니다. 민주적 아시아를 건설하고 이를 바탕으로 인류의 평화를 다지
기 위해서는 아시아 자체 내부에서도 그 차이를 인정하고 이를 근거로
서로 만나야 한다는 것에 대한 인식이 있었기 때문에 가능한 것이다.
강한 나라가 다른 나라를 무시하고 인정하지 않는 것은 더 이상 발을
붙여서는 안 된다는 것이다. 차이를 인정하면서 그 속에서 연대를 강화
할 때만이 과거 식민주의에서 아시아가 벗어나 새로운 가치를 창출할
수 있다고 보는 것이다.

이태준의 이러한 태도는 비슷한 무렵 일본에서 아시아에 대한 재인
식을 주장한 다케우치 요시미(竹內好)와 비교할 만하다. 알다시피 다케우
치 요시미는 일제말 대동아공영권론을 비판적으로 이어받기를 주장한
사람이다. 전후 일본에서 대동아공영권 논리가 거론할 가치가 없는 것
으로 받아들여지고 있을 때 그는 그 자체를 비판하면서도 그 속에 내재
해 있는 아시아 연대의 부활을 강조하였다. 유럽 근대의 이식 이후에
아시아가 자신에 대한 성찰 없이 무분별하게 서구 근대를 추수하였기
때문에 이제 그러한 근대주의에 대해서 비판하고 넘어서야 한다는 것
이 그의 주장이었다. 그 자신 전쟁 말기에 일본의 식민주의에 대해서
비판하였지만 한때 대동아공영권의 의의에 대해서 글을 쓴 적이 있을
정도로 이 문제에 대해서는 남다른 관심을 가진 바 있기에 이런 생각을
할 수 있었던 것이다. 문제는 전후에 아시아의 연대를 주장하면서 그가
모택동을 중심으로 한 중국혁명과 노신에 대해 갖는 태도이다. 일본의
좌파들이 자기 현실에 충실하지 못하여 실패한 반면, 중국의 좌파들은
자신의 현실과 전통에 충실하였기 때문에 이러한 혁명을 가져올 수 있

었다고 강조(竹內好, 「日本人の 中國觀」, 『日本とアシア』, 筑摩書房, 1966, 58쪽)
하면서 중국의 혁명을 이상화시켰다. 천안문 사태에서 볼 수 있는 것처
럼 중국의 구좌파들에 의해 이루어진 혁명은 바람직하지 않은 요소도
내부에 많이 포함하고 있었다. 이런 가능성을 염두에 두지 않고 중국
혁명의 성공에 과도하게 집착한 나머지 중국을 이상화하는 그의 태도
는 이후 일본 내에서 비판의 대상이 된다. 일본의 국가주의가 나라를
망쳤고 이에 맞선 좌파들마저 이를 막지 못하였던 일본의 현실을 고려
할 때 혁명에 막 성공한 중국의 좌파들을 전후 시기에 이렇게 이상화시
키는 것이 어느 정도는 이해가 간다. 하지만 중국을 이렇게 일방적으로
미화하고 그 속에서 자신이 속한 일본을 일방적으로 비판할 때 중국은
거울로서의 역할도 제대로 하지 못하게 되는 것이다. 이태준은 '아름다
운 관계'를 말하였다. 중국의 영향을 받으면서도 거꾸로 중국에 영향을
주는 조선의 모습을 상상하였다. 중국과 조선에 대해 가해자였던 일본
속에 성장한 지식인과는 다른 차원에서 민주적 아시아 건설의 꿈을 갖
고 있던 이태준에게서 지적 여유를 읽을 수 있다. 노신에 대한 두 사람
의 미세한 차이도 이런 차원에서 생각해 볼 수 있을 것이다.

4. 온전한 이태준론을 위하여

이태준의 중국기행문을 오늘날 우리의 시각에서 보면 비판할 수 있
는 여지가 많다. 우선 들 수 있는 것이 한국전쟁에 대한 태도이다. 이태
준은 한국전쟁을 남쪽의 침략에 따른 북쪽의 반격이라고 인식하고 방
어적 전투를 하는 일은 평화를 지키는 일이라고 생각하였다. 그렇기 때

문에 평화를 지키는 나라의 일원으로서 중국에 모인 세계 각지의 지식인들 앞에서 평화를 역설하였다. 실제로 이태준이 당시 한국전쟁의 진상을 모르고 이렇게 생각했을 가능성도 있다. 한국전쟁의 결정이라는 것이 극히 제한된 상층부에 의해 이루어졌으며 또한 전쟁이 남쪽에 의해 감행되었고 북쪽이 반격한 것이라고 선전되었기 때문에 진상을 알 수 있는 위치에 있지 않았던 이태준으로서는 이런 생각을 자연스럽게 할 수 있다. 사정이 그렇지 않다면 실제로 전쟁을 누가 먼저 시작했는가와 무관하게 해방 후에 한반도에 조성된 정세의 연장 속에서 한국전쟁을 이해했을 가능성도 있다. 한국전쟁이 일어나기 직전에 발표한 「먼지」에서 주인공이 삼팔선 근처에서 총에 맞아 죽는 것으로 설정한 것을 감안하면 이런 가능성도 충분히 존재한다. 미소 공동의 철수를 거부하면서 한반도에 개입하려고 했던 미국으로 인하여 이미 전쟁은 시작된 것이나 마찬가지이기 때문에 근본적으로는 외세의 개입으로 인해 전쟁이 촉발된 것이나 다름없고 따라서 미국을 비판하는 것이 곧 평화의 사수라고 생각할 수도 있었던 것이다. 그 어느 쪽이든 오늘날의 시각에서 보면 그 제한성을 어렵지 않게 말할 수 있다.

다음으로는 소련을 중심으로 한 세계질서 속에서의 민주적 아시아 건설의 역사상이다. 미국과 소련의 대치라는 냉전적 대립 속에서 소련을 중심으로 한 국가사회주의에 대해서 과도한 기대를 가지고 있던 이태준이었기에 곳곳에서 냉전적 이분법을 벗어나지 못한 인식을 드러내고 있다. 이태준은 잘 알려져 있는 것처럼 『소련기행』을 통해서 냉전적 세계인식에 접속되었고 1949년의 2차 소련 기행문을 통해 그것이 한층 강화되었다. 물론 이러한 대립이 1949년 중반 이후 한반도에서 전쟁으로 비화될 수 있을 정도로 격화되는 것을 보면서 이에 대해 경계를 하는 듯한 태도를 「먼지」에서 보여주기도 하지만 기본적으로 냉전적 대립에서 세계를 이해하는 관점은 극복하지 못하고 있었다. 이러한 태도는 중국 기행문에서도 간헐적으로 등장하고 있는데 민주적 아시아 건설이라는 그의 꿈이 자주 소련을 중심으로 한 세계 질서와 연관되어 이야기 되곤 하는 대목이 그 증거이다.

이태준의 중국기행문이 내장하고 있는 이러한 시각상의 문제점을 간과해서는 안 되겠지만 일제시대 이후 이태준의 문학적 사상적 도정에서 이 기행문이 갖는 의미를 놓쳐서도 안 될 것이다. 한국의 근대 작가들은 서구 근대의 격랑 속에서 살아야했기 때문에 이것에 대한 고민이 문학적 사유의 핵심이 될 수밖에 없었고 이태준 역시 이러한 시대를 반성적으로 성찰하면서 문학적 작업을 행했으며 『위대한 새중국』은 그 과정의 산물이었다. 그렇기 때문에 이태준 생애에 있어 마지막 저술이라고 할 수 있는 이 기행문에서 이태준 문학의 사상적 궤적을 확인하고 그것이 주는 의미를 읽어내는 것은 일정한 의의를 갖는다고 할 수 있다. 『위대한 새중국』이 드러나면서 이태준 문학의 전 도정이 이제 수면 위로 부상했다고 생각한다. 그런 점에서 그의 문학 전반을 대상으로 하는 온전한 이태준론이 가능할 수 있는 길이 열린 셈이다.

본서 작업에 도움을 준 유임하 교수께 감사를 드린다.

2011. 5.

김재용

차 례

일러두기

이 책은 리태준, 『중국기행－위대한 새 중국』, 평양, 국립출판사, 1952년판을 저본으로 한 것이다. 원문이 북한식으로 표기되어 있어서 우리말 표기로 바꾼 경우는 다음과 같다.

1. 강조하는 경우 작은 따옴표(' ')로 통일했고, 인용이나 대화의 경우 큰따옴표(" "), 신문과 책명의 경우 큰 꺽쇠(『 』), 작품명의 경우 작은 꺽쇠(「 」)로 통일했다.
2. 표기상 두음법칙을 인정하지 아니하는 북한식 표기는 "리태준→이태준"의 경우처럼 우리말에 근거한 표기로 모두 바꾸었다.
3. 중국 인명과 북한 인물 표기는 모두 저자의 표기방식에 따라 발음 위주로 바꾸었다. 이외에도 "되였다→되었다." "원쑤→원수"로 바꾸었다.
4. 외래어 표기의 경우, "까든뿌리지→가든브리지"로 바꾸었다. 국가명의 경우 북한식 표기인 "웽그리아(헝가리)" "비르마(버마)" "오태리(오스트리아)" "백이의(벨기에)" 등은 처음 나오는 단어에만 각주로 국가명을 부기하였고 본문에서는 그대로 두었다.
5. 기행문 전체에 한자가 부기되지 아니하여 뜻을 짐작하기 어려운 경우 각주에다 뜻을 풀이하였다.
6. 이 책에서는 띄어쓰기 또한 북한식의 음절 단위 표기로 되어 있어서 한글맞춤법 표기에 따랐음을 밝혀둔다.

위대한 새중국

북경으로

10월 1일은 우리 형제나라이며 우리 전우의 나라인 중화인민공화국의 국경절이다. 자기들의 위대한 승리와 창조의 축전인 건국 명절을 두 돌 째 맞이하여 중국 '총공회'를 비롯한 전 인민적 단체들은 세계 우호 각국에 인민대표 관례단을 초청하였다. 나는 이번에 다행히도 우리나라로부터 가는 이 우방 국경절 관례단의 일원으로 오래 두고 그리워하던 중국으로 떠나게 되었다.

중국! 이는 매우 오랜 나라다. 이는 가장 오랜 역사와 가장 먼저 발달된 고대 문명국의 하나다. 동양에서 널리 써온 한문자를 창조한 나라며 세계에서 화약을 먼저 발명했으며 만리장성을 쌓았으며 세계 어느 박물관에 가든지 가장 중요한 케-스[1] 속에 놓여있는 상주의 청동기와 한의 칠기와 당의 삼채와 송명의 화려한 도자기들을 제조한 나라다. 오

---

1 케이스.

래고 넓고 많은 인구와 자원을 가진 이 나라에는 또한 많은 낡은 것으로 엎치고 많은 침략자들의 그물로 덮치어 무한 암담하고 혼란한 나라이기도 하였다. 어디보다 뿌리 깊은 봉건의 나라였으며 드센 군벌들의 나라였으며 모욕으로 찬 외국 조계들의 나라였다. 세계 인구의 사분지 일이나 되는 다수한 인민이 장구한 세대에 걸쳐 이중 삼중의 억압 속에서 신음한 나라다.

이런 중국은 우리 조선과 가장 가까이 이웃하여 있다. 정치적으로 문화적으로 관계가 깊었으며 근대에 있어 외국 자본주의 침략 하에 같은 운명으로 신음하였다.

중화인민공화국! 이는 가장 나 어린 새 나라다. 중국 인민해방군이 한때 여덟 강도국가 군대가 상륙하여 제마끔[2] 둥지를 틀고 앉았던 천진을 해방시키며 유구한 봉건역사로 굳게 잠긴 북경 성문을 열어젖뜨린 것이 바로 어제 같던 중화인민공화국이다. 미·영·불의 군함들이 가로막고 나섰으나 드디어 장강을 넘어 장개석의 매국(賣國) 수도 남경을 해방시키고 중국의 최대 도시 상해를 해방시킨 것이 어제 같던 중화인민공화국이다. 갖은 봉건 독소와 갖은 제국주의 침략의 추악한 것으로 뒤엉킨 낡은 중국을 자리 말듯 걷어버리고 그 넓고 비옥한 새 대륙 위에 현란히 일어선 새 중화인민공화국! 이 위대한 승리와 창조를 수행한 중국인민에게 누가 축복하지 않으며 이 위대한 승리와 창조를 영도한 중국공산당과 중국인민의 수령 모택동 주석에게 누가 최대의 경의와 흠모를 아끼랴! 중화인민공화국은 전체 아세아에서 제국주의 침략을 청

산하는 불패의 기지로 되었으며 세계평화 확립을 위한 또 하나의 위대한 정세로 올려 솟은 것이다. 새 나라 중화인민공화국은 자유와 평화를 애호하는 전 세계인민들의 새 축복의 땅이 아닐 수 없다. 이런 중화인민공화국의 4억 7,500만 인민들은 오늘 조국해방전쟁에 궐기한 우리 조선인민을 도와 한 원수 미제 침략군대를 격멸 구축하기에 한 전호 속에서 싸워주는 것이다. 중화인민공화국을 향하여 떠나는 우리 조선 관례단의 마음은 더 감축스럽고 더 뜨거운 우애에 설레었다.

9월 27일 황혼 직총의 현훈, 여맹의 조복례, 평화옹호 전국민족위원회의 정성언, 민청위 김봉호 영웅, 민주조선의 임성학, 그리고 필자 여섯 명의 우리 일행은 발바리 두 대에 나눠 타고 평양을 떠났다.

며칠째 공중전에서 참패를 거듭한 미군 공중 강도들은 낮에는 보이지 않는 고공에서만 얼씬거리다가 날이 저물기가 바쁘게 머리 위에 낮추[3] 떠 잉잉거리기 시작하였다. 하늘은 별 하나 볼 수 없게 흐렸다. 거의 십 분에 한 번씩은 길옆과 산등에서 "항공"[4] 소리 아니면 불을 끄라는 신호로 총소리가 일어났다.

우리는 길을 순천 쪽으로 잡았는데 '사인장'을 지났을 때다. 지척에서 산이 갈라지는 듯한 폭음과 함께 불기둥이 치솟고 그 곳 산골짜기는 마치 용광로가 터진 것처럼 흙도 바위도 불덩어리로 이글거리고 있었다. 놈들은 군데군데 관등놀이 하듯 조명탄을 달아 놓기도 하였다. 어떤 데는 한군데다 대여섯 개씩 달아놓아 차들이 불을 끈 채 달리기에 제격이요, 오래간만에 정말 불놀이나 바라보는 듯한 착각도 해롭지 않

---

3 낮게.
4 비행기의 공습을 알리는 말.

있다. 예전 우리 선조들의 중국 다니던 기록을 보면 무인지경에서 밤을 지날 때 무서운 것이 늑대와 범이라 하였다. 사람과 말을 물려 보낼까 보아 밤새도록 화톳불을 놓고 번을 서 짐승을 지켰다더니 오늘 우리는 미제야수들 때문에 불을 끄고 밤길을 가야 하는 것이다. 그러나 중국 다니는 길에서 화톳불을 놓고 범과 늑대를 경위하던 것이 오늘에 와 옛말이 된 것처럼 미제 야수들 때문에 차들이 불을 끄고 밤길을 다니는 이것도 며칠 안 있어 옛말이 되고야 말 것이다.

×　×　×

28일 저녁 아직 해 있어 우리는 안동으로부터 마중 온 우리 대사관 연락소 차로 압록강을 건너게 되었다.

항미원조 안동분회의 석 주임을 비롯한 안동시와 안동 민청간부들의 뜨거운 영접으로 안동 시내에 들어가 교체처에서 쉬었고 심양 가는 밤차에 오르기까지 나는 안동 거리들에서 골목길에서 정거장에서 될 수 있는 대로 많은 사람들과 많은 풍물에 시선을 더듬었다. 나는 경쾌하게 달리는 열차 침대에 누워 절로 떠오르는 한 가지 회상에 잠기지 않을 수 없었다.

지금부터 삼십여 년 전이다. 나는 십 오, 육세 소년 때 직업을 찾아 전전하여 안동에까지 온 일이 있었다. 정거장 근처와 재목 끌어올리는 부두 근처와 진강산 공원에서 많은 노동자들과 걸인들과 더불어 며칠 지내본 일이 있다. 그때는 버리끈을 잡은 노동자들도 성한 옷을 입은 사람은 하나도 볼 수 없었다. 한두 끼씩 굶지 않은 사람이 별로 없어

거지와 도적이 따로 있는 것이 아니란 인상을 강하게 받았었다. 어떤 전당포 앞에서도 직업을 잃은 한 청년을 도적이라고 하수도 속에 몰아넣고 일본 순사 놈들이 총으로 쏘아 죽여서 끌어내는 것을 보았다. 일본놈들이 '게다'를 끌고 중국인 참외 장사에게로 와서 배불리 먹고 나중에는 먹던 것을 뱉으며 썩은 것을 판다고 트집을 걸어 돈을 안내는 것은 고사하고 게닷발로 차고 때리고 유유하게 가버리는 것도 보았다. 이런 날도적들을 잡아가는 경찰이 없을 뿐 아니라 이 왜놈 앞에 눈 한 번 마주 흘기지 못하고 있었다.

오늘 중국은 중국의 한끝인 이 변강도시 안동에서만 잠시 보아도 전혀 딴 천지로 되었다. 그 간악하고 거만스럽던 외국 강도 놈들은 그림자도 없이 사라졌고 길이 메는 많은 사람들 속에 남루한 옷을 볼 수 없다. 거지도 아편쟁이도 해만 지면 골목마다 나앉던 매춘부도 그 흔하게 벌어지던 싸움판도 주정꾼도 눈에 띄지 않는다. 수지쪽[5] 하나 거리에서 본 기억이 없다. 깨끗하고 튼튼해 보이는 남빛 옷들과 혈색 좋은 얼굴들이 어떤 인상적인 영화를 구경한 날 밤 같이 잠시 지나본 새 안동 거리의 인상으로 머릿속에 깊이 찍혀져 떠오른다. 특히 남녀 간 스텐 칼라의 공작복을 입은 사람들이 빈번히 지나갔다. 그 전에 철망이나 실그물을 몇 겹 두르고는 간색만 보이던 토점의 상품들이 만져보기만이라도 해달라는 듯이 가린 것 없이 풍성하게 진열되어 있고 특히 그전 안동에서는 보기 드문 감, 귤, 바나나 같은 남방 산물들이 흔하게 벌어져 있는 것이다.

---

5 휴지조각.

오늘 안동에서 쓰는 돈은 그 돈 그 품이대로 전 남중국 서중국 각지에서 그대로 쓴다고 한다. 돈이 그렇듯이 대륙 동서남북 각지에서 나는 물건이 그대로 동서남북 각지에 퍼지되 모리간상의 손으로가 아니라 국가 계획에 의하여 싼 값으로 교류되는 것이라 한다. 옛날 중국의 어느 임금은 애첩에게 몇 천리 밖에 나는 '여지'라는 과실을 먹이기 위하여 기병들을 동원시켰다 하거니와 오늘 새 중국에서는 천하 만인의 식탁에서 몇 만 리 밖 과실과 반찬이 제 고장 물산처럼 풍성하게 오르게 되었다.

인민들의 생활은 풍성해지고 다채로워졌다. 인민들의 자기 주권에 대한 신뢰와 항미원조에 대한 정치적 각성은 다시금 고조되고 있었다.

나는 심양에서 9월 29일부 『동북일보』를 보았는데 석 달 전에 전 동북성시 공작과 회의에서 고강 동지로부터 동북 노동자들에게 호소하기를 금년 말까지 식량 오백만 톤 가격에 해당하는 물자를 증산하며 절약하기를 제의한 바 있었는데 그것이 불과 석 달 동안에 500만 톤의 배 1천만 톤 가격을 초과하였다고 보고되고 있었다.

이 증산과 절약에서 얻은 가치는 4,200여 대의 로켓 비행기 대가에 해당한다는 것이다. 그뿐만 아니라 전 중국적으로는 비행기와 대포 기금을 헌납하는 애국운동으로서 국경절을 맞이하자는 대중적 운동이 일어났는데 이 액수는 9월 25일 현재 9,970억 이상에 달하여 곧 1만억 원을 돌파하리라고 보도되고 있었다.

중국은 물론 많은 인구를 가졌다.

그러나 공화국이 되어서야 갑자기 쏟아진 인구는 아니다.

중국은 풍부한 자원과 광대한 토지를 가졌다. 그러나 공화국이 되어서 비로소 드러난 자원이나 대륙은 아니다. 문제는 자기들의 정권이요, 노예 아닌 노동이요, 자기 자신들의 땅인데 있는 것이다. 이 진리에서 올려 솟는 인민의 무진장한 잠재 역량은 위대한 쏘연방을 비롯하여 모든 인민정권인 나라들의 급속히 융성 부강하는 공통의 원천인 것이다.

× × ×

국경절의 전날 아침 일곱 시에 우리는 북경에 닿았다.

차창이 밝았을 때는 이미 천진을 지난 때로 무연한 벌판에 곡식밭들이 지나간다. 고구마 낙화생 수수가 대부분인데 땅은 사질[6]이었다. 집들이 짚이나 기와가 아니라 지붕을 맨흙이나 혹은 회와 시멘트로 발랐다. 조그마한 물웅덩이만 있어도 집오리들이 떼를 지어 떠 있다. 마을마다 금별 뜬 붉은 기와 국경절 구호 드림[7]들이 퍼덕인다.

서쪽으로 멀리 태행산맥이 드러난 지 얼마 안 있어 기차는 높은 성벽 밑을 달리기 시작한다. 회색 벽돌성인데 성 틈에 뿌리를 박은 나무가 노목이 되어 드리운 것도 있는 태고연한 옛 성이다. 가끔 드높은 문루가 지나가고 그 문루 아래 성문으로는 사람이 웅성거리는 동양적 저자 풍경이 들여다보였다. 북경 주변에 들어선 것이다.

이 북경은 멀리 주 시대 소공[8]의 봉지[9]로서 그때 제비 연(燕)자 '연'이라는 이름을 가져 '북경'이기보다는 그 전에는 '연경'이라고 더 불렀

---

6 沙質, 곧 모래땅.

7 현수막.

8 깜公 : 고대 중국 주(周)나라 초기 정치가(政治家). 이름은 석(奭). 문왕(文王)의 아들. 무왕(武王)의 아우.

9 봉토(封土).

다. 우리 조선에 『연행록』이란 책이 있으니 이것은 '북경기행'이란 말이다. 이 연경에 처음 수도를 정하기는 지금으로부터 1013년 전(938) 요나라 시대였고 그 후 금·원·명·청 모두가 다섯 왕조의 서울로서 세계적으로 전아한 고대 궁궐 자금성을 비롯하여 무수한 문루들과 천단, 북해, 이화원 등 동방 특유한 고대건축과 호한한 호수 있는 정원들을 전하고 있는 보배로운 도시다.

우리 기차가 그 밑을 달리고 있는 것은 이런 북경의 남쪽 외성 성벽 밑으로서 정거장도 정양문 옆 그 성벽 밑에 놓여 있었다. 역두에는 '중국인민보위 세계화평 반대미국침략 위원회' 곽말약[10] 주석과 중국총공회의 유영일 부주석 기타 각계 중국 측 요인들과 이주연 대사 부처를 비롯한 우리 대사관 관원들이 반가이 맞아주었고 목에 붉은 넥타이를 맨 귀여운 소녀 일단이 중국말로 「김일성 장군의 노래」를 부르며 꽃을 들고 와 우리에게 안기었다.

화창한 날씨다. 큰길에 나무가 공원처럼 푸르다. 자동차에 올라 외성 안으로 들어서 얼마 아니 달려 공중에 뜬 금빛 황기와 지붕이 처처에 바라보인다. 대리석 조각인 구름송이를 비녀 찌르듯한 용트림의 돌기둥이 보인다. 다섯 돌다리가 한군데 걸리고 그 뒤에 하늘에 떠오르듯 장엄하게 솟았으되 무한 안정해 보이는 단청 찬란한 문루가 묻지 않아도 천안문이 틀리지 않았다. 그 앞을 그냥 지나 이 도시에 아직은 얼맞지 않는 7, 8층의 양관이 우리가 묵을 북경반점이었다.

북경반점 안은 일종 세계평화옹호대회를 연상시키었다. 우리가 조선

---

¹⁰ 궈모뤄(郭沫若, 1892~1978) : 쓰촨성[四川省] 출신의 문인 정치가.

대표인 것을 알고 승강기 속에서 흔연히 악수를 청하는 서양부인이 있었다. 이미 조선에 다녀온 월남 인민대표들도 만났다. 얼굴 흰 구라파 대표들, 얼굴 검은 인민대표들, 멀리 파키스탄과 인도네시아 가까이 비르마[11]와 몽고 그리고 쏘련, 파란,[12] 웽그리야,[13] 체코, 루마니아, 불가리아, 민주 독일, 그 외 영국평화옹호위원회에서도 와 있었다.

서로 말은 통치 못하나 평화민주를 위한 한 마음의 끓는 전우애는 얼굴마다 넘쳐흘렀다. 평화투쟁에서 영명을 떨치고 있는 쏘련작가 일리야 에렌브르그[14]와 칠리[15]의 시인 파블로 네루다[16]도 와 있었고 『교형수의 일기』로 우리 조선인민들에게도 혁명적 전투의식을 더욱 고무시켜준 체코의 혁명가 율리우쓰 푸취크의 미망인 구스타 푸취코바도 와 있었다. 특히 이들이 우리 조선대표단에게 주는 악수는 한꺼번에 조선인민 전체의 손을 잡듯 힘차고 뜨거웠다. 그들은 우리에게 김일성 장군의 안부를 물었다.

---

11 버마.

12 폴란드.

13 헝가리.

14 일리야 그리고르예비치 에렌부르크(1891~1967) : 키예프 출생의 소련 작가, 언론인. 방대한 작품들을 남겼으며 서유럽 세계에 대한 소련의 대변인으로 활약했다.

15 칠레.

16 파블로 네루다(1904~1973) : 칠레의 시인·외교관·마르크스주의자. 1971년 노벨 문학상을 수상했고, 1953년 레닌 평화상을 받았다.

<u>2</u>
모 주석의 초대연회

30일 저녁 모택동 주석은 국경 축하연회를 배설하였다. 한때 서태후가 호강살이를 누리던 예전 궁전 회인당에서 열리었다. 회인당은 2년 전 이 무렵 중화인민공화국 중앙정부가 조직된 바로 그 역사적 장소다.

우리 외국 관례단이 안내된 곳은 대청의 좌편 협실로서 많은 측기들이 장식되었고 산해진미로 찬 연회식탁이 베풀어져 있었다. 주덕 장군 부인과 유소기 부주석 부인이 손수 인도하며 설명하기를 대청 바른편 협실에 들어서는 분들은 각국 외교관들이며 중앙 대청에 그득히 앉은 분들은 남방과 북방의 혁명 노근거지 대표들과 중국인민해방군과 지원군의 전투영웅들과 전국 모범노동자 농민들과 각 정당 사회단체 대표들과 북경 각 대학 총장들과 교수 대표들과 화교 귀국대표들과 개인 경영 모범상공업자들과 중국내 각 소수민족 대표들이라 하였다.

이 1,400명의 국내대표들의 자리를 정면으로 국장과 국기와 꽃으로 장식된 무대가 있고 그 무대 아래 주석단의 자리가 일렬로 놓여 있었다.

나는 모든 중국인 대표들 가운데서 특히 혁명 노근거지 인민대표들에게 자주 시선을 이끌리었다. 1927년부터 10년간 토지혁명 당시 노근거지 대표들과 1937년부터 1945년까지 항일구국운동의 노근거지 대표들과 1945년 이후 1949년까지 인민해방전쟁 시기의 노근거지 대표들로서 그들은 대개 머리 흰 노인이 많으며 그 중에는 동북지방 혁명 노근거지 대표로서 조선사람도 참석하였노라 하였다. 1930년 5 · 30 폭동 때 동북 연길 일대에서는 조선농민들이 중심으로 화룡 왕청 등지에서 농촌 쏘베트까지 조직되었었다 한다.

갑자기 우레 같은 박수소리가 일어났다. 모 주석 이하 주인측 주석단이 입장하는 것이다. 모두가 열광적으로 발돋움하여 모 주석에게 시선을 보낸다. 늠름히 솟은 키에 화기로 찬 얼굴이다. 고요하면서도 깊고 무거워 보이는 눈이 그분의 무궁한 총명과 도량을 말하는 듯하다.

노근거지 인민들이 선두에 서서 주석단에게 나아가 축배를 드린다. 험난한 생활과 투쟁으로 일관하였던 노근거지 인민들의 얼굴은 구릿빛으로 끌고 술잔을 든 손과 함께 암석이나 고목의 근간처럼 홈이 패고 불거지고 하였다. 이들이야말로 이제는 어떤 비바람에도 끄떡없을 위대한 중화인민공화국의 억년불발의 뿌리들인 것이다. 천신만고한 자취가 심각한대로 그들의 눈동자는 무량한 감개와 무상의 광영으로 차 자기들의 수령을 우러러보며 나아갔다. 어떤 눈은 눈물이 번뜩이었다. 모 주석의 든 술잔에 자기들의 술잔을 맞쪼을 때 술이 엎질러지도록 흥분한 얼굴도 있었다. 지척에서 바라보는 나는 눈이 뜨거워졌다. 나는 절로 우리 조국을 향하여 역시 그렇게 험난한 생활과 그렇게 간고한 투쟁으로 흙처럼 끌고 암석이나 고목등걸처럼 험상스러워진 우리 형제들의 면고가 생각키웠다. 작년 여름 우리 인민군대가 반격으로부터 용감히 전환하여 진공하던 시기에 있어 나는 해방된 옹진반도에서 서울에서 대전과 무주에서 김천과 합천[17]에서 감옥으로부터 풀린 노동자들과 농민들과 또 태백산맥과 지리산 빨치산들의 아버지와 할머니들을 무수히 만나보았다. 그들은 공화국 국기를 눈물로 우러러보며 김일성 장군께서 우리 지방에도 언제 오시느냐고 물었다. 그들은 오늘 이 시각에도 적전 적후에서 아들과 딸들의 시체를 넘으며 간고히 싸우고 있으리라! 백절불굴 용감히 싸우고 있으리라! 싸우는 인민은 이기고야 만다! 저와 같이 승리의 축배를 들고야만다! 우리 태백산맥의 지리산의 한라산의 노근거지 인민들도 우리 조선민주주의 인민공화국 국장과 국기 아래에서 우리 수령 김일성 장군의 승리의 축배에 승리의 축배를 맞쪼을 날은 오고야 말 것이다! 반드시 오고야 말 것이다! 저 모 주석과 중국혁명 노근거지 인민대표들이 드는 승리의 축배가 그것을 어김없이 담보하는 것이다!

우리 14개국 외국 관례단들도 차례로 주석단에 나아가 모 주석을 비롯한 이 나라 수장들에게 자기조국 인민들의 형제적 우의와 전우적 축복에 찬 뜨거운 악수와 함께 축배를 드리었다. 연회는 오후 일곱 시 반부터 두 시간동안 화기 넘치는 속에 계속되었다.

---

17 원문에는 '협천'으로 표기되어 있음.

국경일의 천안문 광경

우리가 북경에서 새로 맞이하는 아침이 바로 10월 1일이 이 나라 건국명절이다. 탐스럽게 핀 각색 국화가 창 가까이마다 식탁마다 가벼운 가을 햇볕에 향기를 풍긴다. 북경은 가을 날씨 좋기로 유명하다.

우리 외국 관례단들은 자동차로 장사진을 이루어 누른 기와의 붉은 담장을 굽이굽이 돌아 어떤 궁전 정원에 들어섰다.

몇 백 년씩이나 되었을까! 두 아름 세 아름씩 됨직한 상나무가 가로 세로 줄지어 늘어서 하늘을 덮었다. 풍마우세하여 법랑질이 부스러진 황기와 지붕과 함께 사슴뿔 같은 이 삭정가지 많은 늙은 상나무들도 옛 궁궐의 파란 많은 세월을 속삭이는 듯하다. 여기는 지금 근로자들의 '문화궁'이 되어 맞은편에 있는 '중산공원'과 함께 자기를 건설한 진정한 주인들을 위한 교양과 오락의 궁전으로 이바지되고 있다.

가지 굵고 잎 성긴 늙은 상나무 그늘 사이로 단청빛 영롱한 문루가 은은히 떠오른다. 그것이 이날 광대한 중화대륙 방방곡곡 인민들이 뜨거운 눈으로 우러러 향할 천안문이며 그것이 이날 40만 시위군중의 환호의 바다 위에 용궁처럼 떠오를 천안문이었다. 우리는 이 천안문을 안으로부터 밖으로 빠져나와 천안문 광장에 나서게 되었고 서쪽 귀빈 관례대에 오르게 되었다.

귀빈 관례대는 성장한 여러 가지 민족 복색과 각국 훈장으로 빛나는 외교관 정복들로 다채로웠다. 이끼 푸른 옥대하 건너 일반 관례대가 따로 있다. 그리고 화강석으로 새로 포장한 씻은 듯한 큰길 건너에는 각종 군당들과 군악대들이 끝없이 정렬하여 있었다.

천안문은 지척에서 돌아다 볼 수 있다. 천안문은 아름답다. 옥대하에 걸린 다섯 백석 교들과 그 영롱한 대리석 난간들에 어린 날빛은 단청 찬란한 이 궁궐 문루에 서기가 엉키게 하였다. 겹지붕 위 처마 중앙에는 이 나라 국장이 걸리고 다음 처마에는 '경축 중화인민공화국 국경절'이라 쓴 붉은 드림과 함께 큰 홍등들이 줄지어 달려 있었다. 그 앞이 바로 주석단이다. 주석단 아래 성문 있는 성벽에는 두 길이 넘을 모주석의 초상이 걸리고 그 좌우에는 '중화인민공화국만세'와 '세계인민대단결만세'의 구호가 가로 걸려있다.

이 천안문 맞은편으로 광장 건너 국기 게양대에 오성기가 평화스럽게 날리고 있고 즐비한 고루거각[18]들이 아득히 깔린 끝에 붉은 기치로 장식된 성문 문루들이 푸른 공중에 떠있었다.

새 나라의 봉화 솟듯 하는 새 면모와 유구한 천고문물이 한눈 앞에 벌어졌다.

---

18 高樓巨閣. 높은 누각과 큰집.

광장은 일시에 박수와 환호로 진감한다. 천안문 위에 모 주석이 나타난 것이다. 주덕, 유소기, 송경령, 이제심, 장란 부주석들과 정무원 주은래 총리, 인민혁명 군사위원회 정잠 부주석…… 그칠 줄 모르는 환호 속에 계속 등장한다.

중앙인민정부 임백구 비서장의 경축관례 개시의 선언이 떨어지자 군악대의 국가연주와 함께 광렬한 예포가 터지기 시작하였다. 중국인민해방군 총사령관 주덕 장군이 자동차 위에 늠연히[19] 선 자세로 천안문을 나섰다.

엄숙히 정렬한 각 부대를 돌아 검열하고 다시 천안문에 올라 그는 전국 무장부대와 민병단에 주는 명령서를 선독하였다.

"지난 2년간 우리는 조국의 대륙을 완전히 해방시키었고 지원군들이 조선 인민군대와 병견 작전하여 미제침략자들을 타격하고 거대한 승리를 쟁취하였다."고 읽었다. "미제는 중국의 승리를 시기하며 자기들의 실패를 달게 받지 않고 대만을 침범했으며 조선정전 담판을 파탄시키려 하며 조선전쟁의 계속과 새 대전 준비에 날뛰고 있다." 하였다. 주덕 장군의 부드러우나 저력 있는 음성은 더욱 우렁찼다.

"미제는 전 세계인민이 반대함에도 불구하고 자기 종속국가들을 위협하며 대일강화조약을 위조하며 공공연히 일본과 서부독일을 재무장시키고 있다. 전쟁 위기는 엄중하여 우리조국의 안전과 동양과 세계평화를 위협하고 있다. 이에 나는 그대들에게 명령한다. 그대들은 전투역량을 더욱 높여 국방건설에 일보 전진하여 조국해방위를 공고히 하라!

---

19 늠름하게.

더욱 학습하며 더욱 새 기술을 연마하며 각 병종 연합작전에 능숙하여 강대한 현대화 국방군 건설에 분투하라!

대만 팽호 금문 제도(諸島)를 해방시켜 전 중국 통일을 완성하기에 분투하라! 조국의 안전을 보위하라! 조국의 신성한 영토 영해 영공을 보위하라! 동방과 세계의 평화를 보위하게에 분투하라!"

주덕 총사령관의 엄숙한 명령의 설득이 끝나자 삼엄한 무장 부대들의 분열 행진이 시작되었다. 선두에 선 부대는 해방군 군사학생들로 실전에서 공훈 세운 고급 지휘원들이며 고급 보병학교 학생들, 탱크학교 학생들, 포병학교 학생들, 해군학교 학생들, 항공학교 학생들, 낙하산부대, 보병부대, 그리고 머리에 수건을 동인 민방대대 관중들은 이 민병대대에 더 끓는 환호와 박수를 보내었다. 이들은 화북로 해방지구 민병대표들이라 한다.

이 행복스러운 새 조국을 어느 한 치의 땅도 다시는 유린되지 않게 하기 위하여 자기 지방 인민들의 자원적인 방위무력을 형성한 것이다.

다음에 기병부대 기계화한 방공부대, 모-타찌-크[20]부대, 장갑병부대가 나타났다.

각종 구경의 대포를 경중 탱크를 범람하는 강철의 격류요 강철의 파동이었다. 강철은 땅에서만 흐르지 않았다. 금속성 날카로운 전투기 편대가 광장 상공을 날랐다 로켓 비행대가 뒤를 이었다. 미제군대와 장개석 군대에게서 노획한 낡은 탱크와 비행기가 아니다. 모두가 최신 병기들이다.

---

20 모터사이클.

물론 기계가 싸움하는 것은 아니다. 어느 혁명군대나 적들만 못한 무장으로 싸워서도 이기었다. 그러나 이제 병기 그것까지도 놈들보다 우월하다면 그야말로 날기까지 하는 범이 아니겠는가! 과학은 과학 편이다. 과학이 과학적인 사람들과 과학적인 사회에서 더 발달할 것은 이미 위대한 쏘련의 과학이 증시하고 있다.

정의를 위해 싸우며 자유와 평화를 위해 싸우는 군대들에게 전쟁 방화자들보다 더 우수한 무장! 이는 세계의 안전과 평화를 위하여 얼마나 축복할 일인가!

열병식 뒤에는 각계 인민들의 경축 시위가 시작되었다. 꽃밭 같은 소년단의 춤과 노래가 지나가며 그중 한 소대가 천안문에 올라 모 주석께 꽃을 드린다. 그중 한 대대는 한 무리의 비둘기를 날린다. 그중 한 대대는 '항미원조'를 각색 꽃으로 수놓아 들었다. "모 주석 만세"와 "중화인민공화국 만세" 소리가 1만 8천여 명 소년들의 맑은 합창으로 흰 비둘기 난무하는 천안문을 향해 폭발한다.

지원군 대표들이 행진한다. 북경의 산업과 건축 노동자 12만 명의 대열이 들어선다. 3만 명의 농민대열, 7만 명의 각 민주당원들과 사회단체들의 대오, 8만 명의 중학 이상 학생대열, 8천 명의 문학예술인의 대오, 이들은 '항미원조'에 대한 격동적인 표어를 들었다. 이들은 일본 재무장에 반대하는 강경한 구호들을 들었다.

이들은 조국의 자유와 동양과 세계평화를 위하여 싸우는 투사들이다.

이들은 모 주석을 비롯한 자기정부 수장들의 초상을 들었다. 이들은 맑스, 엥겔스, 레닌, 스탈린의 초상을 들었으며 우리 김일성 장군과 호지명, 쵸이발산, 베루트, 라코시, 코드왈르, 모든 인민민주국가 인민 수령들의 초상을 들었다. 이들은 자기 사업에서 '애국공약'을 체결하고 싸우는 애국투사들일 뿐 아니라 전 세계인민의 해방을 위해 싸우는 고상한 국제주의 사상으로 무장한 사람들이다! 이들이 주먹을 들어 외칠 때 붉은 기는 파도쳐 굉장히 붉은 바다로 되며 성벽은 진감하여 먼— 문루들이 뇌성과 같은 메아리를 일으킨다. 이 소용돌이치는 광장의 정렬! 이는 저 크레믈린 붉은 광장들에 연결되는 무적한 인민민주주의 위대한 역량인 것이다.

맑게 갠 푸른 하늘이기에 붉은 기는 더 꽃보다 곱고 불보다 더 밝다. 이런 붉은 기의 장강은 성문들을 넘치듯 빠져나와 길마다 뿌듯이 흘러 나간다. 아름다운 광경이다! 북경은 참말 아름답다.

오늘 우리는 참말 아름다운 북경을 본다. 평야에 자리잡은 이 옛 도시는 모든 아름다움이 인공적으로 되었다 한다. 장려한 자금성도 호한한 호수를 가진 마수산도 북해와 중남해도 그 산 그 문들이 인공으로 된 것이라 한다.

대리석의 천단과 이화원의 그림 낭하들이 새로 지었을 그때 그 조각과 단청들은 오늘보다 더 선명하기는 했을 것이다. 그러나 어찌 오늘 북경처럼 아름다웠으랴! 그 유구한 지난 세월 속에 그 어느 때 북경이 오늘만치 아름다웠으랴! 우리는 어느 때 사람들보다 가장 행복 되고 가장 아름다운 북경을 보는 것이다! 천년 북경이 어느 때 저 천안문 위에 이 나라 사람 저마다가 추앙하는 자기들의 동지며 자기들의 스승인 진정한 수령을 바라본 적이 있었는가? 어느 때 이 사람들을 맞아본 적이 있었는가? 어느 때 이 북경이 통일된 대중국의 수도로서 방대한 강토의 끝에서 끝까지 모든 계층 인민의 대표가 빠짐없이 모여 한 조국의 국경절을 경축한 적이 있었는가?

오늘 북경이야말로 진정한 이 나라 서울이다! 아름다운 수도다! 오늘 자금성 지붕 하늘에는 기왓장이 부스러지고 오늘 천단에는 대리석 조각이 얼마 무디어졌을망정 몇 천 년 동안 이것을 건설하고 간 몇 만 만 인민들의 창조의 땀과 천재는 오늘에 비로소 그 광채를 내는 것이며 태평천국 이후 무수한 애국열사들이 싸우다 넘어졌으되 중국 공산당과 모 주석의 탁월한 영도로서 인민의 승리를 거둔 이날에 그 고귀한 피들은 비로소 광망을 들어 천추만대에 빛나기 시작하는 것이다!

저 유유히 나부끼는 오성기를 보라! 저 선명한 붉은 기폭에서 누가 그 고난 많았던 중국 애국 열사들의 강을 이루어 흘린 피를 느끼지 않으랴!

항미원조를 더욱 강고히 하자!

일본 재무장을 강경히 반대하자!

영웅적 조선인민군대와 중국인민지원군 만세!

중화인민공화국 만세!

세계인민 대단결 만세!

김일성 장군 만세!

모택동 주석 만세!

스탈린 대원수 만세!

굽이굽이 뻗어 나간 성벽들도 동서남북에 높이 솟은 내외성 문루들도 이날 천안문 광장에서 터지는 소리를 전 중국 방방곡곡에 그냥 전할 듯이 맞받아 울려나갔다.

× × ×

국경날 저녁 북경의 하늘은 찬란하였다. 북경 주위 사면팔방에서 무수한 탐조등이 울려 비쳤다. 북경을 울타리 치듯 광선은 서로 엇비쳐 그물 울타리도 되고 서로 천안문 상공으로 초점을 놓아 북경을 푹 내려씌운 면류관도 되었다. 이 거대한 면류관 속에서는 꽃불이 튀여 오르기 시작하였다. 반가운 손님을 맞는데도 폭죽을 터뜨리는 중국이라 이날 꽃불 폭죽은 참으로 볼만하였다.

저 화약을 세계에서 먼저 발명한 것이 중국이다. 중국은 화약을 먼저 소유했으나 건설과 경사를 위해 썼을 뿐 살인에 먼저 이용하지는 않았다. 그런 중국이 오늘 저렇게 굉장하고 찬란한 불놀이로 경축하는 이 승리야말로 앞으로는 인류가 화약을 살인에 쓰지 않고 그 발명한 본래 중국에서처럼 건설과 경축 오락으로만 쓰는 항구평화 세계를 위해 의의 깊은 전 인류적 승리인 것이다.

× × ×

이 국경일을 지나서도 나는 계속 체재하여 여러 다른 나라 대표들과 함께 중국 초대위원회에서 안내하는 대로 북경을 비롯하여 상해 항주 남경 천진 심양 할빈[21] 등 대표적 도시들과 부근 농촌들을 구경하였다. 많은 공장들도 보았다. 우리 조선에 와 싸우고 있는 지원군의 가족들도

---

21 하얼빈.

만났고 우리 조선에서 영웅적으로 싸우다 부상하여 병원에 와 치료하고 있는 전상원[22]들도 만나보았다. 음악도 듣고 연극도 보았다. 역사박물관과 미술박물관도 보았고 토지개혁 전람회와 화북 물자교류 전람회도 보았다. 문화계의 저명한 작가와 예술가들도 만났다. 유명한 만리장성도 구경하였다.

그러나 중국은 이런 코스만으로 그 대체를 보았노라 하기에는 너무 넓고 이런 단시일의 구경만으로는 전부를 이해하기에 너무 깊다. 단지 과거 5개년 간 우리 북조선의 인민민주 사회질서 속에서 살아본 나의 새 생활의 경험은 새 인민민주 중국의 여러 가지 전변을 이해하는 데 많은 도움이 되었던 것은 사실이다.

---

22 전상원(戰傷員).

북경에서 며칠 동안

옛 궁궐 자금성 안은 누구나 구경할 수 있게 공개되어 있다. 그 안에는 궁전마다에 고문화 유물을 진열하였고 어떤 궁전에는 그 시기마다의 독자적 전람회도 차려져 있는데 이 궁전 안 전체를 '고궁박물관'이라 한다.

이 고궁 안에는 마침 3대전으로 일컫는 태화전에서 '고예술전람회'와 중화전과 보화전에서 '중국내 소수민족 문물도편 전람회'가 열려 있었다. 고궁 밖에는 성 밑으로 '통자하'라 부르는 물이 둘려 있다. 우리는 북쪽 신무문으로 들어가 궁궐의 제2북문인 순정문을 통하여 고궁 안에 들어선 것이다.

문루나 궁실이나 궁담의 기와가 모두 화려한 누른 기와인데 아깝게도 법랑질이 많이 부스러졌다. 궁실들의 밥궁머리[23]가 모두 이 청 황

---

23 밥그릇.

남[24] 3색의 법랑질 도자들로 입혀졌고 벽면들도 모퉁이에는 이 도자로써 요즘 양관들에 '타일'을 이용하듯 하였다. 이 허다하게 사용된 건축용 도자들은 면 볼 때마다 반드시 돋을문 새김이 있는데 대개 테마는 용과 구름이다. 임금이 앉던 걸상은 이름부터 용상이거니와 임금은 입은 옷부터 사는 집의 모든 데 밟고 다니는 모든 포석과 전 밖에까지 용 투성이다. 용이 어떤 데서는 뱀의 실감을 주어 징그럽다. 색체에 있어 금빛과 문양에 있어 용을 채택함으로써 통치자들은 인민들의 눈에 자신을 신비화시키려 애쓴 것이다.

누구나 이 고궁에 들어서면 우선 고궁 그 자체를 보기에 정신이 팔리게 되었다. 이 엄청나게 큰 대리석들을 어디서 어떻게 움직여 왔을까! 싶은 육중한 돌들로 문루와 궁실들의 기단을 쌓았고 보도를 깔았고 궁전 층계마다 중앙에 용과 구름을 조각한 돌이 2, 30보 걸어야 될 긴 돌들인데 대개 한 덩이 대리석 아니면 한 덩이 화강석이다. 그 중에도 보화전 앞의 것은 광이 10척 1촌 5푼, 장이 55척 5푼으로 세계에서 제일 큰 대리석이라 한다. 『고궁유람지남』이란 소책자를 사들고 약도를 보니 고궁은 남쪽 정면에 오문과 북쪽 정문 현무문을 비롯하여 밖으로 사대문이 있는 남북으로 긴 장방형의 궁성으로 태화전을 비롯하여 14전과 '건청궁'을 비롯한 13궁과 그의 무슨 헌 무슨 각 무슨 당 무슨 원들이 즐비하다. 하루에 다 볼 수도 없거니와 우리는 동쪽에서 열둘의 궁과 전들을 보는데도 몹시 피로했다. '전(殿)'자가 붙은 것은 대개 궁성 중앙 위치에 높은 기단을 쌓고 지었으며 왕이 정사를 위해 나앉던 용상이 있

---

24 남(藍)색. 짙은 파랑색.

다. 궁성 안 좌우에 한 부락을 이루어 줄지어 배치된 궁실들은 왕과 왕족들의 사생활 처소들로 규격이 대개 일정해 있었다. 대문 안에 들어서면 앞이 앞 궁실의 뒷벽으로 막힌 마당이 있고 마당채의 중문을 들어서면 앞마당인데 본채가 있고 좌우에 거느림채가 있다. 본채로 올라서는 층계 양옆에는 으레 큰 청동의 물두무 한 쌍이 놓여 있으니 화재를 염려하여 여기 물을 담아두는 것이다.

궁전 마당마다 4, 5백년씩 되었다는 향나무들의 그 정정한 체목과 늘어진 가지들이 운치 있었다. 중국에서는 이 향나무를 잣 백(栢)자 '백'이라 하여 괴석을 그린 '석수도'와 함께 늙은 향나무를 그린 '노백도'를 어떤 악풍 고우와도 싸워 이기는 불로장생의 상징으로 존중히 여긴다. '강설헌' 근처에서 본 백송이 지금도 눈에 선하다. 잎은 보통 소나무와 같이 푸르고 나무거풀[25]만이 희다. 소독으로 바른 회칠처럼 무감각한 백색이 아니요 벽오동처럼 약간 푸른 기운이 떠올라 신선한 생명력이 샘물처럼 느껴지는 나무다.

이 백송을 나는 20여 년 전 우리 서울 수송동에서도 먼눈으로 바라본 기억이 있는데 금년에는 없어지고 말았다. 향나무는 조선에도 많았다. 촌에서는 제사 때 향목으로 깎아 쓰기 쉽게 조상들의 무덤 발치에 많이 심었고 먼지를 가리기 위해 우물 둔덕에도 많이 심어 상당히 보기 좋은 고목이 많았으나 이것은 일제 놈들이 관청과 관사와 요릿집 뜰 안들에 강탈적으로 뽑아갔고 그것들이 이번에는 미제 놈들의 폭탄으로 타죽는 운명에 빠져있다.

---

25 나무껍질.

나는 만수산에 가서도 좋은 건물들을 보고 천단에 가서 돌만의 천단과 돌만의 천단만큼 높은 돌 기단 위에 '천상천하 유아독존' 격으로 혼자 솟아 앉은 기년전도 보았다. 정초마다 임금이 이곳에 와서 풍년이 들라고 빌었다 한다. 빈다고 비가 올 리 없지만 자기는 하늘과 통하는 무슨 전능한 힘이나 있는 듯이 역시 인민들에 대한 자존 망대의 속임수였다.

아무튼 그 당시 중국인민들은 강제에 못 이긴 노동으로나마 이렇듯 웅장하고 균형이 있는 예술적 건축을 창조하였다. 북경의 모든 고(古)건물 중에서 가장 힘차고 아름답다. 이 층계 많고 다각적인 천단과 기년전의 단일화한 원형건물은 앞으로도 노천무대나 노천음악당으로 참고됨직한 형식이다.

고궁 안 궁전들에 직렬된 유물들에서는 공예 미술 방면으로 깊이 인상에 남는 것은 적었다. 그 대신 태화전에서 열린 고예술전람회가 이를 충분히 보충해 주었다. 점수로는 적으나 중국 고대로부터 근대 청조에 이르기까지 석기 칠기 동기 도자기 견직물 서화 출판물 등 고도로 발달한 과거 중국 문물의 예술성을 음미하기에 족하였다. 4천 년 전에 벌써 채색을 쓴 질그릇 항아리, 3천 년 전의 오늘 피아노와 비슷한 소리를 내는 악기, 옥석으로 만든 경쇠, 송시대 청자기의 원천으로 보여지는 육조 때 푸른 자기, 당나라시대 불상들의 지금도 웃음이 살아있는 조각들, 화려한 비취색과 공작색의 송시대 자기들, 이런 풍부한 전통에서 다시 독자의 경지를 열은 명시대 선덕 만력 연간의 도자기들은 아마 그 다채로운 점에서 아직 세계 어느 나라 도자 공예도 여기 미치지 못하고 있을 것이다.

　나는 송시대 청자기를 볼 때 우리 고려시대 청자기를 연상하지 않을 수 없다. 고려자기가 송자기의 영향을 받았을 것은 물론인데 고려자기는 그 색조에 있어 일단 발전하였고 독특한 상감기술을 창안하여 세계 애도가들이 소위 삼도수라 일컬어 애완하는 조선 독자의 도자기를 제작하였다. 이는 일본에는 물론 중국의 도자공예에도 다시 돌아가 영향을 주었다.

　나는 과거 조중 문화교류에 있어 이런 아름다운 관계를 고서적들을 보면서도 회상할 수 있었다. 선명 수려한 송 판본들과 명시대『십죽재황보』를 비롯하여 인쇄서적도 특징적인 것들은 대개 진열되어 있는데 중국의 인쇄술은 물론 조선에 흘러 들어왔을 것이다. 그러나 조선에서 먼저 발명된 금속으로 주조한 활자는 다시 중국 출판문화를 현대화시키는 데 획기적인 역할을 놀았던 것이다.

　송자(宋磁)에서 물을 길은 고려자기는 세계 도자계의 여왕처럼 떠받들린다. 중국 판본 인쇄술을 모방하여 발전시킨 조선의 금속활자의 창안은 오늘 세계문명의 보고를 풍부히 하고 있다.

　과거 조중 문화의 교류는 이외에도 아름다운 결실이 많을 것이다.

　중국 미술 공예에서 특징적인 것은 번화하고 기름진 것과 함께 치밀 섬세한 점일 것이다. 아로새긴 구슬 속에 또 그런 구슬이 있기를 몇 겹한 것을 볼 수 있다. 한 사람이 일생을 두고 새겼을 것 같다. 사람이 견딜 수 있는 최대의 끈기와 사람의 손이 바늘 끝처럼 될 수 있는 최대한의 치밀성이 결정된 것이어서 그 앞에 숨을 쉬기가 괴롭다. 이 '고예술 전람회'에서 본 것으로는 상아로 비단결처럼 조각한 '상아해당식등롱'이 그런 것이다.

사진으로 보던 당인(唐寅)[26]의 『궁기도(宮妓圖)』를 보았고 예운림(倪雲林)[27]의 『추정가수도(秋庭嘉樹圖)』도 진적을 구경하였다.

나는 중국 고미술에서 좀 더 많은 인물화를 보고 싶었다. 사대부 층에서 그림을 글씨와 결부시켜 산수와 기명절지로 편향하는 바람에 화원들의 보다 더 사실적이던 인물화의 전통은 끊어졌다 하여도 과언이 아니게 무시되었다. 이 점은 조선에서도 마찬가지로 요즘 동양화가들은 사실주의적 작품에서 가장 주격이 되는 인물들에 서투르다.

나는 이번 중국 관례단 초대위원회로부터 새 중국의 『고미술작품선집』을 받았다. 그 속에는 유화, 수채, 목판, 조각 각 부면의 걸작들이 나타나있는데 인물 없는 그림이 없고 군중이 많이 나오되 고대화에는 있는 인물들의 유형화가 훌륭히 극복되어 있었다.

특히 판화기술은 놀랍다. 이 '고예술전람회'에서도 명시대 만력 연간의 『연의도상(演義圖像)』이니 『여범편도(女範編圖)』라는 책들을 볼 수 있는데 그 목판 삽화들은 여간 난숙한 기술이 아니다. 거기다가 전각 전통도 있어 판화에 특출한 발전을 가져올 부차적인 조건도 중국은 어디보다 풍부한 나라라 할 것이다. 이번 『미술작품선집』 한 책에 나타난 것만으로도 새 중국은 벌써 쏘련의 선진이론과 함께 자기들의 풍부한 고전 속에서 많은 것을 섭취 재생시키며 있음을 엿볼 수 있었다.

역시 고궁 안 중화전과 태화전에 열린 '국내 소수민족 문물도편 전람회'는 통일 중국으로서의 의의 깊은 전람회였다. 중국에는 한족 이외에 전국 인구의 백분지 십을 넘나드는 소수민족들이 있다. 역대 반동통치

---

26 당인(1470~523) : 중국 명대(明代)의 학자·화가·시인.
27 예찬(倪瓚, 1301~1374) : 중국 원나라의 화가.

와 제국주의 침략의 박해 밑에서 소수민족들은 장기간 정치적으로 경제적으로 2, 3중국의 고통 속에 살아왔으며 자기 민족문화의 몰락을 구할 길이 없이 지내왔다. 이제는 중국공산당과 모 주석의 영명한 영도 하에서 각 민족이 동등한 권리와 우의적 합작으로써 한 가정 중화인민공화국을 이루었고 공동 강령과 평등한 민족정책을 제정한 것이다.

이 전람회에는 실물과 사진과 그림으로써 몽고족 회족 서장족 유오이족 묘족 이족 포이족 태족 요족 조선족 아족 농인족 동가족 고산족 등의 가옥 복장 생산도구 일용품 수공예품 특산품 문자 악기 무기 종교용품들이 진열되어 있었다. 그 중에는 미술작품으로 자기 민족 농민들이 공량(현물세)을 바치는 광경을 그린 유화로 진열되어 있었다.

이 전람회는 중국인 모두 민족이 평등하게 화합하여 모 주석 주위에 강철처럼 뭉친 위대한 역량을 표현하고 있었다.

×　×　×

2일 밤 우리는 매란방[28]이 출연하는 경극을 구경하였다. 장소는 회인당 손님은 국내 국외의 관례단들로 차 있었다.

이 중국 구극을 옳게 감상하기 위해서는 상당한 예비지식이 필요할 것 같았다. 무대의 배경이 없고 건물장치가 없으며 대문에 들어가는 것, 방안에 드나드는 것 모두 약속된 동작으로 표시한다. 말 타고 가는 것도 말이 없이 약속된 동작으로 알아보게 마련이다. 가장 특징적인 것은

---

28 매란방(梅蘭芳, 메이란팡, 1894~1961) : 청말부터 중화민국, 중화인민공화국에 걸쳐 활동한 경극 배우. 상소운, 정연추, 순혜생 등과 함께 경극의 부흥을 주도한 '4대 명단(四大名旦)'의 한 사람.

여자 역을 남자가 하는 것인데 매란방의 고명한 성가는 남자로서 더구나 늙은 남배우로서 17, 8세의 여자 역을 하는 데 있었다. 매란방뿐 아니라 저명한 구극배우들은 다 남자로서 여자 역을 어느 만치 하는가로 평가되는 듯하다. 목소리, 얼굴 표정, 몸매, 손매, 걸음걸이, 저 사람이 매란방이라 하니 분장으로 여기지 꼭 17, 8세 여자 그대로다. 마치 조선의 창극을 외국 사람이 일조일석에 음미하기 어렵듯이 우리 눈에 경극이 그럴 수밖에 없어 나는 경극을 수박 겉핥기로 구경하면서 어째서 여자 역을 남자가 하게 되었을까를 궁리해 보았다.

그것은 독단일지 모르나 이내 상식적으로 이렇게 생각되었다. 저런 고운 여배우라면 권력자들이 배우로 두지 않았을 것이다. 한번 권력자의 손이 미치면 그는 다시 무대에 서지 못할 것이니 어찌 여자 명배우가 존재할 수 있을 것인가? 이것이 남자 여역의 중요한 동기가 아니었는지 모른다. 우리 조선 예를 보더라도 인물 고운 명창이 없었다. 인물이 고우면 이내 어떤 권력자의 첩으로 들어앉고 마니까.

중국에서 저 남자 여역이 앞으로 그냥 계속될 것인가? 그리고 배우의 노래나 목소리가 묻혀 버리도록 강한 타악기들의 반주도 아마 연구의 대상이 될 것으로 느껴진다.

×　×　×

10월 3일 아침 우리는 '중국인민보위 세계화평 반대미국침략 위원회'란 자세하고 구체적인 간판을 가진 항미원조와 평화옹호운동을 주관하는 기관에 초대되었다. 그전 어떤 침략국가 대사관이었던 정원 넓은 양관이다. 열네 나라 관례단원들이 거의 참석하였는데 주석 곽말약 선생은 중국인민들의 평화옹호사업과 항미원조운동을 소개하였다.

"우리 중국인민은 오랫동안 고난 속에서 살아온 만큼 평화란 얼마나 귀중한 것임을 절실히 느끼고 있습니다. 평화를 보위하기 위하여는 침략자를 반대하며 침략적 전쟁을 반대해야 됨을 통절히 깨닫고 있습니다. 세계 평화를 보위하려면 세계인민과 대단결하여 공동 노력해야 할 것도 잘 알고 있습니다. 이러한 중국인민의 기본 도덕은—중화인민공화국은 전 세계 일체 평화애호 국가와 인민들과 연합하여 제국주의 침략을 반대하고 세계 항구평화를 보위하자— 이렇게 중국인민정치협상회의 공동강령 제11조에 명백히 적혀 있습니다."

곽말약 주석은 열광적인 박수를 받으며 평화 옹호는 전체 중국인민의 염원임을 말하면서 원자무기 금지에 대한 스톡홀름 호소에 2억 2373만 9545명이 서명했으며 5대 강국 평화조약 체결에 관한 세계평화이사회 호소에 3억 444만 7932명(전 인구의 72.9%)이 서명한 것과 일본 재무장 반대에 3억 3989만 8천1백에 25명(전 인구의 72.04%)이 투표한 것을 들어 중국인민들이 얼마나 세계 평화를 갈망한다는 것을 지적하였고 작년 6월 25일 조선에 전쟁이 벌어지자 동 27일에 미제 무력이 침략전에 참가하면서 우리 대만을 점령하여 우리 영공에 침입하여 그전 일제의 침략노선을 그대로 밟는 것을 확인하자 중국인민은 조선을 원조하여 조국을 위하여 아세아의 안전과 평화를 위하여서는 대규모의 항미원조운동을 전개하지 않을 수 없었다고 말하였다. 각국 내빈들은 중국인민에 대한 격려의 뜨거운 박수를 보내었다.

곽말약 주석은 계속하여 조선전쟁에서 미제의 수치스러운 패배를 말하면서 중국인민지원군이 참전한 후만 하여도 침략군대의 손실은 32만 2천여 명에 달하는바 그중 미·영·불·토[29] 군만 14만 명 이상이며 미군만 5만 8천여 명으로 2차대전 때 동방에서 본 손실의 2배를 초과하였다고 말하였다. 그러나 미제의 정신적 손실은 더 큰 것이니 세계를 향하여 민주니 자유니 하고 떠들던 가면이 이번 조선전쟁에서 전대미문의 잔인 무도덕성으로 전 세계 이목 앞에 벗어져 없어지고 말았다. 그뿐만 아니라 미제의 무력이란 그다지 대단치 않은 것임을 또한 조선전선에서 폭로하고 말았다. 그 반면에 우리의 얻은 바는 한두 가지가 아니다. 첫째 군사적 승리로서 침략군대를 단번에 38선 너머로 내몰았다. 또한 조중 인민의 영웅적 투쟁은 새 세계대전을 지연시켜 놓은 것만 사실이다. 둘째로는 전 중국인민의 정치적 자각이 높아진 것이니 나중 두 번의 서명과 투표자 수는 첫 번보다 모두 1배 이상 초과된 것으로 증명된다. 조선 원조 헌납금이 5월말까지 1186억 원에 달하였고 위문주머니가 77만여 개, 위문품이 1260만여 점에 달했으며 우리 위원회로부터 조선전선에 무기를 보내자는 호소에 9월 25일 현재 99만 70억 원 이상에 달하는 헌금이 들어왔다. (최근 북경발 조선중앙통신에 의하면 11월 29일 현재 3조 9119억 원에 달하였다.)

곽말약 주석은 중국인민들이 항미원조운동에서 창의적으로 일어난 '애국공약' 체결에 대하여 말하였다.

노동자 농민 사무원들이 자기 직장 자기 과업들에 대하여 최대 증산과 배가 건설을 기한부로 국가 앞에 약속하고 이를 실천하는 운동이라

---

29 토이기, 곧 터키.

한다.

　나는 그 후 남경에 가서 남경 시외 동구천이란 농촌을 구경한 바 72호 농가들이 100%로 애국공약을 체결했으며 그 붉은 종이에 먹으로 써서 벽에 붙인 공약서들을 실지로 보았다. 아들은 남경시 공안부에 근무하고 아버지와 어머니와 며느리가 농사짓는 오경생 농민의 집에서인데 그들은 15% 증(增)수확을 목표로 애국공약을 체결하였다.

　애국공약
　중앙정부 일체 정책에 호응하여 100분지 15를 증산하겠다.
　　　　　　　　　　　　　　　　　　　　1951년 6월 30일

　끝으로 농사일 할 수 있는 세 식구의 성명과 도장이 찍혀 있었다. 간단한 내용이나 이들은 신성한 애국 문건으로 자필 서명들을 했으며 농민협회 주석의 말에 의하면 대개 공약한 분량보다 초과 생산되리라 하였다.

　다시 곽말약 주석의 계속되는 말에 의하면 애국공약 체결은 전국적으로 80% 이상에 달하였는바 하북 1성에서 보면 60개현 1만 7천 68개 촌에서 1만 5천 96개 촌이 애국공약을 체결하였으니 이것으로 항미원조에 전 중국인민이 총동원임을 볼 수 있노라 하였다.

　"그러나 미제는 조선 정전(停戰) 담판에서 무성의하며 침략 음모를 아직 버리지 않는다. 단결은 힘이다. 중국인민이 단결하여 아세아 인민이 단결하여 세계인민이 대단결하여 제국주의 전쟁을 방지함으로써 세계 평화를 보위하자! 여기 오신 여러분은 평화투사들이다! 우리는 단결하여 세계 평화를 위해 노력하자!"

만장이 총기립하여 오랫동안 박수하였다. 그리고 각국 내빈 측의 발언이 시작되었다. 쏘련 오빠린 박사는 이렇게 말하였다.

"스탈린께서는 평화를 적극적으로 옹호한다면 전쟁은 방지할 수 있다고 말씀하였다. 부르주아 출판물들은 쏘련의 평화정책을 의곡하며 엄폐한다. 그러나 세계 평화애호 인민들은 쏘련을 평화진영 보루로 알고 있다. (박수) 레닌-스탈린당은 근로대중에게 평화 정책으로 교양하고 있으며 세계 방방곡곡에서 각이한 방법들로 즉 조선인민군대와 중국인민지원군은 미제 침략군대와 무력으로 싸우며 불란서 인민들은 군수물자 수송 반대로 싸우며 중국의 후방 인민들은 애국공약 체결로 분투하고 있다. 쏘련 인민들과 모든 인민민주국가 인민들도 평화쟁취에 적극 투쟁하고 있다. 쏘련의 새 5개년 계획과 자연 개조의 순조로운 진척은 쏘련의 평화 정책을 중시하는 것이며 이것은 세계인민에게 평화 승리에 대한 신심을 북돋아 주고 있다. (박수) 스탈린 영도의 쏘련 인민과 모택동 중국인민의 단결은 세계평화 옹호투쟁의 원동력이다. 우리들은 평화의 기수로서 선두에 서자!"

(오랫동안 박수)

다음으로 인도 대표 씬드랄 씨가 일어섰는데 인도는 중국에 친선사절단으로 왔다가 국경절까지 있는 대표단이었다. 이 대표 단장은 말하였다.

"나는 정치담은 하지 않겠다. 그러나 50년간 인도에서 일한 사람이니 인도 인민의 목소리로 들어 달라."

그는 짧게 머리가 반백이 되었으며 어깨에 넓은 인도 옷자락을 걸드리고[30] 유창한 영어로 말을 계속하였다.

"나는 맹서한다! 쏘련과 중국이 평화를 위해 싸우듯 우리 인도는 평화를 위해 싸울 것이다! 과거 3년간 냉전으로 열전으로 국제무대에 일어난 도전적 사태를 생각할 때 이를 반대해 평화유지에 크게 공헌한 사람은 스탈린이다! (열광적 박수) 나는 스탈린께 경의를 표한다! 그는 평화의 위대한 지주이기 때문에! 나는 조선전쟁에 대하여 희비 교차의 감정을 누를 수 없다. 그러니 이 전쟁은 없을 수 없다고 생각한다. 나는 모택동 주석에게도 경의를 표한다! 그 역시 평화를 위해 크게 공헌한 분이기 때문에!"

(박수)

그는 북경에서와 중국인민의 승리와 거대한 성과들과 중국 건설에 많은 모범적인 애국행동들을 보았다고 말하면서 끝으로 음성을 높여 이렇게 외쳤다.

"인도 정부가 아직 미약하나 세계 평화를 위해 싸우고 있다. 네루는 새 중화인민공화국이 유엔에 참가할 것을 요구하고 있으며 인도 인민들은 미제의 대일 단독강화조약 체결을 반대하고 있다. 우리 인도는 샌프란시스코회의[31]의 성원이 아니다. 이런 회의에는 영원히 참가하지 않을 것이며 미제 침략자들이 없어질 때까지 우리도 쏘련과 중국과 함께 싸우겠다!"(오랫동안 박수)

우리 조선평화옹호 전국민족위원회를 대표하여 참석하였던 정성언 동지는 열광적 박수 속에 일어나 먼저 조선인민의 조국해방전쟁에서

---

30 걸쳐 늘어뜨리고.

31 제2차 세계대전 후 일본과의 강화조약을 체결하기 위해 개최된 국제회의(1951. 5. 4~5. 8). 참가국은 연합국 51개국과 일본이었다. 그러나 소련, 폴란드, 체코슬로바키아, 비동맹을 추구한 인도는 대일강화조약에 조인하지 않았다.

가장 간고한 시기에 지원부대를 보내주었고 물심양면으로 거대한 원조를 보내주는 위대한 중국인민과 모 주석께 전 조선인민의 의사로 감사를 드리었고 곽말약 주석을 향하여 오늘 여기서 보고해 주신 바와 같이 막대한 원조를 조직해주신 귀 위원회에 전 조선인민의 뜨거운 감사와 우의를 전해 드린다고 하였다. 열광적인 박수가 오래 계속되었다.

정성언 동지는 조선인민이 자기 조국해방을 위하여 미제 침략군대와 어떤 가혹한 조건 속에서도 영웅적으로 싸우고 있는 사실들을 소개하였고 이 싸움은 자기 조국의 해방과 아울러 아세아의 안전과 세계 평화를 보장하는 싸움이 되므로 조선인민은 더 한층 강고한 정신적 자각으로 만난을 극복해 싸우고 있다 하였다. 이런 조선인민의 투쟁은 정의의 투쟁이기 때문에 외롭지 않다. 위대한 쏘련과 중국인민은 물론 인민민주주의 국가들과 전 세계 평화애호 인민들이 우리를 백방으로 도와주며 우리 편에서 싸우고 있다 하였다. 미제는 조선에서 후방 주민들에게까지 24시간 계속적으로 무차별 폭격을 감행하며 심지어 세균탄과 독가스까지 사용하고 있다. 미제의 식인종 만행은 이루 매거할 수 없지만 이것으로 조선인민이 위협을 받으리라고 생각함은 어리석다! 위협은 고사하고 도리어 '정의'니 '자유'니 하고 떠들던 가면을 벗은 미제란 어떤 흉악한 악마란 것을 삼척동자까지도 명확히 인식했으며 이 악마와는 오직 싸워 자기 강토에서 구축하는 길만이 사는 길임을 각성할 따름이라 하였다.

열광적 박수 속에서 정성언 동지는 끝으로 세계 각국 인민들의 조선에 보내는 원조와 격려를 감사하며 조선인민은 자기들의 수령 김일성 장군의 영도 하에 굳게 뭉치여 중국인민지원부대와 힘을 합하여 스탈린의 평화 기치를 향하여 미제 침략군대로부터 해방과 자유와 평화를 쟁취하고야 말 것을 굳게 말하였다. 각국 내빈들은 총 기립하여 오랫동안 박수를 계속하였다.

다음으로 민주 독일과 비르마[32]와 인도네시아 대표들이 자기들의 평화 옹호투쟁 정형을 소개하였고 끝으로 곽말약 주석으로부터 오늘 이 회합은 훌륭한 아세아평화대회였으며 소 세계평화대회였다고 결론하면서 세계인민은 대단결하여 평화 전취에 적극 노력하자 하였다.

이날 오후 우리는 북경 서구 대학촌을 지나 만수산이 있고 곤명호가 있는 서태후의 이궁이었던 '이화원'을 구경하였다.

자연 산수의 혜택을 받지 못한 북경에다 인공으로 항주의 서호를 모방하여 만든 산이요 호수라 한다. 인공으로 된 것으로는 굉장히 넓은 호수요, 높은 산이다. 평탄한 자리마다 궁실들이 즐비하고 봉오리마다 호숫가마다 탑과 정자들이 솟았다.

이 이화원에서도 우리는 영 제국주의자들의 야만성을 분개하지 않을 수 없는 것이다. 워낙 이 이화원에는 금전옥루라고 할 18기의 화려한 전각이 있었고 저마다 특이한 풍경으로 40가지 경치가 꾸며져 있었다 한다. 평지에다 경치 좋은 풍경을 만들자니 가산을 쌓고 연당을 파며 변화 많은 괴석들을 이용하게 되었다.

그래 이 중국의 풍경식 정원술은 불란서의 건축식 정원술과 대비되는 것이며 파리 베르사유 궁원이 건축식 정원술의 극치라면 이 북경 이 이화원은 풍경식 화원의 본래의 18전각과 40경은 야만 영국군대의 대

---

32 '버마'(현재 국가명은 '미얀마')의 음역.

포사격으로 몽땅 파괴되었던 것이다. 그것을 서태후가 자기 6순환갑을 이 이궁에서 맞기 위해 해국건립비를 여기다 탕진하여 그 일부를 수축한 것인데 그 후 영불 연합군에게 다시 파괴되었고 그 위에 일제 야만들에게까지 다시 짓밟힌바 되었다. 만수산 기슭에는 구리로만 지은 전당이 있는데 일제는 그 말년에 폭탄 탄피로 쓰기 위해 많은 동철의 조각품을 실어갔고 이 구리 전당까지 뜯어갈 예정이었다가 쫓겨간 것이라 한다.

우리는 만수산을 대표적 건물 불향각까지 둘러보고 내려왔다. '천보당'의 긴 단청 낭하를 걸어 돌로 배 모양으로 물 가운데 지은 2층 석방이 있는 데로 왔고 거기서는 곤명호에 배를 저어 마른 연잎을 헤치며 옥란당 앞으로 돌아왔다. 태행산맥 서산의 1봉인 옥천산에서 샘물을 끌어온다는 이 곤명호는 주위가 40리나 되게 아득하다. 석양 비낀 호수에 비단필을 드리운 듯 단청 찬란한 불향각을 바라보며 멀리 홍여문 많은 돌난간의 옥대교를 내다보는 경치는 인공이나 천연처럼 웅장하고도 유장한 것이 중국 독특한 풍광이었다.

당시는 일개 군주의 호강살이를 위해 인민들이 땀 흘린 자연개조였으나 이 아름다운 만수산과 곤명호도 오늘은 근로인민들의 낙원으로 시원히 해방되었다.

일본 제국주의자들이 서태후에게 낚시미끼로 보낸 인력거 두 채가 그저 이화원 어느 낭하에 놓여 있었다. 서태후는 이것을 타고 갈 데가 없어 천보랑 낭하만을 공연히 왔다 갔다 했다는 말을 듣고 새 중국의 장래 주인들인 빨간 넥타이짜리 소년단들이 우습다고 손뼉을 쳤다.

× × ×

10월 4일 오후에 우리 조선 관례단은 나뉘어 지원군 가족들을 위문하여 나섰다.

내가 첫 집으로 찾아간 댁은 지원군 조국겸의 집이었다. 어머니 고란문 여사와 누이 조국몽양이 우리를 반가이 맞았다. 40세가량의 명랑한 어머니로서 단발머리에 회색 공작복을 입고 들메 있는 운동화를 가뜬히 신고 있었다. 이분은 북경 2구 군속공장 지배인으로 있는데 아들뿐만 아니라 며느리 서상청 여사도 조카 재평이도 모두 조선전선에 나와 있는데 조선인민들을 대표하여 우리가 드리는 감사와 우의에 깊이 감격하면서 고란문 여사는 이렇게 말하였다.

"우리 아들이 보낸 편지에 보면 자기를 조선 어머니들이 친자식처럼 귀해 하니 내 생각은 조금도 마시라고 했습니다.

우리는 도리어 조선 자매들에게 감사해야 합니다. 그리고 미제 침략군대를 반대하여 싸울 것은 중국인민과 또는 전 세계인민의 공동의 책임입니다." 하면서 정성스러운 다과로써 우리를 권하며 아들의 편지를 꺼내 보이었다. 사범대학 부속여중 고3에 다니는 딸 조국몽양은 총명스러운 눈에 불타는 듯한 정열로,

"우리 학교에서는 1천 3백 명 학생에 1천 명이 조선 전선에 나가겠다고 지원했답니다. 그러나 학교에서 아직 공부에만 열심하라고 합니다. 만일 전선에서 필요만하다면 우리들 무수한 중국 청년들이 언제나 뛰어 나갈 준비가 되어있다는 걸 알아주십시오." 하였다.

다음으로 우리가 찾아간 댁은 북경 8구 야간직공학교 교원 정가구

씨 집이었다.

아들 정영기와 딸 정영령이가 다 조선 전선에 나왔는데 선전대에 복무한다는 딸은 1대 공을 세웠다 한다. 이런 딸과 아들의 아버지는 매우 겸손하나 힘찬 어조로 말하였다.

"우리 중조 인민은 골육상련의 한집안 형제입니다. 우리는 장기간 같은 환란 속에 신음했으며 장기간 반제 투쟁에 같이 피를 흘렸습니다! 청컨대 조선에 간 우리 지원군들에게 전해 주십시오. 어떤 일이 있던 우리 중소 인민을 다시 미국 악귀들의 손에 넣어서는 안 된다고……."

우리가 셋째 번으로 방문한 댁은 지원군 곽순지의 집이다. 양친과 지원군의 부인이 있는데 아버지는 군속가족 제재소 지배인이었다. 어머니는 우리집에 귀중한 국빈이 오셨다고 문 앞에 모여드는 이웃사람들에게 자랑하면서 우리의 손을 잡았다. 아버지 곽대홍 씨는 침착하게 말하였다.

"장개석이가 화평회담을 거부하자 우리집은 장가구로 피난 갔었습니다. 그때 아들이 간곳없이 사라졌는데 해방군으로 나타난 것입니다. 전 중국 해방 후에 집으로 돌아오겠다 하더니 이번에는 조선에서 미국 놈들을 바다로 몰아넣고야 돌아오겠다고 편지가 왔습니다. 나라 없이 집이 없다. 조선의 독립이 없이 우리나라의 독립이 있을 수 없다고 했습니다. 아들이 못다 싸우면 나도 싸우러 가겠습니다."

우리는 감격하여 적당한 대답의 말을 찾지 못하였다.

×　×　×

5일 오후 우리 조선 관례단과 파란[33] 관례단은 중화 인민공화국 중앙정부에 안내되었다.

중남해 호수를 품고 드높은 궁담으로 둘린 옛 전각들 중에 '풍택원'이란 현관이 걸린 건물에서 부주석 주덕 장군이 우리를 맞아주었다.

우리 조선 관례단은 조국통일 민주주의 전선으로부터 모 주석과 중화인민공화국 중앙인민정부에 보내는 축기를 이 주덕 장군께 전하였고 파란 관례단은 파란 정부로부터 가져온 경축선물을 주덕 장군께 전하였다.

수수한 누른빛의 여미는 양복 부드러운 음성, 이분이 강대한 중국인민해방군대의 총사령이시라 느껴지기보다는 이분은 수많은 아들들의 어머니시란 느낌을 받게 된다.

주덕 장군은 담배를 손님에게 권할 뿐 자기는 피지 않았다. 김일성 장군께서와 김두봉 선생께서 매우 총망하실 것이라 하며 편안들 하신가고 물었다. 보내주신 선물은 감사히 맞는다 하며 조선전선이 승리로 종결지으면 우리는 평화 건설에 있어서도 스탈린 깃발 아래에 같이 협력할 것이라 말하였다.

조선의 농사가 어찌 되었는가 하고도 물었다. 우리는 어찌하든 조선 인민의 허리를 받쳐주겠다. 우리는 환란을 같이하는 형제라 말하면서 사발덩이만큼씩 한 복숭아를 중국 특산이니 맛보라고 손수 하나씩 집어 권하였다.

나는 조선에서 본 많은 지원군들 속에 특히 인민들에게 부드럽고 헌

신적인 전사들과 간부들이 생각났다. 나는 앞으로도 그런 지원군을 만날 때마다 이 자애로운 주덕 장군의 인상을 연상치 않을 수 없을 것이다.

× × ×

각국 관례단에는 많은 작가와 시인들이 와 있었다. 쏘련 작가 일리야 에렌부르그와 칠리 시인 파블로 네루다 양씨는 국경절 전부터 북경에 체재하였거니와 불가리아의 노(老)시인 듸미또리 뿔랴노브와 작가 게오르기 가라슬라보, 파란의 시인 예시 붓드라멘트, 웽그리아(헝가리) 시인 곤냐 라이스, 몽고 시인 또진스롱, 파키스탄 시인 제니스, 인도 작가 아나더, 작가 바까리야, 평론가 아다치야, 인도네시아 작가 빠리앙, 비르마의 77세의 노시인 다긴 고도마이, 동부 독일의 여류작가 안나 씨거-쓰와 조각가 싸이츠 이싸이츠 씨는 지난 여름 세계청년대회에 간 우리 조선대표들 중에서 김기우 영웅과 이순임 영웅의 얼굴을 석고로 조각하였는데 그 사진을 나에게 주었다. 그 외에도 작곡가와 영화 연출가들이 있었고 체코로부터는 율리우쓰·푸취크의 미망인 구스타 푸취코바도 내참하여 이채를 발휘하였다.

중국 문연에서는 6일 아침 이들을 북경 반점에 초대하였다. 중국 측으로는 문연 부주석 모순[34]과 주양, 문연 비서장 사가부, 여류작가 정령,[35] 시인 애청,[36] 여류 극작가 이배조, 작가 조수리, 미술가 왕조문,

---

[34] 마오둔(矛盾, 1896~1981) : 중국의 소설가·비평가. 중국 신문학(新文學) 탄생 이래 지도적 역할을 담당했다.

[35] 딩링(丁玲, 1904~1986) : 후난성 출신의 인기 여류 작가.

[36] 아이칭(艾靑, 1910~1996) 중국 저장성 출신으로 마오쩌둥[毛澤東] 노선에 전념한 중국의 시인.

작곡가 하록정, 시인 원수백, 대외문화 연락국장 홍심, 연화국장 원목지, 중앙회극학원장 구양여청 씨 등으로 주객 간에 장시간에 걸친 자기소개가 있은 후 주양 씨로부터 중국문학에 관하여 개략적인 소개가 있었다.

중국문학사는 멀리 2천 년 전 굴원의 『이소경(離騷經)』에서 시작된다 하였고 문학혁명은 1916년경 백화문 운동에서 시작되어 문호 노신의 주도하에서 반(反)고전운동으로 발전하였다고 하였다. 그 시대의 기념비적 작품으로 노신의 「아큐정전」과 「광인일기」를 들었고 이 무렵에 곽말약, 모순 등 혁명적 낭만주의 작가들이 출현하였는데 새시대 인민문학으로의 획기적 단계는 1942년 연안에서 있은 모 주석의 문예좌담회 이후라 하였다. 고문(古文)은 귀족을 위해 써졌고 소자산문학은 인텔리 본위로 썼으나 새 인민문학은 노동자 농민 군인을 써야 하며 그러자면 작가들의 감정상에도 그들과 결합되어야 할 것으로 선결문제는 작가들의 사상개변이었다고 말하였다. 많은 작가들이 공장 농촌 군대에 파견되어 장기간 공작경험을 쌓아 그 속에서 새 작품들이 나오기 시작했으니 작가 정령의 「태양은 상건하상에 비친다」, 조수리의 「이가장의 변천」, 류청의 「동장철벽」, 초명의 「원동력」, 유백우의 「전선」 작품들, 호가의 「전투적 성장」 이외의 「가장 사랑스러운 사람」, 리계의 「왕귀와 이향」, 진등과의 「활인당」, 애청의 조선전선에 대한 시편들, 그리고 합작으로 각본 「홍기가」와 시나리오 「백모녀」 등을 들면서 고전의 비판적 섭취, 인민 창작의 섭취, 쏘련문학의 사회주의적 선진성의 섭취 등으로 성장 발전하였음을 말하였다.

새 인민문학은 민족주의적이며 인민적이어야 하므로 보수적 경향과 무비판적 구미(歐美) 숭배와 꼬스모뽈리찌즘과 싸워야 하며 중국에는 전문적 작가와 함께 많은 서클 작가들을 가지고 있다 하였다. 군대 내에 '쾌판'이란 문학 형식이 있는데 이것은 시와 비슷한 형식으로 각운이 있으며 낭독 본위의 것으로 서클 작가들의 합작에 의하는 경우가 많다 하였다. 현 중국 작가들은 신인 육성의 중점을 군중 속에 두며 승리를 후세에 남길 작품을 쓰기 위하여 또는 문학이 다른 부면의 발전성과에 뒤지지 않게 하기 위하여 노력하고 있다 하였다.

다음에 작가 정령 여사가 말하였다. 남자 양복을 입었으나 맏며느리 타입의 매우 부드럽고 총명한 분이다. 이분은 말하기를 작가들은 대개 소자산 출신들이라 군중생활과 감정에 능숙치 못할 것은 정한 이치다. 그러므로 군중 속에 들어가 자기개변으로부터 노력한다 하였고 조선전선에 다녀오는 작가들은 북경 이화원 아니면 대련으로부터 다시 가서 일단 작품을 써가지고 오게 하며 시인들을 위해서는 어떤 직장에 있던 8개월 동안 강습을 받고 가는 신인문학연구소가 설치되었다고 말하였다. 그리고 대부분의 작가들이 문화행정가의 자리를 떠나지 못하는 사정은 아직 해결하지 못하고 있노라 하였다.

이날 오찬회는 자리를 옮겨 취화루라는 반점에서 열리었다. 여러 식탁으로 나누어 앉게 되었는데 우리 식탁에는 일리야 에렌브르그 선생이 있어 화제에 특별히 다채로운 듯하였다. 75세의 불가리아 노시인 뽈랴노브 선생도 한 자리에서 러시아 문자가 불가리아를 통하여 들어왔다는 이야기에서 발단하여 화제는 한문 글자에 이르렀고 서양 손님들은 중국 글자가 너무 어려우니 한문자를 정복할 도리는 없는가 라고 물었다. 주인으로 우리 식탁에 모순 선생이 있었다.

주인은 우리 중국에서 한문자를 없애기란 제국주의를 없애기보다 더 힘들다는 말이 있노라 하였다. 한문자가 어렵다는 것이 외국인들에게는 정도 이상 과장되어 알려져 있고 지금 문맹 타파에는 큰 고질이나 앞으로 초급중학까지 의무교육만 실시되면 누구나 2, 3천자는 소유할 것이요 한문은 2, 3천자만 알면 여러 만개의 단어를 따로 배우지 않고 알 수 있다 하였다. 한문자는 표의문자라 처음에는 어려우나 나중에는 이런 이득이 있으니 알파벳식 표음문자보다 우월성도 있다는 의견도 나왔다. 그러나 한문자는 기본적으로 수만 자가 있어 인쇄소의 설비와 노동력의 소모가 막대하니 너무 현대성이 없다는 지적도 나왔다. 2, 3천자로 줄이면 그렇지도 않고 알파벳식 표음문자는 한 단어에도 여러 글자가 동원되어야 하나 한문자는 훨씬 적은 수로 동원되어도 말이 되니 노동력이 어느 편이 더 드는가에도 연구해 보지 않고 단언하기는 어렵다는 의견도 나왔다.

이것은 나의 우발적인 의견이었는바 그 후 나는 같은 내용을 한문과 서양글로 쓴 것을 대조해보기에 주의하였다. 기차간 손씻는 데서 이런 것을 볼 수 있었다. "사용 후 물마개를 눌러주시오."란 뜻을 한문과 서양글로 써놨는데 한문은 여덟 자 혹은 열두 자가 동원되었고 서양 글자는 서른여덟 자나 동원되어 있었다.

물론 이런 것이 문자개혁의 주되는 원인은 아닐 것이다.

에렌부르그 선생은 "복잡 다양할수록 좋으니 이 중국의 요리만은 단순화시키지 말아 달라." 하여 화제는 한바탕 웃음을 거쳐 중국 음식으로 옮아갔다.

×　×　×

이날 오후에는 다시 북경반점에서 아세아 작가들만의 좌담회가 열리었다. 그러나 이 자리에 에렌부르그와 네루다 두 선생만은 참가하였다.

통역이 2중 3중으로 되므로 긴 시간을 보내었으나 발언하지 못한 작가들도 많았다.

인도 대표는 인도에서도 10월혁명의 영향으로 작가들의 반(反) 영제(英帝) 투쟁이 일어났으며 전(全) 인도 작가의 75%가 진보적이며 2천6백 명 회원을 가진 진보적 작가협회가 1936년에 결성되었는데 이 속에는 14종의 언어로 쓰는 작가들이 참가하였는데 이 작가협회원들은 쏘련과 중국 문학의 영향을 크게 받는다고 하였다. 오늘 인도 작가들의 새 생활을 위한 투쟁 대상은 제국주의와 미신과 종교라 하였다.

중국측 시인 전간 동지는 조선선전대에 다녀온 이야기를 하였다. 조선은 상상해오던 것과 달랐다고 하면서 우리가 상상했던 작은 민족국가가 아니라 위대한 민족국가였다. 만나는 조선사람에게서마다 나는 위대한 정신을 감촉했기 때문이다. 그들은 조선뿐 아니라 중국 아세아 아니 세계를 위해 싸우는 위대한 용사들로서의 기백과 의지가 가득 차 있었다. 나는 한 소녀가 적탄에 맞아 최후로 눈을 감으며 스탈린 만세! 모택동 만세! 김일성 만세!를 부르짖는 것을 보았노라 감격에 떨며 말하였다.

우리 중국인민지원부대도 역시 조선인민군대와 함께 자기들의 조국을 위함과 아울러 아세아의 안전과 세계평화를 위해 투쟁하는 것이다. 이 정의의 투쟁에서 맺어진 중조 인민의 우의는 일층 공고한 것이며 이

것은 평화쟁취에 불패의 역량인 것이다. 우리는 비단 조선과만 아니라 인도와도 인도네시아와도 어깨를 걸고 나갈 것이다. 어떤 경우에도 우리들의 단결은 가능하며 우리들의 단결은 또한 우리들의 조국과 세계를 위하여 파괴할 수 없는 힘이 되리라 하였다.

에렌부르그 선생도 여기서 발언하였다. 그는 화약과 인쇄술이 아세아에서 먼저 발명된 것을 말하였다. 그것은 중국에서라 하며 미국에서는 그 본토의 전통 문화는 끊어진지 오래서 현대 미국문화는 무근거한 문화라 하였다. 지금 아세아에는 자기들의 훌륭한 전통에 뿌리박고 근거 있는 새 문화가 일어서고 있으니 이들은 자유 발전할 것이며 구라파 문화가 다시는 건드리지 못할 것이라 하였다. 저들은 구라파 문화니 아세아 문화니가 따로 있을 필요가 없다고 주장한다. 우스운 일이다! 구미 작가들은 세계평화이사회에서 당신들은 왜 중립하고 있느냐는 공개서한을 보냈는데 아직 아무 대답이 없다고 하였다.

에렌부르그 선생은 특히 인도대표에게 인도의 고전문학은 훌륭한 것이라 하였고 타고르의 저작은 쏘련에서 출판된 것이 인도에서보다 더 많으리라 하였다. 그러나 타고르의 평화에의 의지는 아무 능력 없는 무저항주의라고 말하였다. 중국집들에서 더러 보면 문간에 귀신을 막는 부적들이 붙었는데 이런 것으로 전쟁을 막을 수 있겠는가? 귀신보다 더 악질적인 전쟁을? 작가들은 자기나라 정치 정세에 따라 임무가 서로 다르다. 그러나 우리들의 목적은 하나라 하였다.

이날 저녁 비르마 대표는 평화투쟁의 단결을 위하여 아세아 작가대회를 중국이 주동적으로 개최하여 주기를 바란다 하였고 나는 조선문학에 대하여 간단히 소개하였다. 조선문학의 해방 후 발전에 대하여서와 조국해방전쟁 이후 작가예술가들의 전선과 후방에서의 활동을 소개하면서 김일성 장군께서 작가 예술가들에게 주신 격려의 말씀에까지 언급하였다.

이날 저녁 네루다 선생은 새 조선문학 이야기에 깊은 관심을 가지고 들었고 자기는 발언하지 않았다. 그는 큰 키에 우람한 몸집과 깎지 않는다면 탐스러울 구레나룻의 얼굴이었다. 이분은 미국자본가들 밑에 피땀을 착취당하고 있는 칠리 광산노동자들 속에서 시를 써왔고 제2차 세계대전 당시에 벌써 미국이 앞으로 파쇼의 길을 걸을 것을 예견하여 미국청년들에게 경종을 울리는 많은 시를 썼으며 미제와 자기나라 반동정권의 갖은 박해 속에서 세계평화를 위하여 싸워온 투사다. 이 파블로 네루다는 제2차 세계평화옹호대회에서 영예로운 평화상을 탄 시인의 하나다. 이 네루다의 중요 시편들은 중국에서도 번역되었는데 이 좌담회가 있은 다음날 네루다는 중국어판 자기 시집 한 권에 내 이름을 한문으로 그림 그리듯 써서 보내주었다.

×　×　×

7일 하루는 쉬어 8일 아침에는 농촌을 구경하게 되었다. 북경에서 동편으로 10리쯤 밖에 있는 '백연장'이라는 농촌인데 가는 길에서부터 새 시대를 맞이한 농촌으로서의 광경을 볼 수 있었으니 그것은 경제적으로 문화적으로 동맥이 될 도시에 통하는 길들을 근본적으로 고쳐내고 있는 것이었다. 그전 길에는 웅덩이대로 있는 건천에도 넓은 양회 다리를 놓으며 직선의 새길들을 째여 나가고 있었다.

우리는 아직 자동차가 천신만고로 통하는 그전 길로 가야 했다.

농민들과 인민학교 학생들이 우리를 반가이 맞았다. 내가 조선대표라는 소개를 받고는 부인들도 소년들도 다시 나에게 모여들어 거듭 악수를 하며 조선서 농사를 지었는가? 조선서 아이들이 학교에 다니는가? 우리 지원군대가 전쟁하는 것을 보았는가? 미처 통역할 새 없이 조선 이야기를 물었다.

이 '백연장' 농촌의 간부로 만날 수 있는 분은 이 인민위원회 위원장과 청년단 세포위원장과 민병 지도원으로 토지개혁 이전 자기들의 비참하던 생활 상태로부터 토지개혁 후 인간으로 번신하였고(중국에서는 '몸을 번져 일어났다'는 뜻으로 번신이란 말을 많이 쓴다) 일로 향상하고 있는 생활을 요령 있게 설명하였다.

토지개혁은 이미 우리 북조선에서 본 바와 같이 그들에게 물질적 개변을 가져온 것만 아니라 그 개혁과정은 그들에게 있어 인간대학이었다. 그들은 자기 인격을 소유했으며 훌륭한 정치적 이론으로 세련되어 있었다.

중국 토지개혁에 관여하는 앞으로 더 자세한 소개를 받을 기회가 있다기에 대표단들은 이 백연장에서는 중국 농가의 풍습적인 면에 우선 주의를 돌리기로 하였다.

내가 개별방문하게 된 농가는 40여 세 되어 보이는 '한순'이란 농민의 집이다. 한순 농민도 대를 물려 입던 누더기 옷이 아니라 아직 첫물도 빨지 않은 흰 광목옷이었다. 지주네 머슴살이로 10여 년을 지내다가 토지개혁에 의하여 밭 2묘(4천 평)의 소유자가 되었고 집도 내 집을 쓰게 되어 40평생에 처음으로 자기 이름의 문패를 써 붙인 것이며 40평생에 처음으로 자기 옷으로 지은 새 옷을 입었노라 하였다. 지주에게 헐값으로 팔렸던 딸도 찾아다가 학교에 보내고 있고 당나귀도 새끼를 낳아 두 마리가 되었노라 하였다.

우물가에는 조선 농가에서 흔히 보는 과꽃과 백일홍이 피고 채마 끝에 물을 주기 위해 물 끌어올리는 금속기계가 장치되었는데 연자방아처럼 당나귀가 채를 메고 돌아가면 물이 올려 솟게 마련이다. 채마밭에는 가지, 배추, 홍무, 고추 등이 있고 고구마 밭이 옆에 있었다. 매흙으로 칠한 지붕에는 옥수수가 이삭째 널리고 마당에는 대추나무가 서 있었다.

이곳 중국 농가의 좋은 점은 외양간이 집 뒤에 따로 있는 점이다. 조선 농가들은 대개 대문채에 외양간이 있어 두엄 무더기가 앞마당에 있게 되고 집안에 들어설 때 소똥내부터 맡아야 된다. 이곳 중국 농가들은 대문채에 헛간이 있고 그 헛간의 일부가 부엌으로 되었다. 안채는 중간에 좁은 토방이 있고 그 좌우에 방이 있는데 어느 방이나 반은 토방이요 남쪽으로 창을 향하여 반만 높은 온돌이 되어 있다. 온돌 아닌 반간의 토방에는 식탁도 되고 책상도 되는 테이블이 있고 의자들이 있다. 대개 동쪽 방에 부모가 거처하고 서편 방에 아들 내외가 있으며 작은아들이나 손자 내외가 있을 경우에는 안채와 대문채 중간에 한쪽 옆으로 딴채를 세우는데 이것을 상이라고 한다.

돼지를 허리에 떠매 마당귀에 두고 기르는 집도 있다. 돼지가 야위었기에 까닭을 물으니 먹이를 적게 준다는 것이다. 뼈대가 한껏 자랄 때까지는 이렇게 기르다가 나중 두어 달에 잘 먹이면 새끼 때부터 잘 먹인 돼지나 다름없이 근수가 나가니 사료가 귀한 데서는 경제적인 사육법이라 하였다.

옥수수는 이삭 기장은 짧으나 통이 굵고 빛깔이 약간 붉다. 어느 틈에 옥수수를 쪄오는 부인도 있고 돼지고기로 속을 넣은 물만두를 채려 놓은 부인도 있었다. 한순 농민은 우리에게 조선 젓가락보다는 배나 더 긴 참대 젓가락으로 물만두를 권하면서 그전 국민당 시대에는 촌마다 소위 '보장'이란 것이 있어 이자를 잘 먹이지 않으면 무슨 트집으로든지 때리고 벌금을 물리고 가당치 않은 곳에 부역으로 보내었으며 국민당 군대에 끌려가는 것을 면하려면 몇 십만 원씩 보장논과 그 웃놈들에게 먹이어야 했다고 옛말처럼 하였다. 이놈들이 쥐구멍을 찾고 토지가 농사짓는 사람들에게 공평하게 부여되자 우리들은 이런 조국과 이런 질서를 보위하기에는 자원적으로 아들과 동생들을 군대에 보냈으며 일본놈들 하던 그 방법으로 조선을 거쳐 우리 중국에 침략하려는 미국놈들을 막기 위해서는 높은 영예와 의무감에서 조선 지원군에 참가하였고 후방에 있는 우리도 애국 공약으로서 증산에 궐기하였노라 하였다.

따갑도록 쨍쨍한 가을 햇볕을 쪼이며 석류나무 분이 있는 안마당에서 쏘련 작곡가도 긴 젓가락 쓰는 것을 요술 배우듯 하며 한순 농민의 부인이 빚은 만두들을 먹었다. 그리고 땀을 흘리면서도 뜨거운 차를 마시었다.

중국 사람들은 여름에도 끓인 물을 마신다. 냉수는 먹으려야 먹을 수 없게 맛좋은 물이 귀하다. 끓인 물을 먹자니 쇳내나 감탕내를 없애기 위해 차를 넣어 먹게 된다. 중국에서 이 차의 생산과 그의 경제적 비중은 높은 것으로 남방의 큰 부자들은 으레 큰 차밭을 소유하고 있었다.

중국 사람들은 조선에서 차를 일상적으로 마시지 않는 것을 이상하게 알며 지원군들이 자기 고향으로 돌아가면 조선집들에서 물을 날것으로 주는 것만에는 곤란하였다는 것이 공통된 이야기라 한다.

조선에서도 고려시대에는 차를 많이 마시었다. 지리산에는 아직도 그 시대 차밭들이 많이 남아 있고 제 지내는 것을 '다례(茶禮)'니 과자를 '다식(茶食)'이니 해온 것으로 보아도 차를 널리 마시었음을 알 수 있다. 그러나 불교도들이 차를 특히 좋아했기 때문에 이왕조가 되며 불교를 배척하는 바람에 차 마시는 풍습도 끊어진 것이 아닌가 느껴진다.

아무튼 더운물이나 차를 마시지 않고도 불편을 느끼지 않는 그것이 중요한 원인일 것이니 조선서는 냉수대로가 맑고 맛이 좋은 때문이다.

5
만리장성

남방으로 떠나기 전에 각국 대표들의 어서 보고 싶어 한 것은 만리 장성이다.

만리장성은 북경서 가까이 볼 수 있었다. 말이 많이 나기로 유명한 장가구로 가는 경장선을 타고 두 시간 반이면 만리장성을 만나게 되는 것이다.

남구라는 정거장은 북경서 잠깐인데 주위 풍물이 일변하여진다. 시뻘건 감이 주렁주렁 달린 감나무가 농가 울타리마다 산기슭마다 서고 맑은 시내가 반석을 굴러 떨어진다. 이런 남구에서부터 약 11마일 가는 동안은 북중국에서 유일한 풍치지구로서 기차가 숨차게 올려 달리고 있는 거용관 협곡에는 물소리가 아름다워 탄금협이라 이르는 경승지가 있다 한다.

좌우 협곡에 내려질리고 치달린 장성의 잘룩진 곳을 끊고 앉은 '청용교' 역에서 우리는 차를 내렸다. 급한 경사에 톱날처럼 어깨를 두고 쌓은 장성은 먼저 웅장하고 기이한 석조건물이란 인상이다. 이 장성을 넓은 시야에 넣고 보기 위해서는 1마일 가량 산길을 더듬어 팔달령 분수령에 올라서야 했다.

준험한 산마루들이 제멋대로 치솟고 내려 달리고 하였으되 육중한 장성은 발톱 날카로운 거대한 파충류처럼 가장 마루진 등성이를 눌러 타고 구름밖에 아득히 뻗어나갔다.

일대 위관이다! 바닥은 폭이 25척 꼭대기도 16척이나 되니 거의 3간 너비다. 높이는 지형 따라 다르되 20척에서 30척 되는 데까지 있다. 재료는 돌과 전박(纏縛, 검고 큰 벽돌)과 흙인데 겉은 화강석을 곱게 다듬어 쌓았다.

이 만리장성은 외성과 내성이 있었다. 외성은 상해관에서 몽고 경계를 지나 감숙성으로 들어갔는데 산서성과 하북성에서 2중으로 된 부분이 내성이며 이 팔달령에서 보는 것은 그 내성의 일부분인 것이다. 내외성 합하여 전장이 1만 7천 6백 리이며 요충마다 60간의 거리를 두고 망루와 네모진 보루를 쌓았다. 장성이 고적으로 변하기 전까지는 군대들이 이 망루와 보루에마다 서 있었을 것이다.

진나라 시황 때 쌓았다고 전하나 사실은 그전부터 이 북방에 국경을 둔 나라를 연, 조, 진 나라들이 북쪽 말 타는 민족들의 불의 습격(不意襲擊)을 막기 위해 자기 국경마다 성을 쌓아왔는데 진시황이 연과 조를 통일한 후 장성을 수축도 하고 준축도 하여 서쪽으로 깊이 임조까지 뻗었으며 훨씬 후세인 명나라 신종 때에도 2백 마일이나 장성을 새로 증축한 일이 있다.

이렇게 만리장성은 일조일석에 된 것이 아니요 북쪽을 방비해야 하는 일치된 군사적 조건하에서 2천여 년래 끊임없는 수축과 증축으로 이루어진 것이다.

아무튼 세계에 유래 없는 위대한 공사다! 고대 중국인민들이 끈기차게 성취해낸 위대한 공사는 이 만리장성만이 아니다. 2천 5백 년 전 수나라 양제 때에 남북중국을 연통시키어 오늘까지도 의연히 이용되고 있는 전장 5천 3백 마일의 운하도 파놓은 것이다. 토목 기재가 수공업적이었을 그 시대의 공사로 이 장성과 운하는 기적과 같아 경탄하지 않을 수 없다.

나는 좌우를 돌아보면 꿈틀거리는 것 같은 이 만리장성 위에 서서 까마득한 남구 협곡 사이로 북경평야를 내다보았다. 이 장성으로 말미암아 북경의 평화와 문화를 지킨 적도 있으리라. 나는 그 고궁에서 본 가장 섬세한 공예품인 '상아해당식등롱'을 생각해 보았다. 얼마나 거대한 스케일을 가졌으며 또한 얼마나 섬세한 호흡도 가진 이곳 인민들인가!

이 위대하고 천재적인 인민들에게 근로가 노예로 아니라 신성한 창조로 해방된 이날 영명한 중국 공산당과 모 주석의 영도 하에 4억 7천 5백만이 한 덩어리로 단결했으며 선진 쏘련의 기술과 경험이 백방으로 원조하는 이날 이 인민들의 새 중국의 건설과 앞날의 얼마나 더 방대하고 더 다채 현란할 것이겠는가?

새 중화인민공화국은 창건되는 그해도 벌써 만리장성을 쌓고 남쪽 운하를 판 그 통치자들도 감히 꿈도 꾸지 못하였던 대자연 개조인 회하 치수공사에 달라붙었고 이미 제1기 공정을 완수한 것이다.

이 회하의 수재는 백년마다 70차의 대소 수재가 났고 수재마다 이 회하 유역의 5천 5백만 주민이 집을 띄우고 논밭을 물속에 잠겨야 했다. 이 태초부터 있어온 재앙을 영원히 청산할 뿐 아니라 광대한 습지대들이 금전옥답으로 환생하는 것이다.

역대 통치자들은 왜 이 회하 치수에 손을 대지 못하였던가? 첫째 이 회하 수재에 자기들의 집은 떠나가지 않았던 것이요, 다음으로는 치수할 도랑이나 물 가둘 땅에 제 땅이 들어가는 지주들의 반대하는 모순 때문이요, 그리고 엄청나게 거창하여 정밀한 과학이 아니고는 갈피를 잡을 수 없는 공사였기 때문일 것이다. 새 중국이 일어서는 그 길로 이 회하 치수부터 착수했고 능히 진척해 나가는 것은 인민의 이익부터 생각하는 인민정권이기 때문이요 지주 없는 인민민주사회의 새 제도의 승리이기도 한 것이다.

이 회하 치수 공사는 얼마나 거창한 것인가?

이 공사에서 움직여지는 흙을 1미터 높이로 담을 쌓는다면 지구를 다섯 바퀴나 돌리라 하니 그 규모를 짐작할만하지 않은가?

발휘하라! 인민의 단결된 위력을! 발휘하라! 전투에서나 건설에서나 스탈린 깃발 아래 단결되어 내닫는 세계인민의 위력을! 어느 곳에서나 어떻게 발휘하는 우리 인민의 역량은 전 세계인민의 해방과 평화를 촉진하며 보위하는 오늘의 위대한 만리장성으로 되는 것이다.

6
황하를 건너

10일 저녁 8시 40분차에 우리 외국 관례단들은 중국 '문연(文聯)' 사가부 서기장의 안내로 남중국을 향하여 북경을 떠났다.

이날 저녁 나는 북경 정거장 승차대에서 새로 보는 것이 하나 있었다. 그것은 파는 사람 없는 신문 잡지 매점이다. 누구나 필요한 신문이나 잡지를 가지고는 대금은 돈 넣는 상자에 들어뜨리면 된다. 잔돈 없는 사람은 큰돈 채 넣으므로 돈이 남을지언정 모자라는 적은 없다 한다. 크지 않는 사실이나 장래 인민민주사회의 더욱 새로워질 도덕과 질서를 예견시키는 훌륭한 불꽃의 하나다.

북경에 있는 동안 나의 귀한 입이 되어준 북경대학 조선어과 학생 해병택 동무가 이번 남방 여행에도 동반해 주었다. 여러 날 같이 지내는 동안 해 동무는 내가 무엇에 관심할까를 곧 잘 알아채게 되었다.

"우리나라에서 유명한 황하를 보고 싶으시지요?"

"보고 싶고말고요! 어느 때 황하를 건너게 되오?"

"밝아섭니다. 양자강은 모레 새벽 잘 때입니다마는 황하는 내일 아침 밝아서 건넙니다. 내 알려 드리지요."

"황하는 이런 가을철에도 물이 누룹니까?"

"언제나 황하 그대롭니다. 그래 절대로 안 될 일을 기다리고 있는 것을 '어느 백년에 황하 맑기를 기다리지!'[37] 하는 속담이 있답니다."

이 한족과 그 문화의 발상지인 황하 연안을 향하여 달리는 차 속에서 나는 중국 문련 기관지 『문예보』를 뒤적거리다가 「양한(兩漢)의 예술」이란 글을 더듬어 읽게 되었다. 글쓴이는 중국 중앙정부 문화부 문물국(우리 물보와 같은 기관) 정진탁 국장으로서 중국 두 한나라시대의 예술을 소개하는 글이었다. 이 글 속에는 조선 평양 교외에서 발굴되어 고대 미술의 정화로 세계적으로 알려진 '채색상자'에도 언급되어 있었다. 씨는 말하기를 "이 채색상자는 인물을 많이 그린 것으로 그 화법이 매우 생동하고 유창하다."고 하였다. 이 여러 색채의 옻칠로 세밀히 그린 3천 년 전 인물도는 평양 박물관의 진장품일 뿐 아니라 고대 미술의 전 인류적 보물의 하나였던 것이다. 이런 보물도 아깝게도 야만 미제 침략 군대 앞에는 돼지에게 진주 격이어서 싸고 싸 깊이 묻은 것을 놈들은 뒤져내어 굳이 구둣발로 짓밟아 버린 것이다.

형태조차 맞추어보기 어렵게 바스라진 부스러기만 남았다.

이 미국 야만들은 1945년 가을에 서울에 들어와 서울대학을 항공부대 숙사로 차지하였다. 서울대학 관리위원회에서는 도서관만은 우리가 지키겠노라 간청하였으나

---

37 백년하청(百年河淸)을 뜻한다.

"우리 미국 군대는 문명국 군대니까 도서를 존중할 줄 아니 염려 말라." 하고 도서관까지 강점했었는데 사흘이 못가 놈들은 종이가 부드럽고 질긴 고서적으로 골라 뜯어 구두를 닦는 것이 발견되었던 것이다. 그전 일제 놈들이 서울 경복궁 자리에 총독부를 지을 때 그놈들 소견으로는 아주 헐어버리기에는 아깝다 하여 막대한 비용과 시일을 들여 옮겨 놓았던 조선의 천안문인 '광화문'을 이번 미국 야만들은 군사 시설과는 아무 상관없는 지대임에 불구하고 로켓포를 거듭 쏘아 조선 고대 건축의 자랑이던 광화문을 불 질러 버린 것이다. 그 외에도 조선 고대 건축의 정화들인 성천 강선루,[38] 묘향산 보현사,[39] 금강산 장안사[40] 등이 놈들의 폭격으로 타버리었다. 20세기 트루맨의 '문명군대'는 고대 배달족과 더불어 누가 문명을 더 많이 파괴하는가를 경쟁하고 있는 것이다.

× × ×

이튿날 아침 차창이 밝기가 바쁘게 나는 창밖을 주의하기 시작하였다. 새뽀얀 서리 속에 밭들이 드러나는데 고구마와 낙화생이 대부분이다. 낙화생 밭머리에 아침 햇볕을 그득 실은 꽃들이 지나간다. 운하를 떠다니는 범선들이다. 댑싸리가 단풍들어 자주빛으로 붉다. 농부들은

---

38 강선루(降仙樓) : 평안남도 성천군 성천읍에 있는 성천객사(成川客舍)에 부속된 고려시대 누각.

39 보현사(普賢寺) : 평안북도 영변군 북신현면 향암리 묘향산에 있는 절. 일제강점기의 31본산 가운데 하나로 임진왜란 때 의병으로 나섰던 서산대사가 입적한 곳으로 유명하다.

40 장안사(長安寺) : 강원도 회양군 장연리 금강산 장경봉(長慶峯) 아래에 있는 유서 깊은 절. 신라의 법흥왕대(514~539)에 창건했다는 설과, 551년(양원왕 7) 고구려 승려인 혜량(惠亮)이 창건했다는 설이 있다.

밭에서 고구마와 낙화생을 캐고 큰길에는 외바퀴차와 여러 필 말이나 노새가 끄는 수레들이 지나간다. 농민도 차부도 살푼해 보이는 삿갓을 썼다. 외바퀴차가 재미있다. 바퀴는 가운데 하나뿐 짐이나 사람은 양 속에 싣고 두 편 손잡이로 밀고 간다. 어깨에 휘청거리는 나무채를 걸치고 양끝에 저울 달듯 짐을 달고 가는 '편담'이란 것도 재미있다. 외바퀴차와 편담이 조선에도 보급될 듯한데 조선 '지게'가 중국에 쓰이지 않듯 서로 국경을 엄수하는 것은 무슨 까닭일까? 지게는 산길에 좋고 편담은 들길에 편한 지리환경이 다른 때문일까?

일곱 시 가까이 되어 바윗돌을 인공으로 쌓은 듯 혼자 오뚝한 100미터 가량의 조그만 돌산이 지나가는데 황하 곁에 있는 '까치산'이라 한다. 다시 나무 없는 황토 벌판이 다가 홍수 그대로의 붉은 수면이 들어난다. 철교가 걸린 강 쪽은 과히 넓어 보이지는 않으나 1천 3백 80미터의 동양 제1의 긴 철교라 한다.

물결조차 소용돌이쳐 흙탕을 뒤번지며 흐른다. 아득한 대륙 지평선에 하상을 따라 황토 단애가 굽이쳐 사라졌다.

이 황하는 곤륜산에 근원을 두고 화북 대륙을 서리서리 2천7백 마일이나 흘러 발해만을 열고 황해로 들어간다. 암석이 아니기 때문에 어떤 지대에서는 수세 따라 하상이 이동되며 생땅이 무시로 꺼져 들어간다. 장마 때는 물 4에 진흙 6이라 하며 평시에도 물 열말에 진흙 서말인 비례로서 매년 1백 70억 방척의 황토를 황해 바다로 뿜어낸다는 것이다. 중국 속담에 "관리와 길과 황하는 3대 우환이라." 일러온다 한다.

그러나 새 천지 중화인민공화국에서는 이미 첫째 우환을 완전히 청산하였고 다음 우환들도 대규모의 자연 개조가 시작되었으니 이 앞으로는 이런 속담도 주석이 달리지 않고는 이해하지 못할 것이다.

황하를 건너자 이내 고도시의 하나인 '제남'이 나왔다. 유명한 고대 시인 이태백이가 글 읽던 산 '광산'이 이 제남에 있다.

나는 제남 역에서 『대중일보』라는 신문을 샀다. 이 신문에도 조선인 민군 총사령부의 보도와 정전 담판에 관한 기사가 났고 두 가지 군중 재판에 대한 기사가 나 있었다. 하나는 장개석 특무의 재판이요 하나는 며느리를 학대하여 죽인 시어머니와 남편의 재판인데 모두 군중들의 요구에 의하여 사형들이었다. 항미원조와 토지개혁과 아울러 반 혁명분자 진압운동이 오늘 중국의 3대 운동으로 전개되어 있는바 도시나 농촌이나 정치적 경각성이 높아진 인민들의 조직이 철옹성 같으므로 중국이 넓다 하나 특무나 반동들에게는 발붙일 촌토가 없어진 것이다. 30여 년 전에 경한철도 파업지도자 임산겸을 죽인 놈이 오늘에 와 잡혔으며 동북 할빈에서 이조린 장군을 죽인 놈은 멀리 사천성 중경에까지 피했으나 결국 붙잡히고 말았다는 것이다.

『대중일보』에는 상품 광고들도 많이 났다 그중에는 상품광고 아닌 '회과(悔過)' 광고 즉 잘못을 뉘우치는 광고라는 것이 여러 건 났는데 이 것도 새 중국의 성장 발전하는 새 면모의 하나일 것이다. 이 회과 광고의 실례를 하나 들면 이러하다.

'국화상장○○호 문방구상 ○○원'이란 주소와 상점명을 밝히고 "불합격품인 건국표 메테용 쇠자를 팔았는데 당국으로부터 관대한 처분을 받았다. 크게 감사하며 금후는 법령을 엄수하여 다시는 범측하지 않을 것을 공고하여 맹세하며 전과를 깊이 뉘우칩니다." 이런 내용이다.

차는 정오 못미처 '태안'에 이르렀는데 동편으로 험준한 산그늘이 차창에 비치었다. 지척에서 바라볼 수 있는 이 산이 유명한 '태산'이라 한다. "태산 명동에 쥐 한 마리"[41]니 "태산이 높다 해도 하늘 아래 뫼로다."이니로 굉장히 높은 산으로 알려져 있음에 비하여 그다지 빼어 솟았거나 웅성 깊은 산은 아니다. 해발 1,545미터의 높이이며 나무가 없어 쥐 한 마리가 뛰어가도 보일 성싶다. 기차에서 보이는 각도로는 산맥이 널리 뻗지 않고 한 거대한 모형처럼 평원에 도사리고 솟았다. 그러나 대마루들이 거꿀지고 조봉이 멀리 들여다보여 역시 명산다운 장엄성이 있다

이 태산에는 명소 구적이 많다 한다. 그중에도 공자의 사당이 유명했다고 한다. 3천 년 간 동양 사람들의 머리를 왕도사상으로 짓눌러온 유교의 시조 공자는 우리가 지나갈 '자양' 역에서 지척인 '곡부' 사람이었다. 인민들로 하여 봉건 군주들에게 절대 순종시킨 사상이다. 제왕들은 이런 고마울 데가 없다 하고 처처에 공자의 사당을 짓고 다른 종교와 달리 국가 의식으로 공자의 제사를 주간해 주었다. 우리 조선에서도 군 소재지마다 소위 '향교'라는 것을 두어 그 지방 권력자들의 인민을 압박하는 행세 기관으로 되어왔던 것이다.

중국 인민해방군이 장개석의 반동군대 60만을 포위 섬멸한 '회해전역'으로 유명한 『서주』를 지나면서부터는 지붕을 새나 곡초로 이은 농가들이 나오기 시작한다.

나는 서주에서 『대공보』라는 신문을 샀다. 이 신문에도 나는 새 중국이 급속히 장성하고 있는 문화면의 일 면모를 접촉할 수 있었으니 전국

---

41 태산명동 서일필(泰山鳴動鼠一匹)

적으로 일어나고 있는 언문(말과 글) 정리운동이다. 북경 『인민일보』에서 문장강화를 시작한 것이 전 인민적 호평을 얻어 중국 안 전체 신문이 이를 전재하고 있으며 이 대공보 수요특집에도 『조국어문』이란 큰 제목 아래 「어문만담」 「문장시개」 등의 별제로 이론과 구체적 지적들이 기재되어 있었다.

그 전에는 시대 따라 지역 따라 같은 뜻에 다른 글자로 썼다. 『논어』에는 '이 사(斯)'자를 썼고 『맹자』에는 '이 차(此)'자를 쓴 것 같이 혼란했으며 문장에도 '진한체'니 '당송체'니 '위진체'니 하고 각기 다른 품격으로 발전해 왔다. 그러나 새 시대며 통일된 지역인 오늘에 있어 복고주의적 난삽한 글을 쓸 필요가 어데 있으며 하물며 용어(用語) 용문(用文)에 무원칙한 글을 써서 기괴한 것을 자랑삼거나 인민들로 하여 해독하기 어렵게 한다면 이는 묵과할 수 없는 현상이라 하였다.

「문장시개」라는 제목에는 청년과 학생들이 발표한 글에서 한 구절씩 끌어다 시정해 보였고 '항미원조'라는 말은 옳게 줄여진 말이나 '진압반혁명'을 '진반'으로 줄여 쓰는 것은 진압대상이 모호해지므로 옳지 않다고 지적되어 있었다. 잡지 『문예보』에 「조선 농촌 안에서의 전투화염」이란 글이 났는데 '불꽃 염(炎)'자를 세 가지로 인쇄했으니 이런 혼란은 바삐 청산하자고 주장하였다. 어느 나라 인민들에게 있어서나 자기 조국을 사랑하는 마음은 자기 조국의 말 한 마디 글 한 자에까지도 정성스러워야 할 것이며 더구나 우리 작가들에게 있어서는 인민들에게 뜻을 옳고 쉽게 전하기 위하여 조국의 어문을 아름답게 연마시키기 위한 남다른 책임이 있는 것이다. 나는 중국에 있는 동안 문장 수사에 대한 논의들을 읽고 참고된 바 크다.

×　×　×

양자강에는 철교가 없는데 기차가 건넌다. 기차를 한 번에 세 칸씩 싣고 건너는 배가 있는 것이다. 밤중에 잠든 동안이어서 이런 거창스런 나룻배질을 보지 못한 채 건넜다.

황하보다 물이 맑다 한다. 전장 3천 3백 마일로서 중국에서 제일 큰 강으로 여기서는 그냥 '장강(長江)'이라 통한다.

세계에서 이 양자강보다 더 긴 강이 있기는 하다. 그러나 장강 연안이 인구가 조밀하여 황무지가 없어 물산이 막대하며 하구로부터 3천 톤짜리 기선은 7백 마일이나 되는 '한구'까지 올라가고 1천 톤짜리 기선은 1천 마일이나 되는 '중경'까지 깊이 올라가므로 강이면서도 좌우에 큰 항구들이 연이어 있는 일대 해안의 역할을 하기 때문에 양자강은 그 존재 가치가 위대한 것이다. 이런 양자강은 거의 한 세기 동안을 차라리 없는 것만 못하게 미영 강탈자들의 군함이 대륙오지에까지 함포를 쏘아댈 수 있게 이용되었다. 인민해방군의 남하작전을 막아보려 미·영·불의 군함들은 이 장강에서 헤매며 최후 발악도 해보았다. 그러나 오늘 양자강은 한때 악몽을 황해 밖으로 쓸어버리고 영원한 중국 인민의 복리의 장강으로 유유히 흐르고 있는 것이다.

차에서 다시 밝는 날 아침은 수향의 도시 '소주'를 그 성 밖으로 지나게 되었다. 성 밑에 배 돛대들이 숲을 이루었다.

벼 이삭이 금물결 치는 논이 아니면 푸른 물이다. 짙은 안개 속에 성문 문루들이 떠오르고 거리 뒷골목에 채소 실은 배들이 그뜩 들어서 아낙네들과 아침 흥정이 한참이다. 대숲 우거진 곳에 농가들이 있고 농가들 뒷문에는 운하 아니면 호수여서 집집마다 뒷문에 배를 매였고 배 옆에는 오리떼가 떠 놀고 있다. 옥야천리 그대로 끝없이 논이 깔렸는데 여기 논들은 한해에 벼 추수를 두 번씩 한다고 한다. 어쩌다 한두 자리 높은 땅에는 뽕나무와 콩과 채소를 심었다. 논바닥은 운하나 물도랑 수면에서 두세 자 가량 높은 것이 보통으로 물고마다 물을 끌어 올리는 연자방앗간 같은 장치가 있다. 이것을 소가 연자 돌리듯 끌고 돌아가면 물이 올라온다는데 북경시의 농촌에서 본 것과는 달리 규모가 크고 이것은 목재로 된 기계다. 소는 뿔이 크고 털이 검은 회색인 물소들인데 물 많은 이곳 풍토에서 가장 잘 견디고 힘이 세다 한다.

이 물 좋고 바닥 걸고 1년에 두 번씩 추수하는 땅이 자기 땅이 된 농민들은 일하다 말고 즐거운 낯으로 기차를 향하여 손짓들을 한다. 그들은 옷만 깨끗한 것이 아니라 농기구들까지도 아직 자루 흰 것이 많이 보였다. 이들의 급속히 높아진 생활과 함께 급속히 개변되는 농업 경리의 일면도 엿볼 수 있었다.

호수에서는 여러 백 마리 오리떼를 거느리고 배에서 사는 가족도 볼 수 있다. 운하에 화물을 실어 나르는 배에도 살림 풍경을 볼 수 있다. 남쪽으로 갈수록 호수와 강과 바다에서 배를 집으로 사는 사람이 많다 한다. 북방 주민들이 평원에 사는 것과 남방 주민들이 수향에 사는 것과 사천성 같은 오지 주민들이 산향에 사는 것들은 중국의 세 가지 특색 있는 지방색으로 일컬어 오는 것이다.

집집마다 뒷문에 매여 있고 밭머리 논머리마다 떠있고 근로 인민들의 주택으로도 되는 저 배는 중국 공산당과 깊은 인연이 있음을 나는 그 뒤에 알게 되었다.

1931년 7월 1일부터 모택동 동필무 진담추 등 12대표들이 상해에 모여 중국공산당 창건을 위한 대표자 대회를 열어 비밀리에 진행하는 중 제4일에 이르러 옆방에 정탐이 잠입한 것이다. 이를 알자 대회는 이 소주에서 지척인 '가흥'의 호수로 옮겨 저런 한 척의 작은 배 속에서 회의를 계속하였다는 것이다.

황금 이삭의 바다 넘어 높고 낮은 굴뚝들이 올려 솟기 시작한다. 77종의 공장과 기업소가 1만 2천이나 있다는 상해가 가까워진 것이다.

상해

12일 아침 9시 30분에 우리 차는 상해역에 들어섰다. 상해에도 관례단 초대위원회가 있어 우리는 꽃과 노래의 성대한 환영을 받으며 '금강반점'으로 안내되었다.

금강반점은 영국 계통 자본이 지은 것으로 상당히 사치한 호텔이다. 내가 든 방은 7층인 내방 위로도 4·5층이 더 있고 다시 그 위에 있는 식당 휴게실로 올라가면 상해 전경을 눈 아래 내다볼 수 있었다.

황포강 부두 쪽으로는 10여 층 건물들이 키를 다투어 솟았는데 그 너머 멀리 동쪽으로는 공장 지대인 듯 무수한 굴뚝들로부터 솟는 연기가 그쪽 하늘을 매지구름[42]처럼 덮고 있었다. 1949년 5월 28일 해방되던 그 당시에는 6백여 만의 시민이 살았는데 그 중에는 실업 인구가 백만 명이나 되어서 그들을 광산과 다른 지방 공장들로 취업시키고 나니

---

42 비를 머금은 검은 조각구름.

오늘 현재 상해는 5백만 시민이라 한다.

상해는 본래 '신강' 또는 '상양'이라 하던 이름이 송나라 때 '상해진'이라 고친 데서 '상해'로 된 것이며 이 상해는 중국 역사에서 최초의 굴욕적 조약이던 '남경조약'에 의하여 영미일불(英美日佛) 등 제국주의 세력이 중국을 침략하는 중요 거점으로 되어왔던 것이다.

영미 침략자들은 중국인민들을 종교로써 무저항주의자들을 만드는 것으로만 만족하지 않았다. 인격적 파산자들로까지 만들기 위하여 중국의 공법을 무시하며 아편을 다량으로 싣고 와서 민간에 함부로 펼치기 시작하였다. 중국의 애국자들은 이를 앉아 볼 수 없어 놈들의 아편더미에 불을 지르며 놈들의 군함과 대포 앞에 용감히 맨 주먹으로 달려들어 싸웠다. 이것이 영제국의 죄악 중의 죄악과 중국인민의 영웅성을 영원히 말해 나갈 '아편전쟁'으로서 영국 강도들은 군함을 양자강으로 끌고 올라와 남경을 사격하면서 중국을 위협하였다. 인민들은 이 악독한 원수에게 목숨을 돌보지 않고 대항하였으나 청나라 정부는 군중들이 불 지른 영국 아편 값을 영국이 달라는 대로 물기로 하며 전쟁 비용을 영국이 청구하는 대로 물기로 하며 영국이 배를 수선하는 데 필요하다는 핑계로 '향항'[43]을 달라는 대로 떼여주기로 하며 그 외에도 이 상해와 광동, 복주, 오문, 영파 등지에 영국 사람은 제 땅이나 다름없이 사용할 특권을 승낙하는 '남경조약'을 접수하지 않을 수 없었던 것이다.

그후 영국놈들과 미국놈들은 중국에 아편 팔아먹는 것을 공공연히 경쟁적으로 하였고 미국 놈들은 문화적으로도 저의 식민지를 만들려

---

43 항항(香港) : 홍콩.

상해에만 소위 문화교육 기관을 290여 개나 벌려 놓았고 중국인민의 값싼 노동력까지 착취하는 160여 개소의 공장과 기업소를 소유하고 있었던 것이다. 영국 조계니 불란서 조계니 공동 조계니 중국인 시가니 복잡다양한 특수 행정의 도시는 고향이 없고 조국이 없다는 꼬스모폴리스트들의 온상이기도 하였다. 이런 주인이 없는 기형 도시가 도적놈들에게 만족했을 것이다. 독점한 이윤으로 주머니가 불러지며 세기말적 퇴폐와 값싼 이국정서를 맛보기 위해 뉴욕과 런던의 '신사'들은 즐기려 이 상해를 찾아왔을 것이다. 이 두발 가진 파충들은 처칠처럼 생긴 배불뚝이에 구렁이 누깔을 여송연 연기에 슴벅거리며 이 호텔 노대에서도 상해 시가를 노려보며 음험한 미소를 흘렸을 것이라 생각할 때 이 호텔 걸상들이나 창틀에서는 아직도 그 누린 구렁이 냄새가 나는듯 불쾌하다.

그러나 상해는 굴욕과 타락의 상해만은 아니었다. 이 상해뿐 아니라 전 중국 대륙의 해방과 새 인민중국의 건설을 영도하며 있는 위대한 중국공산당의 발상지가 바로 이 상해였던 것이다.

중국에 대한 영미일불(英美日佛)들의 제국주의적 침략은 중국의 공업 지위를 어느 정도 향상시키었고 한편 중국 민족공업을 자극시키어 제국주의 그 자체의 매장자인 무산계급을 불러일으킨 것이다. 상해는 중국에서 가장 큰 노동자의 집중지대로서 저 유명한 5·4운동과 5·30운동 시기에 있어 상해는 노동자도시 상해다운 역사적 임무를 찬란히 수행했던 것이다.

오늘 상해에는 98만 명의 노동자가 있다. 그들의 가족까지 치면 상해 전체 인구의 70%를 차지한다. 이런 성원을 가진 상해시는 새 인민중국의 건설을 위하여 항미원조를 위하여 반혁명분자 진압을 위하여 토지개혁으로 전변되는 농촌과의 연결을 강화하는 운동에서 전국적으로 전위적 역할을 놀고 있는 것이다.

×　×　×

화동지구와 상해시 인민들은 우리를 맞는 첫날 저녁으로 환영대회를 열어주었다. 시 회의실에서 2천여 명의 각계각층 군중과 더불어 상해시 인민정부 마인초[44] 박사의 환영사가 있었다. 나는 조선인민을 대표하여 화동지구와 상해인민들에게 형제적이며 전우적인 뜨거운 우의와 결의로서 답사하였다. 내가 연단에 오르자 전 군중은 총 기립하여 박수와 환호를 보내주었고 내말이 끝나자 장내가 떠나갈 듯이 "김일성 장군 만세!"와 "영웅적 조선인민 만세!"소리가 폭발하였다.

이날 저녁에 음악 무용 연극의 환영 연예도 있었는데 음악에는 합창으로 구이현 여사의 작곡인 「세계인민은 한 마음이다」가 인상 깊었다. 중국적이면서 국제성이었고 부르기 쉽고 즐거운 곡조여서 우리 일행의 외국 사람들도 상해를 떠날 즈음에는 이 노래를 서투르지 않게 불렀다. 무용에는 창공빛 푸른 배경 앞에 떼를 지어 긴 붉은 천을 불길처럼 놀리며 추는 춤이 좋았다. 연극은 경극인데 73세나 된 남자 늙은 배우가

---

44 마인추(1882~1982) : 절강성 사람으로 중국의 경제학자. 톈진[天津]의 베이양대학[北洋大學]을 졸업한 뒤, 1907년 미국에 유학하여 예일대학교・컬럼비아대학교에서 재정학을 전공했고, 귀국 후 베이징대학교・자오퉁대학교[交通大學校]・저장대학교・충칭대학교[重慶大學校] 등에서 교수를 지냈다. 중일전쟁 중에 국민당의 경제정책을 비판한 것으로 유명하다. 중화인민공화국 성립 후 베이징대 총장(1951), 전국인민대표대회 저장성 대표, 중국은행 상무이사 등의 요직을 두루 거쳤다.

17, 8세의 처녀 역을 영절스럽게 해내는 데는 감탄하지 않을 수 없었다.

이튿날 우리는 상해 '공인문화궁'을 방문하였다. 큰 호텔 자리에 시설되었는데 속에 4백여 명씩 수용하는 극장이 둘이나 있고 도서실 체육관 오락실 식당 여성노동자들을 위한 재봉 강습실 쏘련을 비롯한 각 인민 민주국가의 발전상을 소개하는 전람실, 그리고 '상해에서 노동자들은 어떻게 투쟁하였는가?'를 보여주는 '노동운동기념관'이 있었다.

이 기념관에는 허다한 실물들과 사진들이 진열되어 있는 5·4운동과 5·30 투쟁 때 노동자 군중의 파업과 시위 행렬 사진이 있고 애국열사 왕효화가 원수들의 형장에 끌려 나가되 구 수려한 미목으로 태연자약하여 오늘의 승리를 이미 내다 보는듯한 승리감에 찬 사진이며 상해 자동차 노동조합 간사 왕원의 탄환에 뚫리고 피에 칠갑이 된 의복도 진열되어 있었다.

노동자들에게 높은 선봉적 긍지와 정치적 자각을 일상적으로 고무 추동하는데 크게 이바지 할 전당이었다.

이 문화궁이 창설된 후 1년간 이용한 노동자 수는 70만에 달하며 최고로 1만 2천 명까지 온 날이 있다 한다.

나는 이 문화궁에서 한 가지 특기할 사실을 발견하였다. 중국에서는 만화를 '연화'라 하는데 문맹자나 어린이들을 위하여 글로 보다 그림으로 교양수단을 삼는 것에 발달하였다. 노동자들과 어린이들이 이 연화책을 절대 환영하여 이 연화 수백 책을 길가에 펼쳐 놓고 세를 주는 상인까지 생기었다. 아이들과 노동자들이 책값의 수십분지 일밖에 안 되는 세를 내고 길가에서 연화책을 골독히 번지고 있는 것을 나는 상해에서 수 삼차 보았거니와 내가 놀란 것은 조선전쟁에 관한 주제와 조선

영웅들의 전기가 많은 점에다. 이 문화궁 잡지부에 놓여 있는 연화책만도 백여 가지인데 그중 약 30가지는 조선에 관한 것으로 얼른 보기에도 『안주탄광 소년 빨지산』이니 『영웅 한남수』니가 보이었다. 이 연화들을 통하여 특히 중국 소학생들 사이에서 한남수 영웅이 어떻게 싸웠고 처녀 이순임이 어떻게 영웅이 되었나를 모르는 소년은 별로 없을 것이라 한다.

×　×　×

상해는 번화하다. 사람이 많아 보이는 것이 길이 좁은 때문만 아니다. 인력거가 없어진 대신 자전차화한 삼륜차가 유행인데 으레 두 사람씩 짝지어 탔다.

상점마다 물건이 풍성하다. 방직공업에 있어서는 전 중국의 60%를 차지한 이곳이라 면포 제품이 풍부하다. 트루맨은 중국을 골려 본답시고 중국에 대하여 무역봉쇄를 하였으나 그 결과로는 미국 물건 때문에 기를 못 펴인 중국 상품을 이 급속한 보조로 발전하여 전 중국인민의 생활용품을 자작자급하는 궤도에 올라선 것이다. 1945년 이후 미국 자본가들이 전 중국에서 쓰는 농기구를 독점적으로 만들어 팔아먹기 위해 새 기계제작 기계로만 방대한 공장을 채려 놓았는데 그것도 고스란히 중국인민의 것이 되어 농기구와 광산 기계를 제작하고 있었다. 중국 것으로 외국에 수출하던 상품은 미국이 아니라도 얼마든지 통상할 우호 국가들이 있다. 1950년 중국 무역은 73년 동안 계속적 수입 초과이던 반식민지 특성을 청산하고 '트루맨아 보아라' 하는 듯이 일약 수출

초과를 이루어 인민민주주의 경제제도의 우월성을 보여주었다. 도적놈들과 맞서지 않아 해로운 것은 조금도 없었다.

지금도 미국에는 개와 흑인과 황인은 들어오지 말라고 써붙이는 해수욕장이 있다 하거니와 그놈들이 상해에 있을 때는 황포강 옆 '까든뿌리지' 공원에다 개와 중국 사람은 들어오지 말라고 써붙이었다 한다. 오늘 '까든뿌리지' 공원에는 개와 미 영국 사람은 들어오지 말라고 써붙이지는 않았지만 그들의 그림자는 볼 수 없게 되었다.

×　×　×

비둘기야 비둘기야
고맙다 고맙다
나의 편지
조선인민군에게 전하여다오!

이 노래는 7, 8세짜리 탁아소 아이들이 저희끼리 지어부르는 노래라 한다. 상해 시외에 열사 유아들과 해방군과 지원군의 아이들과 기관 간부들의 아이들을 위한 탁아소가 있는데 200명의 아이들을 위하여 90명의 직원이 있는 훌륭한 탁아소였다. 비둘기보다 더 많이 편지를 가지고 갈 수 있는 아저씨가 조선서 왔다고 하니 고사리 손들을 펴 짝짜꿍하듯 박수들을 하였다.

×　×　×

이 탁아소에서 돌아오는 길에 우리는 중국의 위대한 문호 노신 선생의 묘소를 참배하였다. 한적한 묘지인데 선생의 무덤은 장방형으로 돌로 덮었고 선생의 사진을 찍은 사기판을 박은 돌비가 섰는데 '노신선생 지묘'라 크게 쓰고 그 아래 두 줄로 "1881년 9월 25일생 어 소흥 1936년 10월 19일 졸어상해(卒於上海)"라 간단히 쓰여 있었다. 엿새만 더 있으면 이 노신 선생의 서거 15주년 제일(祭日)이었다.

이날 오후에는 상해 시내 산음로에 있는 노신 선생의 사시던 집과 이웃집까지 넣어 시설한 '노신기념관'을 참관하였다.

나는 노신 선생의 작품을 많이 읽지 못하였다. 그러나 「아큐정전」과 「고향」을 읽은 기억은 10여 년 후인 지금도 머릿속에 생생하다. 두 작품이 단편들이나 장편 치고도 거대한 장편을 읽는 것처럼 새 세계를 향하여 움직이는 과도기 중국의 거대한 시대상이 머릿속에 깊이 찍혀 있다.

이 훌륭한 수법을 가진 대작가는 정치논문과 계몽적 수필과 투쟁실천 때문에 아깝게도 많은 작품은 남기지 못하고 갔다. 그러나 적은 수의 몇 편으로도 근대 동양의 대표적 문호인 것이다.

선생의 본명은 '주수인(周樹人)'인데 홀어머니로 빈곤한 생활 속에서 자기를 키운 어머니를 잊지 않으려 어머니의 성 노씨에서 따 '노신'으로 호를 지었고 장개석의 반동 경찰과 제국주의 테러 탄압 때문에 종적을 감추기 위해 80여 가지 익명으로 글을 썼다. 애초에 일본으로 유학하기는 의학을 배우기 위하여서나 한번은 일본 사람들이 만주에서 찍어온 영화에서 중국인민들이 중국의 어떤 애국자가 일제 관헌에게 참살당하는 것을 보고도 무심한 표정들로 서있는 것을 보고는 깊이 찔린 바 있어 "나는 한 두 사람의 몸의 병을 고치기보다 전 중국 사람의 정

신의 병을 고쳐야 하겠다!" 결심하고 문학으로 방향을 돌렸고 후에 귀
국하여 신해혁명을 체험하면서 반제 반봉건 투쟁에 인민의 정신의 기
사로서 제일선에 헌신한 것이다.

중국에서 맑스-레닌주의의 위대한 선구자 이대쇠[45]가 지도하던 잡
지 『신청년』에 「광인일기」를 발표한 데서 시작하여 "나는 소와 같이
먹는 것은 풀이되 내여 놓는 것은 우유와 피라야 한다."고 한 자기 말
씀대로 구차한 생활 속에서 그보다 몇 배 간고한 탄압 속에서 백절불굴
하여 아홉 권의 산문을 썼으며 세계적 걸작인 단편집들과 방대한 학문
적 저술인 『중국소설략사』를 내였으며 선진 쏘련 작품들 「궤멸」, 「철류」,
「세멘트」, 「철갑열차」 등을 번역했으며 문화혁명의 깃발들이었던 『어
사』, 『급류』, 『문예연구』, 『해연』, 『십자가두』 등 잡지를 주간했으며 혁
명가 구추백과 송경령 여사 등과 더불어 '중국자유운동 대동맹'과 '중
국인권 보장동맹' 등을 조직 지도하는 등 어떤 불리 고독한 시기에도
일호 굴함 없이 예리한 투지로 일생을 중국 혁명에 바치었다.

그는 위대한 천재였으며 그는 타협을 모르는 강철 같은 혁명가의 성
격이었다.

모택동 주석은 일찍이 「신민주주의론」에서 노신 선생에게 언급하여
이렇게 말하였다.

"노신은 중국 문화혁명의 장수다. 그는 다만 위대한 문학가일 뿐 아
니라 위대한 사상가이며 위대한 혁명가였다. 노신의 기골은 가장 굳었
다. 그는 조금도 굴복 아첨의 빛을 보이지 않았다. 이것은 식민지 반식

---

45 이대쇠(李大釗, 리다자오, 1888~1927) : 중국 하북성[河北省] 출신의 중국공산당(CCP)의 공동 설립
   자. 마오쩌둥[毛澤東]에게 사상적 배경을 제공하였다.

민지 인민의 가장 고귀한 성격이다. 노신은 문화전선에서 전 민족 다대수를 대표하여 적을 향하여 돌격 쇄진한 가장 정확하고 가장 견결하고 가장 충실하고 가장 열성적인 전고미증유의 영웅이다. 노신의 방향은 곧 중화민족 신문화의 방향이다.”

선생이 사시던 집은 큰길에서 차를 내려 직선으로 좁은 시멘트 골목을 4, 50미터쯤 들어가면 여러 살림들이 세 들어 사는 긴 3층 벽돌집이었다. 거기 끝의 채에 주은래 총리의 글씨로 ‘노신기념관’이란 현판이 붙었다. 2층에 올라가면 선생이 집필하던 책상과 간소한 등의자가 그대로 놓였고 선생이 서거하신 날자 그대로의 ‘민국 25년 10월 19일’ 일력이 선생이 운명하신 침대 맞은편에 걸려 있었다.

책상 위에는 몇 가지 문방구도 놓여 있는데 벼루 옆에 세 자루 모필이 저것이 위대한 노신 선생의 무기였나 싶어 다시금 눈을 돌려 더듬게 하였다.

3층에는 그분의 동지였으며 막역한 친구이던 혁명가 구추백[46]을 숨겨두던 방이었고 구추백이 원수들에게 잡혀 희생된 후에도 다시 올 사람의 것처럼 그냥 두고 있던 유물들이 의복 상자서껀 그냥 놓여 있었다. 각국어로 번역된 『노신전집』 혹은 『노신선집』들과 선생이 주간하며 혹은 기고하던 출판물들과 선생의 질소(質素)하였던 생활과 엄격하면서도 자상하였던 풍모를 엿볼 수 있었다.

×　×　×

---

46 구추백(瞿秋白, 취추바이, 1899~1935) : 중국 강소성 출신의 중국공산당 지도자.

상해에는 마침 두 가지 큰 전람회가 있어 전 시민들의 인기를 끌고 있었다. 하나는 '토지개혁 전람회'요 하나는 '혼인법 선전실'인데 두 가지가 한 장소에 열려 있었다. 이 회장으로 된 곳은 영국놈들이 경마장을 만들어 중국 사람의 푼돈까지 긁어가는 것을 보고 불란서놈들은 개구경장을 차려 놓고 중국 사람의 잔돈을 털어가던 '경구장'이었던 곳이라 한다.

토지개혁 전람회는 세 단계로 조직되어 있었다. 첫째로 봉건 죄악을 보이는 부문으로 지주의 착취상과 농민의 고통과 토지개혁의 정의성과 필요성을 보여주었고 둘째는 토지개혁 실천을 보이는 부분으로 공산당과 정부의 지도 밑에 인민들이 어떻게 질서 있게 진행하였는가를 부여주었고 셋째는 새 농촌의 새 기상을 보이는 부문으로 농민의 정치의식 제고와 정치·경제·문화면에서 현저한 진보와 새 중국의 광명한 앞길을 보여주었다.

어떤 지주의 궁궐처럼 꾸미고 살던 방 모양과 가구들이 그대로 진열되고 어떤 지주의 아편 빨던 침대와 도구며 농민들에게 사사형벌[47]을 감행하던 곤장, 채찍, 밧줄, 도끼, 식칼 등의 형구와 농민 폭동을 장개석 반동 정권과 협력하여 탄압하던 지주들의 권총과 장총과 기관총까지 나와 있었다.

중국은 땅이 넓다. 그러나 땅이 좋은 곳에는 그만치 인구가 많다. 소남구의 일례를 보면 농촌인구 1,029만 명에 경작 토지는 2,568묘(1묘 약 2천 평)로서 매인당 2묘 반 정도였다. 그리고 성분으로는 백분지 삼이

---

47 사형(私刑).

지주계급이었다고 한다.

강령한 요천향의 방양화라는 지주는 할애비가 4품관을 지내어 농민의 토지를 강제로 긁어모아 10만 묘 이상을 소유했는데 이자의 소작인 명부를 정리한 카드상자는 웬만한 도서관 도서카드 상자 같았다. 어떤 지주는 자기 땅과 소작인 촌을 지도로 표시해 두고 마치 왕이 자기 영지를 관리하듯 하면서 소작인들을 백성처럼 다스렸다. 장문건이란 지주의 집에서는 곡식 되는 나무로 짠 말이 두 가지가 나왔는데 얼른 보면 비슷하나 하나는 스무 되가 들고 하나는 스물다섯 되가 드는 것으로 자기가 받아들일 때는 스물다섯 되짜리 말을 사용하였다 한다. 율향현이란 곳의 진호라는 지주는 신4군이 후퇴한 시기에 특무 돌격대장이 되어 농민 120명을 살해하였고 그 명단을 장개석 정권에 등사로 찍어 바친 것이 나왔는데 살해한 이유는 모두 '완강'으로 기입되어 있었다. 한 지주놈은 흉년이 들어 제가 기르는 개를 먹일 것이 없어 소작인을 대밭으로 데리고 들어가 쇠스랑으로 때려죽이고 가마에 삶아 개를 먹이었는데 그 쇠스랑과 가마와 식칼들이 진열되어 있고 강음현 호경조라는 지주의 집에서는 권총이 열두 자루가 나와 있었다.

지주들은 장개석의 경찰뿐 아니라 반동 군벌들을 끼고 농민을 탄압하는 데 가담한 여러 가지 증거품이 나와 있었다. 지주 종백석이란 자는 생선뼈로 만든 진귀한 단장을 금으로 장식하여 군벌 백숭히에게 선사하였던 것도 진열되어 있었다.

농사꾼 머리 위엔
칼이 두 자루

비싼 변리와
무거운 도지
농사꾼 눈앞엔
길이 세 갈래
보따리 싸는 길
목 매다는 길
감옥에 가는 길

이것은 소남 지방 민요라 한다. 호화로운 지주들의 화류 의자와 비단 자리 앞에 농민들의 깁고 덧기워 본바닥은 볼 수 없이 된 누더기 옷이 진열되었는데 웃저고리 하나를 대를 물려 55년간 입은 것과 60년간 입은 것이 있었다. 지주에게 변리 비싼 빚을 갚을 길이 없어 열한 살 난 딸을 스무 살까지 은 열두 냥에 판 증서도 있고 부부 두 몸이 살림을 떠업고 은 일곱 냥에 지주에게 팔린 증서도 있었다.

심위용이란 청년은 지주의 아들인데 자기의 아버지이지만 농민들에 대한 잔인무도성을 보고 견딜 수 없어 자기 아버지의 폭로 공개하여 토지개혁의 필요를 주장한 글도 있었다.

토지개혁을 앞두고 선진공작 토지와 인구조사 계급성분 획분 등의 기초사업이 진행된 정혁을 사진으로 설명으로 표시하였는데 성분 획분(劃分)은 지주, 부농, 중농, 빈농, 고농 등 다섯 가지며 지주들이 황급히 소유 토지를 분산시키며 간부들을 매수하고 농민들을 위협한 실례들도 나타나 있었다.

악덕 지주들에 대한 농민들의 공소로써 군중 앞에서의 재판을 하는데 대가리가 숙어진 지주와 계급적 복수에 불타는 농민들의 새 인간으로서의 면모가 약동하는 사진이 많았다. 지주 토지의 몰수 토지와 농구와 가축, 농량, 가옥 등의 분배하는 사진 중앙정무원으로부터 황염배 부총리가 소남 지방 토지개혁 후의 농촌을 방문하는 사진까지 볼 수 있었다.

장구한 몇 천 년 동안 농민들은 사람으로 살지 못하였다. 그들에게 생활이란 없고 생존도 유지되지 못하였다. 피땀 흘려 농사지으면 지어 놓은 곡식은 지주가 가져가고 관리가 가져가고 자본가가 가져가고 도리어 그 놈들에게 변리 비싼 도지와 빚으로 연명하다가 나중에는 처자식을 팔고 저 자신까지 팔았다.

토지개혁은 중국에서나 어디서나 농민들의 생명의 개혁이었다. 농민들이 주민의 대부분인 나라들에서는 토지개혁이 국가개혁의 근본이었다.

토지개혁 한 농촌들에서는 개인으로 훌륭한 간부에 번신된 인물들과 물질적으로 문화적으로 급격히 향상된 새 생활 광경들이 전개되었다. 일생을 장가들지 못할 뻔하다가 장가든 늙은 신랑의 기쁨이 있는가 하면 팔려갔던 딸이 돌아와 학교에 다니는 즐거움도 있다. 문맹에서 눈을 뜨는 기쁨, 농촌 구락부를 통하여 받은 세계 소식과 정치학습이 행복된 현실과 조국을 지키기 위하여 또는 더 앞으로 발전시키기 위하여 당과 영도자 주위에 단결하며 민병단을 조직하며 자제들을 해방군과 조선지원군에 보내어 애국 공약을 체결하고 증산과 애국 헌금에 궐기한 씩씩한 새 중국 농촌의 기상이 전람회의 대단원으로 되어 있었다.

토지개혁 전람회를 보고 나니 몹시 피로하여 혼인법 선전실은 대강 들 보게 되었다. 남녀평등 원칙에서 새 혼인법이 나왔고 이 법령에 의하여 억울한 결혼과 불합리한 결혼은 이왕 살아오던 부부간에도 과거

결혼을 무효로 하고 인습과 강제로부터 해방될 수 있었다.

아닌 게 아니라 상해 신문들에는 새 혼인광고와 아울러 이혼광고가 많이 나고 있었다. "우리 두 사람의 결혼은 본인들의 의사로 된 것이 아니었기 때문에 본인들의 의견합치로 이혼한다."는 광고들이 많았다.

민주주의 원칙에서의 새 혼인법은 1950년 5월 1일에 발표되었는데 상해민주부련에서 49년 8월부터 51년 6월까지 불행한 결혼 생활을 조사하여 옳게 해결하도록 알선해온바 취급된 건수가 2,349건에 달하였고 그 내역은 다음과 같았다.

남편이나 시부모의 강제 혼인이 99건, 맏며느리 70건, 혼인을 빙자하고 돈 먹은 것 40건, 남의 간섭으로 혼인한 것 30건, 강제매음 15건, 과부재가에 간섭한 것 14건, 기타 동거관계와 부부간 재산관계의 충돌이 400건이다. 이 부련에서 조사한 재료에 의하면 현재 상해의 결혼 생활은 강제 결혼이 52%, 자유 결혼이 36%, 동거가 12%라 하였다.

이 새 혼인법 실시를 계기로 봉건사상의 잔재와의 투쟁이 구체적 실례를 기지고 광범히 전개되고 있었다.

『대중일보』 10월 26일부에는 「잔존한 봉건주의 사상을 철저히 숙청하자!」라는 제목이 있어 읽어본즉 한 이혼 사건을 잘못 판결한 어느 인민법원장을 비판하는 평론이었다.

첩으로 얻어 8년 전에 딸 하나를 낳았다. 호씨는 최근에 아내 없는 딴 남자를 사랑하여 달아났다. 진모가 달아난 호씨를 찾아내었으나 호씨는 더 첩 노릇을 하지 않겠다고 이혼을 신청하였다. 당시 인민법원장은 이혼을 시키었으나 호씨가 딴 남자와 사랑한 것을 나쁜 행동으로 말하였고 호씨가 딸을 데리고 가고 싶어 했으나 "자고로 처첩을 두는 것은 자식을 보기 위함이라.”하고 딸은 아비 진모에게 주는 판결을 내렸다. 그리고 진모가 부농이지만 군인가족을 구실로 더 동정하였다는 것이다.

이 판결을 분개하여 비평한 사람도 산동성 어느 인민법원 분원장인데 호씨의 딸은 호씨에게 주어야 할 뿐 아니라 진모는 그 딸의 교육비도 부담해야 하며 호씨와 같이 산 동안 치부한 재산도 호씨에게 반분해 주어나 한다고 주장하였고 이런 옳지 못한 판결은 봉건주의 잔재의 위험한 독소에서 나온 것이라고 준열히 비판한 것이었다.

×　×　×

나는 상해에 있는 엿새 동안 이외에도 손문 선생 사시던 집과 복단대학과 전구공장 기계 제작공장 염직물 공장 등을 구경하였고 ‘중국인민보위 세계화평 반대미국 침략위원회’ 화동지구 분회를 방문하였으며 육군대학 병원에 가서 조선전선에서 부상하여 치료 중인 지원군 상원[48]들도 위문하였다.

손문 선생 사시던 집은 정원 아늑한 2층 양옥인데 많은 장서들과 고급가구들이 그대로 보관되어 있었다.

공장들에서 여러 모범 노동자들과 만났는데 그들의 미제에 대한 증오심은 특별하였다. 상해에는 4만여 명의 제국주의 국가 백인들이 살고 있었는데 그들의 교만한 인종차별과 그들이 남의 피땀으로 호의호식하

---

48 상원(傷員) : 부상병.

는 꼴과 그들 조계경찰들에게 노동자들이 시위와 파업에서 받던 야만적 탄압은 생각만 해도 이가 갈린다고 하였다. 그런데 오늘 또다시 조선과 중국을 식민지화하려 조선에 침략하고 있는 것은 세계 모든 인민의 분노를 살 뿐 아니라 우리 상해 노동자들에게는 견딜 수 없는 격분과 복수심을 일으키는 것이라 하였다.

복단대학은 '신상해'라고 하여 동북쪽으로 계획도시로서 발전하는 시외에 있었다. 1905년 창건으로 반제투쟁에 공헌 많은 대학이라 한다.

1947년에는 선진학생 40명이 반동 경찰과 대항하여 1주야간 농성 투쟁한 회의실이 있으며 해방 직전에는 학생과 직원 80여 명이 검거되며 폐교되는 운명에 빠지었다가 해방되었다고 한다.

나는 체코의 푸취크 부인과 함께 이 대학을 방문하여 중국 청년들의 조선전선에서 흘리는 피를 감사하였고 조선 재학생들의 개전 이후 직접 총을 들고 정치·문화 공작으로 최전선에서 헌신적으로 투쟁한 사실들을 소개하였다.

한 학생은 나에게 이렇게 말하였다.

"평양에 갔던 우리 문공단원에게 들었습니다. 미국 놈들 폭격으로 파괴된 김일성대학 현관 기둥들에는 '나를 만나려거든 전선으로 오라!'는 낙서들이 많은 것을 보았다고 합니다. 얼마나 우리 피를 끓게 하는 사실입니까! 오늘 우리는 학창에 있으나 언제든지 그들의 뒤를 따라 뛰어나갈 준비가 되어있습니다."

× × ×

평화옹호 화동 분회는 화동지구 6성을 포괄하여 1억 4천만 주민의 평화투쟁과 항미원조 운동을 장악하고 있었다. 노동자와 학생 중심으로 이 지구에서 17만 명이 군사간부학교에 갔고 조선 원조에 6백 70억 원이 헌납되었으며 비행기 897대가 목표인데 예정보다 속히 달성되어 간다고 하였다. 종교계에서도 '자치, 자양, 자존'의 3자 운동이 일어나 외국 자본과 손을 끊었고 상해에서만 조선에 의료공작대가 두 차례에 549명이 출동하였는데 그중에는 종교 신자도 많았고 68세의 늙은 의사도 자원하여 나갔었다 한다.

군의대학 부속 병원은 복단대학처럼 신 상해의 한적한 환경에 있었다. 이 병원으로 나가는 길에 나는 여기가 조선인 듯한 착각을 느꼈다. 라디오에서 조선 민요 「도라지타령」이 멋지게 울려 나오고 있었기 때문이다.

군의대학 병원장 팽극 박사는 나의 방문에 대하여 "이것은 조선인민들이 먼 후방에서 미력을 바치는 우리 사업에까지 깊은 관심을 돌리는 표라." 하여 뜨거운 우의로 맞아 주었다. 자기들은 전선으로부터 오는 상원들을 통하여 조선인민군대와 조선인민들의 영웅적 투쟁 사실을 듣고 그것으로 자기 사업들에 크게 고무되며 다시 중국인민들에게 널리 전파하는 것을 영광으로 삼는다 하였다.

치료 중에 있는 지원군들은 대개 기브스 붕대로 움직이지 못하는 환자가 많았다. 그들은 손으로 보다 눈으로 나와 악수하듯 눈들이 불꽃에 타고 어떤 눈들에는 이슬이 맺히고 말았다.

그들은 부상하여 싸움을 쉬고 있는 것을 도리어 미안하다고 하였다. 한상원은 허리를 들고 이렇게 외치었다.

“나는 조선에서 조선 형제들에게 받은 사랑을 잊을 수 없습니다! 아마 우리 동지들이 다 그럴 것 입니다!”

침대마다에서

“그렇습니다!” 소리가 일어났다.

“동지들! 우리가 병원에 와서 우리 고향집을 생각한 적이 있습니까?”

다시 침대들에서

“없습니다!” 소리도 폭발하였다.

“우리는 어서 나아 조선으로 가겠습니다. 어서 가서 마저 싸우겠습니다! 조선 형제들도 이 해방된 중국처럼 평화스러운 환경에서 살 수 있는 날까지 우리는 싸울 것입니다!” 나는 이들에서 군인이란 일반적 관념을 잊었다. 이들은 하나하나 혁명투사의 기개들이다! 그렇다! 저 위대한 소비에트 붉은 군대가 그렇듯 오늘 조선인민군대도 중국인민해방군대도 중국인민지원군대도 하나하나 혁명투사들인 것입니다! 혁명투사들의 소대요 혁명투사들의 중대, 대대며 영광스러운 혁명투사들의 연대요 사단이요 군단인 것입니다.

×　×　×

17일 정오에 상해를 떠나는 우리를 위해 상해시장 번한년 선생은 황포강에 배를 띠워 성대한 송별 연회를 열어주었다.

제국주의 국가들의 침략무기와 침략상품을 실어오고 고귀한 원료를 강탈해가던 미국, 영국, 일본배들도 부두의 쟁탈전이 나던 황포강에 오늘은 평화승객들과 평화상품의 수송으로 새 활기를 띠고 있었다. 나라

대표들이 번한년 시장에게 자유 상해의 발전과 민주주의적 새 국제발전을 위하여 축배를 들었다.

나는 이날 상해 어느 신문에서 상해 철도관리국은 지난 양년 간에 4천여 명의 노동자를 간부로 등용하였다고 보도한 기사를 읽었다. 이것은 철도에서만 국한된 사실이 아닐 것이다. 모든 부면에 있어 전날 상해 광장들에서 피흘리고 넘어지던 노동자들이 제일선 간부로 자라나 그 억센 주먹으로 모든 중요기구를 틀어쥘 것이다.

장개석 놈은 대만으로 달아날 때 중국 공산당은 농촌에는 익숙하나 도시 경리에는 어두워 대도시 상해의 유지를 감당하지 못할 것이라 장담하였다 한다.

물론 중화인민공화국은 그전 상해를 그대로 유지하는 재주는 없었다. 백만 명의 실업자를 만들 줄은 모른다. 이놈 저놈에게 조계를 떼어 줄 줄은 모른다. 매음과 강도와 살인과 미국 쨔쓰[49] 문화의 뒷골목을 만드는 데는 국민당을 당할 도리가 없는 것이다.

---

49 재즈.

항주

상해에서 오후 세 시 차를 탔는데 그 일곱 시에 항주에 닿았다. 항미원조 항주분회 유개국 주석을 비롯하여 각계 인사들과 소년단의 환영을 받으며 바로 서호 호반에 있는 교제처로 들어갔다.

항주는 정거장에 내릴 때부터 향기가 코를 찔렀다. 소년단에게서 받은 꽃묶음에 조 이삭처럼 누르고 잔 꽃의 이삭이 있는데 흡사 난초와 같은 진하면서도 맑은 향기를 뿜었다. 이 꽃묶음은 자기 방마다에 두고 나왔는데 이 교제처 식당 마당에서도 맑은 향기가 떠돈다. 등 의자에 들앉아 향기의 출처를 찾는데 동구라파 여성 한 분이 알았노라고 손뼉을 쳤다. 우리들이 앉은 등의자를 덮은 앙당한 활엽수의 고목인데 대추꽃처럼 누르고 적은 꽃이 밤눈에는 보이지 않을 정도로 피어 있는 것이었다. 이것이 '계수' 나무로서 1년에 세 차례 꽃이 피어 이른 봄부터 늦은 가을까지 항상 향기를 지니고 있다 한다.

이 날은 음력으로 9월 열이레 저녁이라 달이 우리 일행을 기다렸던 것처럼 알맞추 떠올랐다. 식당 뒷문에 대어 있는 10여 척 배에 나누어 올라 우리는 항주 서호의 달구경부터 하게 되었다.

배들은 크기와 모양이 일매지다.[50] 나직한 테이블을 한 가운데 놓고 두 사람씩이면 푼푼이 기대앉을 걸상이 마주 있고 그 뒤에는 사공이 앉으면 그만일 홀쭉한 배다. 삿대도 아니요 노도 아니요 큰 밥주걱 같은 것으로 물을 떠미는데 빠르다. 돛대는 없고 낮에는 채일[51]을 칠 외나무 용마루가 길이로 얹혀 있었다. 사공은 대부분이 여자들이다.

해동무도 항주는 처음이라 하며 긴장하여 사공에게 여러 가지를 묻는데 말이 잘 통하지 못하는 듯하다. 해동무는 북경말이라 상해에서부터 중간 통역이 없이는 자주 말이 막히었다. 중국 전체에서 가장 널리 알아듣는 듯한 '고맙다'는 말이 동북에서는 '씨에싸에', 상해에서는 '쌰쌰', 이 항주에서는 '씨씨'라 한다. 북경과 상해만 하여도 못 알아듣는 말이 거의 전부라 한다. 이것도 의무교육이 실시되는 새 중국에서는 머지않아 해소될 낡은 면모의 하나다.

한참 저어 나오니 물과 달뿐이다. 멀리 거리의 등불들이 호숫가를 구슬 누르듯 하였고 등불 성긴 쪽으로는 부드러운 선의 산봉오리들이 병풍처럼 들리었다.

땅은 보이지 않는데 정자는 물에 뜬 듯 솟아나온다. 서호에서 달이 가장 크게 보인다는 '평호추월'이란 정자다.

배마다 술과 차가 따라진다. 소흥술과 용정차는 항주의 명물인데 달조차 가을 물에 밝아 서호 10경의 하나인 '평호추월'을 기약없이 만나

---

50 모양이 죄다 고르고 가지런하다.
51 해가림막. 차일(遮日).

게 되었다.

그러나 조선서 온 나에게 있어 달은 어떻게 밝기만 하랴!

피 비린내와 화약 연기에 덮인 조국의 산하를 역시 저 달이 비추고 있을 것 아닌가!

서호에서 우리 일행 외에도 많은 달구경 배들이 떠 있었다. 대개 휴양 온 노동자들이라 한다. "하늘에는 옥경이요 땅에는 항주라." 하여 특권 계급이 독차지하여 오던 서호 풍경도 오늘은 근로 인민의 낙원으로 해방된 것이다.

뱃머리를 돌려 다시 얼마 저어가니 이번에도 땅은 보이지 않는데 버들이 물에 닿아 늘어졌다.

'선현사'라는 절이 있는 섬으로 이 섬 앞에는 물 가운데 세 석등이 삼각점을 이루어 서 있다. 8월 추석날 저녁이면 이 석등들 속에 촛불을 켜고 붉은 종이로 발라 물위에 달 아닌 달이 하늘의 달과 어울려 비치는 것을 완상한다는 것이다. 이것이 서호를 말할 때 으레 나오는 '삼담인월'이다.

거기서 얼마 더 올라가면 역시 버들이 물에 잠긴 긴 축동이 나온다. 송나라 때 문장 소동파가 이곳 태수로 와서 쌓았다 하여 '소제'라고 일컫는 축동인데 호수의 메워진 흙을 파올려 호수 가운데 남북으로 통하는 큰길을 만든 것이다. 이 5리 기장의 소제에는 배가 통할 수 있는 여섯 다리가 있고 소제 저쪽을 '이호(裏湖)'(속호수)라 하며 이 소제에는 버들과 꽃나무를 많이 심어 특히 봄철의 이른 아침 경치를 '소제춘효'라 하여 서호 10경의 하나로 이르는 것이다.

× × ×

서호는 달이 아니라 햇빛에 보아도 아름다웠다. 서호의 위치는 항주의 서편이기도 하다. 그러나 서호란 이름은 옛날 이곳 미인 '서씨'가 이 호숫가에서 나타난 데 유래한 이름이라 하니 이를테면 '서호'란 곧 '서씨호수'다. 이름 그대로 미인호수다! 어데 호수나 바다에 비겨 호수는 여성적인데 이 서호는 호수 중에 호수라 할까 손을 담가 쓰다듬고 싶은 호수다. 맑은 물이나 온천처럼 따스해 보이고 과히 깊은 데도 없고 바닥이 드러난 데도 없다. 연꽃을 아니면 버들 숲이요 정자 아니면 돌다리다. 오랜 세월을 두고 끊임없이 인공으로 가꾸어진 서호다.

항주는 북쪽에 있던 송나라가 '금'나라 침략 군대에게 수도를 빼앗기고 멀리 남하하여 도성을 삼았던 옛 도읍지다. 성문과 궁실들은 여러 번 병화에 타 없어졌으나 산천과 특권 계급의 유람지를 따르는 종교의 사묘들은 그냥 번창하여 이 항주에는 해방 직전까지 불교 사찰만 383개소가 있었고 1,200여 명의 승려가 있었다 한다. 그 외에 도교가 있고 많은 도사들이 있었으며 상인들도 온전한 상업보다 유람객을 상대로 한 투기업자가 많았다 한다. "봄 한 철에 돈을 잡고 가을 벌어 과년(過年)한다."는 말이 있어 봄철보다 소위 '진향(進香)'하러 절에 오는 유람객과 가을에 '관조'라 하여 전당강의 조수 구경 오는 사람들에게 한몫 보아 그해 그해를 놀고 살아온 것이다.

그러나 해방된 오늘의 항주에는 그런 기생충의 생활이 존재할 수 없다. 투기 상인은 물론 승려와 도사들까지도 그 침침한 촛불과 만수향 연기 속에서 꿈을 깨지 않을 수 없게 되었으니 봄가을로 촛불과 만수향을 날려오던 미신 숭배의 관료배와 지주와 제국주의 앞잡이들이 그림자를 감춘 것이다.

장개석 국민당 관료들은 여기저기 별장을 두고 서호를 독점했으면서도 서호 풍치의 퇴락과 고적들의 파손에는 아무 배려도 하지 않았다. 해방 후 항주시의 조사에 의하면 고건물과 풍경의 파손이 백분지 49로서 서호 10경이니 전당 8경이니가 말만 있고 찾아볼 수 없는 것이 많다 한다. 우리는 유명한 영은사란 절을 가 보았는데 대웅전이 무너졌고 전당강 언덕에 솟은 '육화탑'도 파손된 데가 많았다. 이리하여 새 인민 항주에서는 서호 풍경 건설 5개년 계획을 세우고 벌써 '방학정' 뒤에 이름만 있고 나무는 없던 '매화림'에 매화 300주를 심는 것을 비롯하여 영은사 대웅전도 중수에 착수하고 있었다.

×　×　×

우리는 항주에 온 이튿날 상해 총공회의 휴양소를 방문하였다. 배를 타고 서호를 건너 옛 시인 백낙천과 유서 있는 '백제'를 금대교 밑으로 빠져 물보다도 밝은 연잎 위를 미끄러지는 '이서호'를 건너 그 호반에 2층 별장을 찾았다.

흰담 벽에 무성한 나무 그림자가 그림처럼 영사되는 후원에서 우리는 많은 남녀 모범노동자들을 만났다. 그들은 우리에게 포도와 배와 사과를 대접하는데 사과에는 '항미'와 '원조'라는 글자들이 물들어 있었다. 사과가 익기 전에 무슨 약품으로 써 놓으면 그 자리는 붉어지기 않기 때문에 사과 거풀에 '항미'니 '원조'니 쓴 글자들이 붉은 바탕에 푸르게 혹은 푸른 바탕에 붉게 찍혀진 것이다. 구라파 손님들은 이 '항미 원조 사과'를 기념으로 하나씩 싸 넣었다.

나와 한 테이블에 앉은 노동자는 상해 고무 공장에서 온 '서기복'이란 남자 모범노동자였다. 그는 수줍으면서도 정열에 찬 어조로 말하였다.

"나는 무석에서 났습니다. 항주서 가까운 곳이나 항주가 좋다는 말만 들었지 그전에야 무슨 수에 구경을 생각이나 먹습니까? 밤낮 일해도 천대 받고 거지처럼 먹고 입고 짐승우리 같은 데서 살았지요. 나는 이번 항주 구경을 하면서 압박받던 우리 계급이 일어나 앞줄에 서 나간다는 긍지를 절실히 깨달았습니다. 이번에 돌아가면 생산 제고에 더욱 분투 하여 이런 조국과 이런 세계를 위해 헌신할 작정입니다. 나는 오늘 특히 조선대표와 만난 것을 기념으로 우리 부리가다가 이미 전취한 기록을 다시 돌파할 것을 약속합니다."

이 서기복 노동자는 바로 우리 조선 전선에 보낼 방한화 25만 족을 계획보다 2일간을 다거 18일에 완수한 모범 부리가다의 책임자였던 것이다.

×　　×　　×

항주도 가을 날씨가 날마다 청명하였다.

서호에서 바라보면 항주 서쪽 일면만 트이고 다른 삼면은 산으로 둘 리었는데 최고 471미터의 백은봉에서부터 최하 113미터의 보석산까지 13의 무슨 산 무슨 봉들이 솟아 있다. 그 봉오리와 협곡마다 고적과 명 승이 있고 어느 돌 어느 한 나무에 유서 없는 것이 없는 듯하다. 길가에 무심한 무덤들도 유심히 들여다보니 전당 명기 '소소소(蘇小小)'와 소흥 의기(義妓)의 무덤이요 송나라 일대협객 무송의 무덤도 있다.

희고 붉은 부용화가 버들 사이에 난만한 '소제'는 종일이라도 거닐고 싶었다.

이런 '소제'를 건너면서 '악묘'라 하여 송나라 애국자 악비(岳飛)[52]의 무덤과 그 사당이었다. 악비를 모해한 간신 진회의 부부를 무쇠로 만들어 악비 무덤 앞에 꿇어앉힌 것이 있는데 모든 사람들이 진회 부부 상판에 침을 뱉었다. 돌을 던지는 사람도 있다. 어떤 시인은 이것을 보고 여기서 이렇게 읊었다.

청산유해 매충골
백철무고 주망신

'청산은 다행하여 충신의 뼈를 묻었는데 무쇠는 무슨 죄로 간신의 허울을 썼단 말인가.' 이런 뜻이다.

중국에는 절에 부처만 만들어 앉힌 것이 아니라 모든데 그 주인공의 형체를 만들어 앉혔다. 옥황산에 올라가 보니 거기는 고교의 사묘들이 있는데 노자와 그 제자들의 우상이 있으며 이 악비묘에도 악비를 비롯하여 그 부모처자들까지 거대한 형상을 만들어 앉혔다. 신비화하고 미신화한 결점이 있는 반면에 어느 정도 현대 동상의 역할을 놀아 궁중들에게 적극성 있는 선전력을 가졌던 것은 사실이라 하겠다.

이날이 바로 10월 19일, 노신 선생 서거 15주년 제일이었다. 선생의

---

52 중국 남송(南宋)의 무장(1103~1141).

고향 '소흥'이 여기서 가까운 도시나 가지 못하는 우리 항주에서 절강성 문련 주최의 기념야회에 참석하였다.

서호에서 가장 큰 섬으로 박물관도 있고 도서관도 있는 '고산'에 중앙미술학원 분원이 있는데 그 대례당에서 열리었다. 절강 문연(文聯)의 작가 예술가들과 항주 각계 문화인들과 절강대학을 비롯한 네 대학 학생들로 입추의 여지가 없었다.

무대에는 노신 선생 초상이 걸리고 좌우에는 노신 선생이 배신하는 자들에게와 인민에게 대하는 자기 태도를 선명히 구별하여 표시한 7언시 "행미냉대천부지 부수감위유자우"가 한 줄씩 크게 쓰여 있었다. '1천 놈이 손가락질하여도 그것은 눈흘겨 냉대할 뿐 인민에게는 만만하기 소처럼 머리를 숙이리'란 뜻이다.

절강성 문연 진수천 부주석으로부터 선생의 문화혁명의 위인으로서 작품과 행적을 들어 보고하였고 『절강일보』 진빙 사장으로부터 근로대중의 문화 욕구가 광대해진 새 정세를 들어 작가 예술가들의 문화전사로서의 막중한 임무를 말하였고 맑스–레닌주의에 깊이 들어가며 비판과 자아비판을 더욱 활발히 전개하여 노신 선생이 가르친 혁명적 방향으로 들어가며 투쟁할 것을 호소하였다.

기념연예로 두 가지 연극이 있었다. 하나는 월나라 월(越)자 '월극'이라 하는데 현대 내용을 노래로 하는 가극이었다. 새 농촌의 젊은 부부가 저녁마다 남편은 남편대로 아내는 아내대로 저마끔 야학에 가겠다는 데서 일어나는 행복된 싸움의 희극이요 하나는 고전 가극인데 중국의 '로미오와 줄리엣'으로 치는 「양축애사」였다.

축영대라는 처녀와 양산백이란 청년은 어렸을 때 한 글방에서 공부하였는데 양산백은 축영대가 여자인줄 몰랐다. 그러나 가장 친한 사이여서 양산백은 만일 너와 같이 생긴 여자가 있다면 나는 장가들고 싶다 하였고 축영대 역시 자기가 사실은 여자라고 밝히기는 부끄러우나 자기도 양산백을 사랑하기 때문에 대답하기를 자기 집에는 꼭 같게 생긴 누이가 있으니 이담에 기어이 찾아오라 하였다. 그 뒤 헤어져 축영대는 과년한 처녀가 되도록 기다렸으나 양산백은 소식이 없다가 그만 축영대가 아버지의 엄명으로 어떤 부자 남자와 정혼한 뒤에야 나타났다. 나타나서 만나보니 축영대는 누이가 있는 것이 아니라 그 자신이 여자였고 여자라도 꽃처럼 피어 어렸을 때 곱던 몇 배 아름다운 처녀인 것이다.

결국 결혼에 자유가 없던 시대라 양산백은 피를 토하고 죽고 축영대는 양산백의 무덤에 가 그 비석에 몸을 쪼아 같이 죽었다. 축영대의 시체를 양산백 무덤에 합장하니 뒷날 그 무덤에서 한 쌍의 나비가 나와 날아갔다는 이야기다.

이날 무대에서는 축영대의 집에서 양산백과 만나서의 서로 애달파하는 장면을 보이는데 여기서는 현대 배우들이어서 남자 여역이 아니라 양산백까지도 젊은 여배우가 하였다. 항주 문공단은 배우들인데 기술을 보여주었다.

× × ×

항주는 아름다운 경치와 함께 아름다운 비단이 유명하다. 옛날에는 '5항'이라 일러 항주 부채, 항주 실, 항주 분, 항주 담배, 항주 가새[53]가 특산이었는데 시대따라 이것도 변하여 오늘 항주에는 비단이 유명하고 차가 유명하다.

우리는 비단 공장을 구경하였다. 용과 봉황과 매란국죽 기명 절지 등 중국 고전 문양을 넣어 다채현란한 비단을 짜는데 전부 남자직공들이며 해방 전에는 미국자본가들이 독점적으로 가져가기 때문에 중국 사람은 얻어보기 어려웠다 한다. 지금은 쏘련과 동구라파 여러 나라로 나가며 각지 국영백화점들에서 팔고 있다. 이 비단공장에서는 맑스, 엥겔스, 레닌, 스탈린의 초상들도 사진처럼 비단으로 짜내고 있었다.

항주! 항주는 아름답다! 인민의 항주는 자꾸 아름다워질 것이다!

남경

10월 21일 아침 우리는 항주를 떠나 남경으로 향하였다. 기차는 절강평야의 끝없는 논벌을 달리면서 가끔 밭들도 보여주었다. 조밭이 더러 있는데 대마와 어저귀 따위 섬유식물이 흔하다.

여기서들은 대마나 어저귀를 낫으로 베지 않고 뿌리째 뽑았다. 뽑은 어저귀를 한 사람이 한 모습 밑둥으로 집어들면 마주선 사람은 큰 나무 가위로 중둥을 찍어 잎을 훑었고 그것을 아낙네들은 그 자리에서 생으로 꺼풀을 벗기었다.

조선서는 삼이나 어저귀를 으레 낫으로 벤다. 그러므로 아무리 바투 벤다 하여도 섬유의 손실이 많고 그 뿌리에 삼버레가 들어있는 채 밭에 남게 된다. 그러나 조선 땅은 차진 때문일까 뿌리째 뽑으려면 몹시 힘들다.

차는 다시 상해를 들러 상해에서 남경으로 가는 특급에 연결시키었다. 이날 오찬회는 열차식당에서 열리는데 주인 측은 첫 축배를 들기 위하여 이날의 상해 신문인 『해방일보』를 펼쳐들었다. 「미제 침략자들의 상서롭지 못한 징조」라는 제목에서 "지난 겨울에서 봄까지는 놈들의 매일 손실이 평균 900명이었는데 최근에 와서는 매일 평균 5,600명의 손실이다."는 기사를 읽고 이놈들의 급속한 멸망과 영웅적 조선인민군대와 중국인민지원부대의 건투를 위하여 축배를 들자하였다. 모두가 들었던 잔을 놓고 박수와 환호부터 올리고 잔들을 마시었다.

이날 식탁에는 새로 보는 포도주 병이 놓여 있었다. 그 렛텔에는 "전개 애국생산운동, 항미원조 보가위국, 견결진압 반혁명활동, 반대 미제무장일본" 등의 구호와 함께 "논담 애국영웅!"이란 문구도 찍혀 있었다. 무릇 상품의 레텔이든 포장지든 작년 10월 이래 인쇄된 것에는 '항미원조' 넉 자가 없는 것이 별로 없다.

×　×　×

남경 역시 정거장에서부터 뜨거운 영접을 받았다. 남경 교제처는 장개석 도당이 미영 상정들에게 매국 서비스를 하던 소위 '국제구락부' 자리로서 아래층 전부 춤추기 좋게 만들어졌고 가구들도 상당히 호화로웠다. 이런 '국제구락부' 자리를 보고 남경 시가를 내다보면 전혀 다른 지방처럼 소조하였다.[54] 장개석은 이 남경을 20여 년 간이나 수도로 삼았고 중국 역사 있어 온 후 가장 과중하고 여러 가지 명목의 세금을 받았으면서도 남경에 전차 하나 놓지 않았다. 남경 시가는 상당히 넓다.

---

54 소조하다 : 고요하고 쓸쓸하다.

도시 성으로는 중국에서 제일 긴 60리 기장의 성이 둘린 시가요 더구나 더운 남방 도시라 인민들은 걸어다니기에 지쳐 볼일을 볼 수 없었다. 하여 길바닥도 어느 왕조 때 자갈돌로 깐 그대로 있다가 이 교제처 앞 큰길도 해방 후 새로 포장된 것이라 한다.

남경은 중화대륙의 가장 자애로운 젖줄인 양자강 기슭에 앉았을 뿐 아니라 산용 수려한 자금산과 현무호를 가져 옛적부터 이 도시를 '강남 가려지'라 일러왔다. 이 강남의 가려한 땅은 멀리 웃나라의 수도였으며 명나라의 발상지였으며 백 년 전 중국에서 첫 반제 반봉건 농민활동이었던 '태평천국'의 수령 홍수전이 '천왕부'를 두었던 곳이며 신해혁명 이후 손중산 선생이 '총통'에 취임하였던 곳이며 최근 20여 년 간은 장개석의 반동정치 중심지였던 곳이다.

매국과 내란을 일삼던 장개석 국민당의 수도라 소비 면에만 발달되었고 생산 면에는 보잘것없는 것은 정한 이치로서 2백만 시민을 가진 남경시는 마치 성분 나쁜 사람처럼 다시 사는 길은 철저한 자기 개변에서부터 시작되어야 했다. 시 인민정부와 중공 시당부의 지도하에 주변 농촌에서 생산되는 면화 잠사 쌀 밀 낙란 비단의 재생을 비롯한 직조공장을 건설하는 것이었다.

남경은 비생산 도시로만 결함이 아니었다. 미국 놈들이 일찍부터 주력한 '문화조계'의 하나로서 침략문화의 뿌리가 60여 년 간을 두고 박힌 곳이다.

남경은 이 양키적 문화의 여독을 청산하는 투쟁에도 궐기하여 새 교육 문화도시로서의 재건에 착수하고 있었다. 마침 금릉대학 학생들의 주최로 '미제문화 침략상'을 폭로하는 전람회가 있었다. 장개석 '총통부’ 자리가 ‘문물국’이 되었는데 그 속에서 우리는 ‘선교’니 ‘교육’이니 하는 가면을 쓰고 중국 청년들을 미제 주구화하며 미제 군부에 중국 침략자료를 제공하며 ‘자선’이란 미명으로 구차한 어머니들과 사생아를 낳는 불행한 젊은 여성들의 등을 처먹고 무수한 어린애들을 굶겨 죽인 십자가를 찬 마귀들의 전율할 죄상을 움직일 수 없는 자료들로 볼 수 있었다.

항일전쟁 승리 후에 금릉대학이 남경으로 돌아오게 되자 역사 교수 미국인 ‘뻬데스’는 남경으로 먼저 와서 잠상관 건물 속에서 일제의 중국 침략 비밀지도를 얻어 중국 주권에 돌리는 것이 아니라 자기 나라에 밀송하였고 모든 미국인 교원들은 강의 시간에 원자탄 자랑을 일삼으며 쏘련 정책에 대하여 의곡, 중상, 엄폐한 사실들이 출판물에 나타난 것만도 이루 매거[55]할 수 없이 많았다. 중국 사람을 모욕하는 환등을 놀리었고 그것에 분개하는 학생들을 반동 경찰과 연락하여 구금 학살케 하였고 도서관을 범람하던 미국 에로문학 책들도 여기 진열되어 이었다. 놈들은 인종차별 관념을 학교에서도 버리지 못하여 미국인 ‘뻬리스’는 일개 회계원인데 100달러의 월급을 주었고 중국인 진씨는 이 대학교 교장인데도 반도 안 되는 45달러를 주고 있었다.

‘성심아동원’의 죄악상도 산적한 자료로 폭로되어 있었다. 다른 것은 그만 두고 이 성심아동원 지하실에서 사망신고 없이 묻어버린 아이들의 시체가 무더기로 나온 사진과 시체는 하나같이 굶어 시들어 죽은 사진들인데 그 옆에 당황한 표정으로 고개를 떨어뜨리고 서있는 이 미국

---

55 枚擧 : 일일이 열거하다.

과 영국의 '천사'들은 그 십자가를 늘어뜨린 검은 법의를 한 자락 젓기만 한다면 뱀이 아니면 짐승의 꼬리가 불거질 것만 같았다. 과거 20년간 이 '거룩한 마음'의 육아원에서는 받아들인 아이들의 80%가 죽었고 그 수효는 6만 5천 7백 명에 달한다고 한다. 여기 진열된 사진에 나타난 것은 아직 묻힌 아이들이 썩기 전인 최근의 것으로 그들의 '거룩'한 '자선사업'의 일부에 불과한 것이었다.

×　×　×

남경에 닿은 이튿날 저녁 우리는 남경시의 환영 연회를 받았다. 나는 거기서 국제여맹 조사단으로 우리 조선에 왔던 유개영 여사를 만났다. 상해와 항주에서 정거장들과 공장 구락부들과 총공회 문화궁과 휴양소들에서 조선에서 미제가 만행한 행적들과 그것을 조사하는 구제여맹 대표들의 활동을 찍은 포스터만큼씩 한 여러 가지 사진들을 보았는데 모두 이 유개영 여사가 가지고 온 자료들이었다. 유개영 여사는 그 참혹하였던 사실들을 나를 만나 다시 회상하게 된다 하며 다시금 젖은 눈으로 조선인민의 종국적 승리를 위하여 축배를 들어 주었다.

×　×　×

자금산 중남부에는 두 능묘가 있었다. 54척이나 높은 돌 계층 위에 있는 중산릉과 그 가까이 돌말, 돌코끼리들이 늘어선 명나라 시조의 효릉이 있었다.

중산릉에는 모든 대표들이 화환을 받들고 참배하였다. 능 안에는 중산 선생의 중국옷으로 걸상에 앉은 풍모의 대리석이 있고 그 대리석에는 사면으로 선생 생애에서 중요 행적들이 부각되어 있었다. 조각은 안면에까지 군데군데 파손되었는데 일제 군대들이 남긴 야만성이었다. 거기서 쇠문을 열고 들어가면 전등이 켜진 궁릉형의 현실이 있고 한가운데 한길쯤 낮추어 선생의 영구를 모신 돌관이 있다. 돌관 뚜껑에도 누운 자세로 선생의 등신상이 조각되어 있었다.

명 효릉은 오리 밖에서부터 석수들이 늘어섰는데 정작 무덤에 이르러는 아무 꾸밈없는 그냥 산이다. 서양 동무들은 "또 이 산을 올라가야 무덤이 있느냐?"고 물었는데 그 산이 곧 무덤이었다. 산이라도 높은 산이다. 미국 놈들의 폭격을 당해본 나는 이만하면 백 톤짜리 폭탄이 떨어진다 하여도 끄떡없겠다는 생각이 났다.

아닌 게 아니라 중산릉은 그 올라가는 능원 시설들은 물론 총탄의 흔적은 현실에까지 미치었으나 이 명 효릉은 몇 만 명이 몇 달 파헤치기 전에는 현실 가까이 범접할 도리가 없겠다. 20세기 오늘에도 애국자의 무덤을 명 효릉처럼 엄청난 산으로 만들어야 안심되리만치 아직 지구 위에 야만들이 남아 있는 것이다.

×　×　×

남경 교외에는 '우화대'라는 언덕이 있다. 나무 없이 잡초만 우거진 진흙 언덕인데 흙바닥을 자세히 보면 잔자갈이 섞이었고 이 잔돌들은 희고 붉고 푸르고 검되 옥석 그대로 영롱하다. 그래 비올 때면 땅바닥이 꽃 뿌린 것 같다 한다. 그런 '우화대'란 이름은 불교에서 나온 것이다. 이 우화대는 북쪽에서 내려와 남경성을 치려면 전략상 절대 필요한 유일한 고지로 되어 있다. 그래 옛날부터 포대가 있는 격전장으로 여기서 자고로 많은 사람들의 피가 흘렀다.

그러나 우화대는 빛깔 고운돌이 깔렸다 하여 또는 옛날부터 전략상 중요 고지라 하여 유명한 것은 아니며 그래서 우리가 이 우화대에 정성스러운 화환을 들고 찾아오는 것은 아니다.

이 우화대에서는 중국의 수많은 애국자들과 혁명 열사들이 희생된 것이다.

손중산 선생은 1925년 3월 12일에 서거하였다. 오랫동안 혁명운동에 있어 제국주의자들의 배신으로 한두 번만 고배를 맛보지 않은 선생은 그 임종에 이르러 피로 쓰는 듯한 간곡한 편지를 쏘련 전부에 보냈던 것은 세계가 다 아는 유명한 사실이다. 선생은 그 서한에서 "이제 불치의 신환에 누운 나의 심회가 원념은 당신들에게 전향하며 우리당(국민당)과 우리 국가의 장래도 당신들에게 전향합니다."로 시작하여 "우리 두 나라는 세계 피압박 민족의 해방투쟁에서 승리하기까지 손을 잡고 같이 싸워 나갑시다."로 끝맺었던 것이다. 장개석은 이 손중산 선생이 돌아가시기 바쁘게 선생을 배반하고 동지들과 중국 전체 인민을 배반하고 미 영 일 제국주의자들이 길러주는 동족상잔의 무력으로 진정한 애국 열사들과 우수한 조국의 아들딸들을 도살하기 시작한 바 이 우화대에서만 20여 년에 걸쳐 목을 베고 총살하고 하기를 20만 명에 달하였다는 것이다.

그중에는 중국 노동운동의 창시자 등중하도 중국 공산당의 선구자의 한 사람인 혼대영도, 중공 남경당 비서 손진천도, 동북항일연군의 한 수장이었던 나등현도, 애국 청년 학생들의 지도자였던 곽영도 모두 이 우화대에서 희생된 것이라 한다.

멀리 석영 비긴 옛 성머리에도 아득한 자금산 마루 천문대에도 이들이 그 깃발을 위해 피 뿌린 붉은 피가 유유히 날리고 있다. 이제는 우화대 돌들도 더 피에 젖지 않게 되었다. 이제는 우화대 풀꽃들도 더 밤중 총소리에 떨지 않게 되었다.

오늘 우화대에는 천추만대에 빛날 애국열사들의 기념비가 서기 위한 기초공사가 시작되고 있었다.

본시 영롱한 꽃돌들은 애국 열사들의 꽃다운 피에 아롱져 더 아름답다! 인민 남경에서는 이 우화대들을 비단으로 선두른 유리갑에 넣어 우리들에게 최고의 선물로 주었다.

남경에는 국립남경박물관이었다. 성안이기는 하나 자금산을 배경으로 정한 한 위치에 광대한 규모로 앉아 있었다.

관장 증소용 여사는 우리를 맞아 박물원의 사업 방향과 해방 후 일 년 반간의 업적을 소개하였다.

국민당 반정부에서는 태평스러운 장식품을 늘어놓아 관료 유한계급들의 회고적 골동완상 처로 전용되고 있었으나 해방 후로는 인민정부 지도하에 오직 인민에게 복무할 수 있게 되었다. 오천 년간 자기문화를 인민에게 개방하여 애국주의적 교양에 이바지하는 바 정상적 문화 유물의 전람이 있는 한편 '중국 서남부급 남부 소수민족 문물전람회' '서남 기후지리 의약 위생급 소수민족 문자전람회' '종원도인(원류로부터 인간에 이른) 전람회' '중국 역대도자 전람회' '사회발전사 전람회' '중국

유사이전 채도(채색 있는 질그릇) 전람회'와 '남당 2능 출토품 전람회'를 개최하였고 현재 '근백년 중국인민혁명사절 전람회'는 새 인민중국을 역사적으로 명료히 인식하는 데 많은 도움을 주고 있다.

중국인민혁명을 '구민주주의 혁명' 시기, '신민주주의 혁명' 시기, '제1차 국내혁명전쟁' 시기, '제2차 국내혁명전쟁' 시기, '항일전쟁' 시기, '제3차 국내혁명전쟁' 시기로 나누었는데

1. 구민주주의 혁명 시기는 1941년 영국 군대가 광주 부근 불산진에 나타나 약탈함에 광주 인민들이 '평영단'을 조직하여 영제 침략군대와 항쟁하는 데서부터 1950~1864년간에서 첫 반봉건적 토지강령의 농민 혁명이던 '태평천국' 운동을 걸쳐 제1차 제2차의 아편전쟁과 1900년 5월에 8개국 연합군이 천진에 상륙하여 북경을 침략할 때 인민항쟁이던 '의화단' 투쟁을 지나 1911년 손중산 지도하의 '신해혁명'까지로 표시 되었고

2. 신민주주의 혁명 시기는 1919년의 5·4운동으로부터 1921년 7월 1일 중국 공산당의 결성 이후까지로 표시되었는데 여기 이렇게 설명되어 있었다. 백년 내 중국의 반(절반) 식민지 반봉건의 사회 성질은 중국 혁명으로 하여 반제 반봉건으로 기본 임무를 삼게 하였다. 인민들은 열렬히 투쟁하였으나 아직 근대 무산계급의 정확한 영도가 없었기 때문에 모두 실패하였다. 위대한 러시아 10월혁명의 승리는 중국혁명에도 일조의 새 길을 열어 모였으니 중국 노동계급이 참가한 반제 반봉건의 5·4운동에서 비로소 맑스─레닌주의 사상이 지도하는 중국 신민주주의 혁명의 서막이 열린 것이라 하였다.

3. '제1차 국내혁명전쟁' 시기는 1923~1927년까지로 5·30 반 제국

운동 이후 장개석과 제국주의자들의 '상해 반혁명정변'을 겪으며 반제 투쟁을 하던 시기요.

4. '제2차 국내혁명전쟁' 시기는 1927~1936년간으로 장개석의 제국주의에 대한 투항주의를 반대하며 그의 10년간 군사·문화 두 방면에서 감행하던 야만적 도살정책과 싸우던 시기인데 이 틈을 타 일제는 중국에 노골적으로 침입하였고 중국공산당은 인민대중에게 호소하여 항일 구국투쟁을 조직한 시기였다.

5. '항일전쟁' 시기는 1937~1954년간으로 1936년 서안사건에서 중공당의 정확한 영도 하에 장개석은 어쩔 수 없이 반동적 내란정책을 포기하고 항일전쟁에 가담하여 같이 싸운 시기이니 장개석이 항일전쟁에서 수응하기 전 1928년 4월 정강산에서 주덕 장군과 모택동 주석의 역사적 회견 합동과 1934년 10월에 시작된 중공군의 2만 5천리 장정은 특기되어 있는 사실들이었다.

6. '제3차 국내혁명전쟁' 시기는 1945~1949년간으로 항일전쟁 이후 소위 '중미우호통상항해조약'을 비롯하여 '중미농업협정'까지 미제와 17개의 매국협정을 하면서 또다시 내란을 일삼는 장개석 도당과 미제 영제 간섭자들까지 중화대륙으로부터 깨끗이 쓸어버리고 중국인민의 근백년래 혁명투쟁을 종국적 승리로 마감한 위대한 시기였다.

이 위대한 승리의 영도자 모택동 선생을 주석으로 중화인민공화국이 성립된 것, 세계 최대강국 쏘련과 중·소 동맹을 맺은 것, 보가위국과 아세아의 안전과 세계평화를 위하여 '항미원조'에 궐기한 역사적 사실들의 문건과 사진들이 풍부하고 명료하게 전시되어 있었다.

× × ×

이 날은 10월 24일 중국인민지원군이 우리 조선에 참전해 나선 1주년의 전날이다. 저녁 일곱 시로부터 남경시 인민대례당에서 열리는 항미원조 1주년 기념대회에 초대되었다. 조선서 온 나에게는 시간 제한 없이 언권을 준다고 하였고 기타 외국 대표들에게는 시간 관계로 어느 한 명에게만 발언을 청한다 하였다.

몽고도 체코도 불가리아도 저마끔 나서려 하여 결국 조선이 개전하자 제일 먼저 의료단을 보내었고 그 의료단이 현재까지 계속 활동하고 있는 웽그리야[56] 대표단에서도 나오되 여기 온 조선 이외 모든 나라 대표단들을 대표하는 입장에서 발언하기로 하였다.

2천 명이 빼곡하게 들어앉은 대례당이 터질듯 한 박수 속에 우리는 무대 위에 안내되었고 항미원조 분회장의 환영사가 있은 다음 먼저 나의 인사말이 있게 되었다.

나는 내가 후퇴하던 밤길에서 지원군 부대와 만나던 감격을 말하였다. 안전한 지대에서 만난 나의 감격도 내 일생 잊을 수 없는 감격이었거늘 수량에 우월한 적과 부딪혀 간고한 전선을 지키던 인민군대들이 지원군을 만난 감격은 어떠했을 것이며 원수들의 강점지대에서 감옥에서 해방되고 교수대에서 풀리던 인민들의 지원군에 대한 감격이야 어떠했겠느냐고 나는 그 심경을 중국 형제들의 상상에 맡기었다. 어떤 부인은 눈이 젖어 얼굴을 숙이었다.

---

56 헝가리

나는 위대한 중국인민의 승리와 건설에서 느낀 바를 말하였다. 이 동방에서 새로 출현한 정치적으로 경제적으로 문화적으로 지역으로 인구는 공고 광대한 새 세계는 우리 조선 해방전쟁에서 우리 조선 지역과 다름없는 후방이며 아세아 약소민족 해방의 불패의 기지로 되며 위대한 쏘련과 함께 세계 평화의 또 하나의 거대한 보루가 되리라 하였다.

웽그리아 대표단에서도 나온 청년 대표는 이렇게 말하였다. 세계인민의 공동의 적인 미제 무력을 상대하여 제일선에서 싸우는 영웅적 조선인민들에게 총을 잡고 같이 싸움으로서 원조하는 중국인민들에게 모든 인민 민주 국가 대표단을 대표하여 감사를 드린다 하였고 자기들은 중국의 항미원조 운동에서 많은 것을 배워 조선인민을 돕는 운동을 더욱 강화하리라 하였다.

우리가 무대에서 내려오고 '항미원조 1주년 남경시 보고대회'의 정식 주석단이 오르게 되었다. 노동자 농민 인텔리 청년 학생 지원국과 각 정당 사회단체 대표들이었다. 미제의 일제 재무장과 조선 정전담판에서 무성의한 정세를 들어 항미원조를 더욱 강화할 데 대한 보고와 토론들이 있은 후 모 주석과 김일성 장군께 보내는 메시지의 통과가 있고 항미원조 1주년이 되는 내일을 기하여 남경시로부터 세 번째의 의료단이 조선으로 떠난다는 것을 발표하였다. 그리고 지원군 문공단원들의 조선 전선에서 창작한 「어머니」라는 연극이 상영되었다.

제목을 조선말 '어머니'로 붙인 이 단막극은 중국 '월극'식 가극이다.

전선에서 다리를 부상당한 지원군 군관 한 명이 위생병에게 부축되어 야전병원으로 들어오다가 날이 저물어 조선 농가로 들어온다. 주인은 없으나 방바닥은 따스하여 부상 군관을 눕히고 위생병은 한줌밖에 안 남은 쌀로 밥을 지었는데 집주인 조선 어머니가 기진맥진하여 돌아온다. 말은 통치 못하나 서로 정상을 이해하여 주객 간에 이내 친부모 자식처럼 친해졌고 지원군은 어머니가 여러 끼 굶은 기색을 보아 저의가 먹으려던 밥을 자기들이 먹고 남은 것이라 하여 어머니에게 먹인다. 어머니는 그들에게 따뜻한 자리를 주고 이들 모르게 밤을 새어 단 한자리 밖에 없는 이불을 뜯어 이들의 덧버선을 기워두었다가 아침에 신겨 보내는 내용이다. 단순하나 보는 사람들의 가슴 속에 조중 인민의 피로써 엉키는 우의를 절로 끓어 넘치게 하였다.

×　×　×

우리는 남경을 떠나는 날 이 남중국의 농촌을 실지로 보기 위하여 남경 가까이 있는 '동구촌'으로 나왔다. 큰 범선들이 지나가는 운하가 있고 그 운하에 걸렸던 운치 있는 돌다리는 일제 때 파괴되어 임시로 고친 널다리로 건너는데 축동에 버드나무들이 늘어선 마을이었다.

이 동구촌은 남경이 가까운 만치 부재지주의 땅이 많았고 관료들의 행패가 많았고 일제 강도들에게 학살되고 강탈된 쓰라린 역사를 가지고 있었다. '사기홍'이라는 농민은 팔을 걸으며 일본도에 찍히었던 칼자국을 보이며 말하였다.

"미국놈들이 조선을 통해 다시 우리나라에 침입하여 애쓰며 한편 일제 놈들을 재무장시키고 있다지만 인제 무서울 거 없습니다. 조선과 중국인민들이 그 이전관 다른 사람들이니까요. 우리도 72호에 불과한 작은 동네지만 18세 이상 30세까지의 남녀 청년들이 79명인데 조선 전선에 모두 지원하구 기다립니다. 그리고 어떤 경우에나 우리 농촌을 자위할 만한 민병단 28명이 있습니다."

이 농촌은 49년 해방 후 이내 정부로부터 1만 명분의 구제 식량을 받아 강둑 수리하는 큰 공사가 있었는데 이 공사 중에서 50년 가을의 소작료 감소 운동과 악지주 반대투쟁이 곰겨 나왔으며 쉬는 시간마다 토지개혁 준비학습이 시행되었다 한다.

인구 72호에서 지주 4호(식구 22명), 부농 2호(식구 10명), 중농 26호(식구 115명), 빈농 36호(식구 115명), 고농 4호(식구 10명)이었으며, 이들의 전 경작지는 827묘로서 부재지주의 토지가 166묘, 재지주의 토지가 118묘, 사유 토지 536묘였다고 한다. 빈농과 고농을 기초 역량으로 하고 중농까지 단결시키고 부농을 중립시키고 성분 획분으로 결정된 네 지주에게서 몰수한 토지는 118묘와 기와집 다섯 채, 초가집 열간, 소 여섯 마리, 식량 5천 2백 근, 배 12척, 물 끌어 올리는 수차 한 틀, 기타 농구들을 고농과 빈농들에게 분배한 바 몰수 토지에서 고농이 받은 것이 15%, 빈농이 받은 것이 60%, 중농에게 간 것이 25%라 하였다. 그 외 '보류답'이라 하여 42묘가 공동 관리로 남아 있었다. 이것은 토지 분배받을 사람으로 현재 고향을 떠나 있는 동네 공동사업에 쓸 것이라 하였다. 애국공약 체결은 72호가 다하였고 여름에 이미 항미원조금 268만원을 거출하고 가을에 다시 925만원이 모이었다고 하였다.

경작지는 대개 논인데 얼마 안 되는 밭들에는 콩, 깨, 고구마, 낙화생과 어저귀가 있었다.

해방 직후에는 이 동리에 글 아는 사람이 5명뿐이었는데 50년 12월부터 성인 야학이 생기여 지금은 글 아는 사람이 11명에 달하였고 금년 8월에는 소학교를 세워 학교에 가지 못하던 40여 명 학령아동들이 전부 취학하고 있었다. 농민협회 주석 양청 동무는 "금년 봄에는 정부의 주선으로 논 82묘에 개량 벼 종자를 뿌린 바 약 8만 2천7백 근의 증수확을 보리라."고 기뻐하였다.

지주 성분인 농민들도 농사를 짓고 있는데 그들도 애국공약을 체결하였고 그들 애국공약 문구에는 특히 "노동을 통하여 자기 개변에 분투하겠다."는 구절이 들어 있었다.

농구는 호미, 낫, 삽, 보섭, 쇠스랑, 도리깨, 물 끌어올리는 수차, 논 김 매는 제초 기둥이며 돼지와 닭과 오리를 길렀고 소는 모두 물소들이었다.

×　×　×

남경의 현무호도 아름다운 호수였다. 자금산 천문대에 올라가던 길에서 내려다본 인상으로는 호수라기보다 연당처럼 수면의 대부분이 연잎에 덮인 듯하였는데 실지로 그 앞에 이르러 보니 그렇지도 않았다. 역시 섬이 있고 정자가 많다. 꽃으로 '항미원조'를 쓴 언덕도 있고 여기도 희고 붉은 부용꽃이 만발해 있었다. 낙조 비낀 호수 면에 옛 성의 그림자는 현무호가 가진 인상적인 풍경의 하나였다.

우리는 남경을 떠날 때 양자강 부두에 나와 배로 이 장강을 건넜다. 맞은편 '포구' 역에서 강을 건너 남경을 돌아볼 때 우리는 '남경아! 이제부터는 유구한 장강과 더불어 영원히 평화스러우라!' 하고 마음 속에 들 외치었다.

아물아물 건너다보이는 저 강둑에서 일제 강도들에게 30만의 남경시민들이 학살되었고 영웅적 인민해방군이 이 바다 같은 넓은 강을 미영 제국주의자들의 함대와까지 싸우며 도하 작전 할 때 또한 수없이 애국 청년들의 피가 흘렀던 것이다.

그러나 장강이여! 노래하라! 너는 다시는 피없이 맑은 물대로 흐를 것이다! 네 비옥하고 광대한 3천여 마일 양안에는 저 볼가강과 돈강 유역에서처럼 착취와 억압을 모르는 진정한 평화세계가 벌어지며 있는 것이다!

10
천진

천진은 호텔 3층에서 내려다 볼 때 마치 서양 어느 도시에 온 듯하였다. 서양식 주택으로 즐비하다 맞은편의 유표한 건물은 천진시 인민정부로 사용되었는데 그 집 됨됨이가 약탈자들의 특색이 있었다. 영국놈들의 경찰서로 지었던 것으로 지붕은 4면 8방 총구를 가진 토치카식으로 되어 있다. 놈들은 언제 중국인민의 폭동을 당할지 몰라 전전긍긍하고 살았던 표다.

명나라가 북경으로 수도를 정하고 양강 이북으로 올라오자 바다에 있어 새 수도의 관문이 되는 이 천진은 북경과 아울러 획기적인 발전을 가지게 되었다. 남방 관동, 복건 등 각 상도들에서 많은 상인들이 천진으로 모여들어 천진은 전국적 경제 금융의 중심지로 되었던 것이다. 그러다가 1900년에 소위 8개국 연합군 영 미 일 불 이 백 독 오 등 강도 군대들이 상륙 강점하고 저의 욕심껏 조계도시로 만들었다. 영국은 160만 평, 일본은 80만 평, 독일과 오태리[57]는 82만 평, 불란서는 32만 평,

이태리는 13만 평, 백이의[58]는 20만 평씩으로 임자 없는 소 각 뜨듯 하여 놓고 제마끔 '빅토리아' 거리니 '야마도' 동네니 하고 판을 차렸다. 우리 호텔이 있는 곳은 영국놈들의 소위 '빅토리아' 거리였던 곳이다.

놈들은 중국 침략을 자랑삼아 강탈 자본의 은행들을 경쟁적으로 지어놓았고 천만 년 살 것처럼 자기 조계끔 사치를 경쟁하여 주택들을 지었다.

값싼 중국 노동으로 되었던 이 거리와 건물들은 고스란히 오늘 중국 인민들의 것이 되었다.

천진에는 마침 대규모의 '화북 물자교류 전람회'가 개최되어 있었다. 전부를 보려면 4일간이 걸리는데 나는 이틀을 보았다. 내가 본 중에서 인상 깊었던 것은 중국에서 처음인 천진 노동자 공장에서 만들어낸 자동차요 하나는 해방 이전 상품들의 인민을 속인 사기성을 폭로해주는 것으로 약품도 진품과 위조품을 실물로 대비하여 설명해 있었고 양복이나 내의도 빨면 줄 수밖에 없는 원인을 보여주면서 새 중국에서는 인민을 속이는 이따위 상품은 있을 수 없는 제도를 보여주었다.

이런 전람회가 천진에서 열리는 것도 천진은 화북 물산의 집산지이며 대외 무역의 중요한 관문이기 때문일 것이다. 천진은 우리 조선과 가까우므로 장래 조중 무역에 있어 큰 역할을 놀 것이다.

---

57 오스트리아.
58 벨기에의 음역(音譯).

석경산 제철소

나는 10월 28일 다른 나라 관례단들보다 이틀 먼저 천진을 떠났다. 북경에 다시 들러 석경산 제철소를 방문하였다.

북경서 서산 쪽으로 나가는 광활한 교외에 아스팔트길로 2, 30리를 달리는 동안 5, 6층의 공동 주택들과 학교 건물들이 여기저기 새로 일어서고 있었다. 여기다가 현대식 도시의 '신북경'을 건설하는 것이다.

석경산 제철소 이곳 이름으로 '석경산 강철창'은 신 북경 지구에 연속되어 있었다. 빨치산 출신으로 장대한 몸집을 가진 마세범 지배인은 양개문 직맹위원장과 함께 자동차로 정문까지 달려 나와 맞아주었다.

"우리 공장은 1919년에 군벌 놈들이 돈푼이나 만들어 쓰자고 세운 건데 밤낮 군란으로 제대로 건설하지 못했더랍니다. 그 후 일제가 달려들어 중국쇠로 중국 사람을 죽여 보겠다고 지성스럽게 열한 군데에서나 용광로니 해탄로니를 모아들였는데 그걸 죄다 이용 못해보고 저의 고향으로들 가셨지요!"

하고 마 지배인은 호걸스럽게 웃었다. 거기 양 직맹위원장은 이렇게 부언하면서 공장 구경을 안내하였다.

"엉큼한 미국 놈들은 또 저의 상품을 날라다 팔아먹으려고 제강 건설을 일단 중지시키고 있는 것을 해방 후 모두 살려 움직일 뿐 아니라 기본 건설도 계속해 하고 있습니다."

마침 어느 한 용광로에서 쇳물이 나오고 있었다. 용광로 노동자들은 전부 텐트감 두꺼운 천으로 덧옷을 입었고 장갑을 끼고 있었고 쇳물이 거의 나왔을 무렵에도 열풍을 끊지 않는 듯 출선구로부터 내어뿜는 소리가 요란하였다.

중국인민대표단이 조선을 방문하고 돌아가 이 공장에 와서도 귀환 보고를 했는데 조선 형제들이 간고한 환경 속에서 투쟁하며 또 생산하며 있다는 사실을 듣고는 노동자들이 크게 격동하여

"우리가 후방에서 땀 한 방울을 더 흘려 조선 형제들의 피 한 방울을 덜 흘리게 하자!"

"우리가 끓여내는 쇳물을 미제 대가리에 퍼붓자!"

이런 구호들이 나왔고 그 후부터 출선작업 중에도 불과 열풍을 계속 넣어 하루에 30여 톤의 쇳물을 더 생산하게 되었다는 것이다.

용접공 이금천은 전기 용접자를 새로 창안하여 일본제품보다는 훨씬 우수한 것을 만들었고 미국제 '링컨'표보다도 나은 것이 되도록 계속 연구 중이라 하였다.

모형공 황춘영은 "우리가 만드는 것은 무엇 하나 항미원조의 무기다! 하나라도 쓰지 못할 것을 만들어선 전선에서 피흘려 싸우는 형제들에게 면목 없는 일이다!" 하고 정진하여 그가 만든 모형은 폐품이 전무하

여 이용률 100%라 한다.

이 공장에는 947명의 모범 노동자가 있었다. 전 중국적 모범노동자 1 명, 북경시 모범노동자 1명, 전 공장 모범노동자 30명 그 외는 각 부리가다 모범노동자들이었다.

이들은 즐겁게 일하였다. 이들은 또 긴장하여 일하였다. 이들은 자기들의 노동이 조선인민군대와 지원군들의 전선에서의 전투와 꼭 같은 것임을 인식하고 일하였다. 그들의 직장마다 걸린 구호들과 애국공약들과 그들의 대포 탱크 비행기 헌납 운동의 결과들이 그것을 말하고 있었다. '혜영충'이라는 노동자는 자기 월급 식량에서 매달 60근씩을 계속 헌납하고 있으며 제1용광로 노동자들은 6개월 걸릴 복구공사를 53일간에 완결해 놓았다. 이 노동자들은 자기들의 가외시간 생산에 의하여 이미 5억 6천만의 애국 헌금을 했으며 모범 노동자들은 기술좌담회에서 기술의 연구와 향상으로 금년 내에 비행기 25대에 해당하는 초과이윤을 내일 것을 결의하였다.

마 지배인은 나와 작별하면서 이렇게 말하였다.

"우리 노동자들은 조선 형제들의 간고한 투쟁을 한시도 잊고 있지 않습니다!"

×　　×　　×

나는 북경에 전후 두 번 체류하는 동안 많은 문화인들과 개별적으로 만나 그들의 사업상 창작상 고귀한 경험들을 들었다. 중앙문학연구소에서 작가 정령 여사와 시인 전간과 작가 간택동 동지들을 만났고 중앙희

극 학원에서 구양여, 청원장을 만났고 중앙 미술학원에서 미술가 왕조
문 동지도 만났다. 시인 애청은 내가 북경을 떠나던 날 호텔에서 장시
간 담화하였다. 이들은 중국문학 연극 미술계의 지도부에서 있는 권위
들이다. 우리가 문학예술 사업에서 해결하려는 문제의 대부분은 그들에
게 있어서도 당면 문제들이었다. 이미 그들이 해결한 것, 해결하려고
노력하는 방향에 많은 경험들을 들었고 중국 문연과 중국문학동맹과
미술동맹으로부터 그 기관지들을 창간호에서부터와 많은 작가들의 작
품집과 화집들의 선사를 받았다.

중국 문학예술인들은 광범히 조선전선에 동원되어 있었다. 중앙문학
연구소원들은 전부 출동되어 강습사업이 쉬고 있는 형편이며 조선전선
에 다녀온 작가들은 훌륭한 전선 기록들과 작품으로서 인민을 고무하
고 있었다. 위외라는 신인의 「누가 가장 고귀한 사람인가?」라는 조선전
선에서 쓴 글은 항미원조의 정의성과 지원군의 숭고한 도덕성을 높이
제고시키어 중국청년들로 하여 저마다 조선 전선을 향하여 피가 끓게
하였다. 중국청년들은 금년 1월부터 7월까지 군사간부 학교에 지원한
수가 58만에 달하고 있었다.

중국작가들은 조선에 오면 언어 풍속이 다른 만치 이중의 곤란을 겪
을 것이다. 우리가 그들을 협조하기에는 너무나 악조건에 처해 있다.
그들이 조선에서 당하고 가는 신고는 우리가 상상 못하는 것이 많을 것
이다. 아깝게도 조선에서 희생되고 돌아가지 못하는 동지도 많은데 그
중에는 전 중국적으로 고명한 배우 천진의 상보곤 동지와 정수당 동지
가 들어 있다.

과거에 있어서도 우리 두 나라의 문화교류는 많은 아름다운 결실을

가졌다. 한 진리에서 한 목적을 위해 같이 투쟁하는 오늘에 있어 우리 두 문화의 교류는 더욱 필요하며 더욱 큰 결실을 가져올 것이다.

12

할빈

중국은 광대한 나라다. 남경 현무호에는 대접 같은 부용화가 만발한 것을 보고 왔는데 할빈 송화강 기슭에는 눈발이 희끗희끗 날리었다. 나는 작년 이맘 때 쏘련 흑해 변에서 들국화를 보고 오는 길에 영하 30도의 일꾸쓰크를 지나던 생각이 났다. 이 세계에서 제1 제2의 광대한 지역의 국가들이 인민의 세계요 자유의 세계요 평화의 세계가 될 것이다. 오랫동안 그칠 새 없이 인류의 피로 물들여온 지구는 그 대부분의 지면이 다시는 피칠을 원치 않는 평화 옹호지대로 되었다.

그러나 현재 이 평화 대륙들의 지척에서 조선인민들의 피는 강을 이루어 그저 이 지구를 적시고 있다! 제가 잘 살기 위해서는 남을 못살게 해야 하며 제 사회의 경제공항을 해결하는 데는 남의 사회 간섭과 침략 전쟁 외에는 방법을 모르는 그런 놈들과 그런 제도의 존재는 인류를 위해 세계를 위해 얼마나 통분한 일인가!

할빈은 과거에 백계 노인이 많이 살았었고 다른 외국 상인들과 좋은 의미로나 나쁜 의미로나 종적을 감추려는 사람들이 여기 많이 모여들었던 도시다.

오늘 할빈은 부정적 옛 요소들은 깨끗이 청산하고 과거 동북 혁명에 이바지한 역사를 빛내며 새 공업도시로서 면목을 일신하고 있다.

할빈에는 '동북혁명열사기념관'이 있다. 바로 일제의 군사령부 자리에 차린 것이 더 통쾌하였다.

4백여 년 전 일본 침략주의자들의 '현명'한 선조 풍신수길의 말은 『일본외사』에 이렇게 적혀 있다.

"조선에서부터 들어가서 그 병력으로 선봉을 삼아 명나라에 들어설 것이다. 명이 만일 내 명령에 거역할 진데 곧 쳐서 멸할지니 요동으로부터 북경에 직충하여 그 나라를 깔아 버리면 이 또한 쾌하지 않을까 보냐!"

풍신수길의 후손들은 이 조상의 망령된 꿈을 버리지 않았다. 중국을 차지하기 위해서는 조선을 침략하였고 그 다음엔 동북을 침략하여 '만주국'부터 세우고 요동으로 해서 북경을 직충하였다.

중국인민들의 반제투쟁은 반일투쟁에 의의가 컸고 반일 투쟁은 동북에서의 투쟁이 의의가 컸다. 그리고 반제투쟁에서 조중인민의 연결이 이 동북에서 시작되었다.

이 '동북혁명열사기념관'에는 양정우, 주보중, 이조린 장군들의 투쟁 사적과 함께 김일성 장군, 최현 장군, 김책 선생의 투쟁 사적도 많이 나와 있었다.

1931년부터 34년까지 동북 각지에 조직된 '반일회'와 '항일유격대'는 이미 25만 명에 달해 있었다. 이 항일 역량은 35년 후 중공의 '81선언'에 의하여 11개 군단의 항일연군으로 편성되었고 37년 신형세에 처하여는 삼로군으로 개편되었고 38년에는 모택동 선생의 '지구전' 방침이 전달되어서는 13개의 소부대로 나누어 투쟁하였다. 애초의 '반일회'와 '항일유격대'에는 많은 조선청년들이 가담되어 있었으며 김일성 장군의 유격대와 연결되어 있는 것은 물론이다. 1939년 동기작전 야영생활들에서 당시 제2방면 군단장이시던 김일성 장군께서 안길 최현 장군 등 열 분의 동지들과 함께 눈 덮인 밀림 속에서 찍은 안광 형형한 사진이 여기 걸려 있었다. 사진 밑에는 "김일성 동지께서 직접 영도하여 항전 14년의 영광스러운 역사적 임무를 수행하였다."라고 기록되어 있었다. 당시 항일연군 제3군 정치부 주임이시던 김책 선생의 유화 초상화도 걸려 있고 목단강에서 적에게 포위되어 강물에 몸을 던지는 여덟 명의 여성투사들의 장렬한 최후를 그린 대폭 유화가 걸리었는데 그 중의 한 여성은 '황숙정'이라는 조선여성이었다.

나는 이 '동북혁명열사기념관'에서 모 주석께서

"우리 중화인민공화국의 찬란한 오성국기에는 조선 혁명 열사들의 붉은 피가 물들었다."라고 하신 말씀이 다시 한 번 회상되었다.

양정우 장군은 동북혁명 투쟁에서 가장 혁혁한 위훈을 세운 군단장의 한분이다. 1940년 2월 23일 몽당현 남방 모안촌 490고지에서 원수들에게 여러 날 포위된 채 끝까지 굴치 않고 싸워 39세의 꽃다운 나이로 전사하였다. 원수들은 양장군의 머리를 베어 약물에 담가두었던 것을 해방 후 발견하여 이곳 특별진열실에 안치되어 있었다.

서택민 열사는 원수들에게 잡혀 장기간 감옥에서 고초하였다. 그의 갇히었던 감방 문짝이 여기 떼어와 진열되어 있는데 서택민 열사가 페

인트칠 한 그 문짝에 손톱으로 새겨 쓴 유언이 있었다. 나는 다음과 같은 문구를 찾아 읽을 수 있었다.

"위재 대동맹 중, 한 …희생려 적심열혈 조출 철뢰통 …방광명, 자유! 평등! 대동 반일 …소멸 제국련, 타도 군벌, 대집단, 혁명쾌성공… 인류 행복 재안전, 자유 평등권 세계대동만만년…"

서택민 열사는 중·조('한'이라 함은 '조선') 인민의 동맹은 동방을 자유 평등으로 해방시킬 위대한 역량으로 보았고 세계인민이 대동단결하여 제국주의 연합세력을 소멸시키는 날 전개될 인류의 행복을 눈앞에 보았다.

이 희생동지들의 영원한 위훈을 예찬하여 모택동 주석은 이 기념관 벽에 크게 쓰기를

"공산주의 시 불가어항적! 성성지화 가이요원! 사란열사 만세!"라 하였고 주덕장군은 "호기장존"이라 쓴 현판이 걸려 있었다.

나는 할빈에서도 몇 지원군 가족들을 위문하였다. 정부의 배려에 의하여 안정된 생활들을 하고 있었고 아버지들은 물론 어머니나 누이들까지 놀고 있는 사람은 하나도 없었다.

남녀노유를 막론하고 하나같이 불덩이 같은 항미원조 투사들이었다. 나는 그중에도 늙은 기차운전수 마가재 동지를 잊을 수 없다. 그는 해방군 마여룡의 아버지며 지원군 마병문의 아버지였다. 얼굴에는 늙으시기보다 고난 많았던 과거 노예직 노동자 생활의 흔적인 깊은 주름이 패여 있었다.

그는 아직도 아귀 센 손으로 내 손을 잡으며 "나는 노동잡니다. 28년간 기차 운전을 했습니다. 나는 우리 중국인민들과 한께 조선인민들이

항일 투쟁에서 어떻게 싸웠다는 것을 잘 알고 있습니다! 조선 동무는 우리더러 고맙다는 말은 그만 두십시오. 지금 조선은 우리가 응당 가서 같이 싸울 공동의 전선입니다. 나를 나이 먹었다고 편히 살라고 젊은 동무들이 이 목재소에다 앉혀 놓았소마는 나는 언제나 미국 놈들 폭격에 파괴되고 있는 조선 철도가 눈에 떠오릅니다. 그래 내가 맡은 일이 대강 자리잡은 걸 보고는 나도 조선으로 갈 작정입니다. 여기 앉아 이 일하기보다 전선 수송을 위해 기차를 끄는 일이 얼마나 더 중요하단걸 기관수 내가 왜 모르겠습니까. 나는 지금 50살이요 그러나 10년은 더 기차 운수를 할 자신이 있습니다. 우리 조선서 다시 만납시다!”

하고 아들의 이야기는 별로 하지 않았다. 그리고 자기가 이번 국경절에 할빈시 인민정부로부터 받은 영광의 기념품이라 하며 모 주석 사진을 나에게 선사하였다.

돌아오는 길에서

돌아오는 길 할빈에서 탄 기차에서 나는 몇 가지 인상 깊게 본 것이 있다.

열차 식당에서 쓰는 그릇이 모두 새로 만든 사기그릇인데 그릇에 그린 그림이 재떨이에까지 꼭 같은 그림이다. 그림이라도 도자기에서 보는 그림으로는 기상천외의 그림이니 옛날 중국옷을 입은 사람이 칼을 빼어 큰 뱀을 치는 그림인 것이다.

나는 여기서 웽그리아 부다페스트에서 본 해방탑이 연상되었다. 파시스트를 상징시킨 뱀을 육체 좋은 장정이 모가지를 틀어쥐고 앙상한 이빨을 벌린 대가리에 철퇴 같은 주먹을 내려치는 조각이 있다. 중국에서는 파시스트의 상징인 뱀을 자기들의 역사 속에서 찾아낸 것이다.

한나라 고제가 건국할 때 인민들에게 해독을 주는 큰뱀을 잡아버린 고사가 있다 한다.

나는 식당에서 나와 지날 길인 삼등 찻간에 잠시 앉아 보았다. 흰 위생복을 입은 청초한 여사가 들어서더니 자세히 환경을 살피며 지나가다가 어떤 여자 승객 앞에 머물러 다정스럽게 무엇을 이야기하는데 여자 승객을 설복시키려 애를 쓴다. 그 여자 승객은 우리가 보기에도 병색이 있고 기침도 가끔 하는데 이 열차 내 위생원은 그가 기침을 하는 불건강한 승객임을 인정하고 독방이 있으니 가지 않겠느냐고 권하는 것이었다. 여기 있으면 당신도 누울 수가 없고 남들도 당신 기침에 신경을 쓰니 답답은 하더라도 독방에 가 마음 놓고 누어있으라, 내릴 정거장은 내가 책임지고 알려주마 하는 권유였다. 여자 승객은 무엇보다 여러 사람 앞에서 자기를 전염병 환자로 취급함에 불쾌한 듯 잘 수응하지 않았다. 위생원은 강요하는 태도는 조금도 아니었다. 그는 다음 찻간으로 가더니 잠간 뒤에 다시 왔다. 그리고 찻간에 담배 연기가 있는 것을 알아채었다.

그는 전체 승객에게 큰 소리로 말하였다. "이 찻간은 담배 안 피는 찻간입니다. 미안합니다만 담배 피실 분은 다음 찻간들로 옮겨주십시오."하였다. 모자 찻간이 따로 있고 담배 안 피는 승객을 위한 찻간이 따로 있었다. 위생원은 아까 그 여승객 앞에서도 다시 발을 멈추었다. 아까보다 더 다정한 어조로 물었다.

"내 의견에 아직 동의하고 싶지 않으십니까?"

어디까지 웃는 낮으로 친절한 말씨였다. 여자 승객은 쾌히 보퉁이를 들고 일어섰고 위생원은 그의 짐을 자기가 들어주며 앞을 섰다. 모두가 의논성 있고 성의 있게 진행된다. 나는 새 중국에 와 40여 일 동안 어떤 사람과 어떤 사람 사이에도 명령조의 거센 소리가 오고가는 것을 한 번도 듣지 못하였다.

×　×　×

　나는 새 중국에서 많은 것을 보았다. 큰것에서부터 적은것에까지 많은 새것을 보았다. 그 모든 새것은 평화를 위한 것이며 항미원조를 위한 무궁한 역량의 원천임을 보았다. 중국인민의 근 백 년래 혁명투쟁은 중국 공산당과 모택동 주석의 탁월한 영도 하에 저 러시아의 위대한 10월혁명의 승리 다음의 큰 인류적 승리로 종결된 것이며 그 승리의 결과인 새 중화인민공화국은 중국인민의 행복만을 경륜하는 나라가 아님을 보았다. 위대한 쏘련이 전세계인민의 해방과 평화의 불패의 기지며 보루였는데 그 기지와 보루는 다시 이 휘황한 새 중국의 플러스로 인하여 더욱 확고하며 더욱 부동하는 것으로 된 것이다. 한 걸음 좁혀 우리 아세아에 있어 그 의의는 더 크고 더 직접적인 것이니 이미 우리 조국해방전쟁에 있어 중국인민의 병견작전은 조선의 통일 독립과 아세아의 공고한 안전을 위하여 철벽과 같은 엄연한 승리의 담보로 되는 것이다.

　오늘 조선과 중국의 단결은 인민의 단결이다. 조중 인민의 단결은 세계인민의 제일선의 단결인 것이다.

　조선인민의 조국해방투쟁은 반드시 승리할 뿐 아니라 세계평화 확립에 크게 공헌할 것이다.

　나는 싸우는 조국 강토에 들어서는 길로 신문에서 「10월혁명과 조선인민의 민족해방 투쟁」이란 김일성 장군의 논문을 읽었다. 우리 수령께서 조중 인민의 역사적 공동투쟁에 언급하신 말씀을 삼가 여기 옮기는 것으로 나의 붓을 놓으려 한다.

"조선인민과 중국인민에게는 평화와 민족 융성에 대한 공통한 이해와 공통한 지망이 있으며 조선과 중국의 자주권을 침략하는 공동의 적 미제국주의자가 있다. 우리는 역사적 우의로서 호상 연결되어 있으며 일제의 침략을 반대하는 항일전쟁시기에 있어서와 같이 오늘의 투쟁에 있어서도 우리 양국의 인민의 전투적 우의는 더욱 견고하여졌다.

조선전쟁에서의 중국 인민지원병의 참가는 민주진영 국가 간의 긴밀한 친선과 호상 협조에 대한 새로운 모범적 형태로 된다. 이것은 동등권과 호상 존중의 진정한 원칙 위에서 강한 자가 약한 자에게 주는 선량한 원조이다. 조선인민군과 중국인민지원군의 협동작전은 미제 침략자들에 대한 불패의 역량이며 우리의 전투적 성과들에 대한 신심 있는 담보로 된다."

1951년 12월
강동 송학리에서

원문 영인

여기서부터는 영인본을 인쇄한 부분입니다.
이 책의 맨 뒷 페이지부터 보시기 바랍니다.

중 국 기 행

위대한 새중국

리 태 준 저

국립출판사

차 례

중국 기행

위 대 한 새 중 국

리 태 준

一、북경으로

十월 一일은 우리 형제나라이며 우리 전우의 나라인 중화인민공화국의 국경절이당 자기들의 위대한 승리와 창조의 축전인 건국 명절을 두돐째 맞이하여 중국「총공회」를 비롯한 전 인민적 단체들은 세계 우호각국에 인민대표 관례단을 초청하였다. 나는 이번에 다행히도 우리 나라로부터 가는 이 우방 국경절 관례단의 일원으로 오래 두고 그리워 하던 중국으로 떠나게 되었다.

중국! 이는 매우 오랜 나라다. 이는 가장 오랜 력사와 가장 먼저 발달된 고대 문명국의 하나다. 동양에서 널리 써온 한문자를 창조한 나라며 세계에서 화약을 먼저 발명했으며 만리장성을、쌓았으며 세계 어느 박물관에 가든지 가

장 중요한 케ㅡ스 속에 놓여있는 상주의 청동가와 당의 三채와 총명의 화려한 도자기들을 제조한 나라다。오래고 넓고 많은 인구와 자원을 가진 이 나라에는 또한 많은 낡은 것으로 엎치고 많은 침략자들의 그물로 덮치여。무한 암담하고 혼란한 나라이기도 하였다。어디보다 봉건의 나라였으며 드센 군벌들의 나라였으며 모욕으로 찬 외국 조계들의 세계 인구의 四분지一이나 되는 다수한 인민이 장구한 세대에 걸쳐 二중 三중의 역압 속에서 신음한 나라다。

이런 중국은 우리 조선과 가장 가까이 이웃하여 있다。정치적으로 문화적으로 관계가 깊었으며 근대에 있어 외국 자본주의 침략하에 같은 운명으로 신음하였다。

중화인민공화국！이는 가장 나어린 새 나라다。중국인민 해방군이 한때 여덟 강도국가 군대가 상륙하여 제마끔 둥지를 틀고 앉았던 천진을 해방시키며 유구한 봉건력사로 굳게 잠긴 북경 성문을 열어 저떠런것이 바로 어제 갈던 중화인민공화국이다。미영 불의 군함들이 가로막고 나섰으나 드디여 장강을 넘어 장개석의 매국수도 남경을 해방시키고 중국의 최대 도시 상해를 해방시킨것이 어제 갈던 중화인민공화국이다。갖은 봉건독소와 갖은 제국주의 침략의 추악한 것으

로 뒤엉킨 낡은 중국을 자리말듯 걸어버리고 그 넓고 비옥한 새 대륙 위에 현란히 일어선 새 중화인민공화국! 이 위대한 승리와 창조를 수행한 중국인민에게 누가 축복하지 않으며 이 위대한 승리와 창조를 령도한 중국공산당과 중국인민의 수령 모택동 주석에게 누가 "최대의 경의와 흠모를 아끼랴! 중화인민공화국은 전체 아세아에서 제국주의 침략을 청산하는 불패의 기지로 되였으며 세계평화 확립을 위한 또 하나의 쉬대한 성새로 울며솟은 것이다. 새 나라 중화인민공화국은 자유와 평화를 애호하는 전세계 인민들의 새 축복의 땅이 아닐 수 없다. 이런 중화인민공화국의 四억 七천 五백만 인민들은 오늘 조국해방전쟁에 결기한 우리 조선인민을 도와 한 원쑤 미제 침략군대를 격멸 구축하기에 한 전초속에서 싸워주는 것이다. 중화인민공화국을 향하여 떠나는 우리 조선 판례단의 마음은 더 감축스럽고 더 뜨거운 우애에 설레였다.

九월 二十七일 황혼. 직총의 현훈, 녀맹의 조복례, 평화옹호 진국민족 위원회의 정성연, 민청의 김봉호영웅, 민주조선의 럼성학, 그리고 필자 여섯녕의 우리 일행은 발바리 두대에 나눠타고 평양을 떠났다.

몇일째 공중전에서 참패를 거듭한 미군 공중 강도들은 낮에는 보이지 않는 고공에서만 얼씬 거리다가 날이 저물기가 바쁘게 머리 위에 낮추 떠 닝닝거리

기 시작하였당 하늘은 별 하나 볼수 없게 흐렸당 거의 十분에 한번씩은 길 옆과

산 등에서 「항공」소리 아니면 불을 끄라는 신호로 총소리가 일어났당

우리는 길을 순천 쪽으로 잡았는데 「사인장」을 지났을 때당 지척에서 산이

갈라지는 듯한 폭음과 함께 불 기둥이 치솟고 그 곳 산골짜기는 마치 용광로가

터진것처럼 흙도 바위도 불덩이로 이글거리고 있었당 놈들은 군데 군데 관등

노리하듯 조명탄을 달아 놓기도 하였당 어떤데는 한군데다 대 여섯개씩 달아놓

아 차돌이 불을 끈채 달리기에 제격이요, 오래간만에 정말 불노리나 바라보는

듯한 착각도 해롭지 않았당 예전 우리 선조들의 중국 다니던 기록을 보면

무인지경에서 밤을 지날때 무서운 것이 녹대와 범이라 하였당 사람과 말을

물려 보낼까 보아 밤새도록 화투불을 놓고 번을 서 짐승을 지켰다더니 오늘

우리는 미제야수들 때문에 불을 끄고 밤길을 가야하는 것이당 그러나 중국

다니는 길에서 화투불을 놓고 범과 녹대를 경위하던 것이 오늘에 와 옛말이

된것처럼 미제야수들 때문에 차들이 불을 끄고 밤길을 다니는 이 것도 몇일

안있어 옛말이 되고야 말것이당

×　　×　　×

二十八일 저녁 아직 해있어 우리는 안동으로부터 마중온 우리 대사관 련락소

차로, 압록강을 건느게 되였다.

항미원조 안동분회의 석 주임을 비롯한 안동시와 안동 민청간부들의 뜨거운 영접으로 안동 시내에 들어가 교체처에서 쉬였고 심양가는 밤차에 오르기까지 나는 안동거리들에서 푼목들에서 정거장에서 될수 있는대로 많은 사람들과 많은 풍물에 시선을 더듬었다. 나는 경쾌하게 달리는 렬차 침대에 누어 절로 떠오르는 한가지 회상에 잠기지 않을 수 없었다.

지금부터 三十여년 전이다. 나는 十五、六세 소년때 직업을 찾아 전전하여 안동에까지 온 일이 있었다. 정거장 근처와 재목 끌어올리는 부두 근처와 진강산공원에서 많은 로동자들과 걸인들과 더불어 몇일 지내본 일이 있다. 그 때는 버리끈을 잡은 로동자들도 성한 옷을 입은 사람은 하나도 볼수 없었다. 한두끼씩 굶지 않은 사람이 별로 없어 거지와 도적이 따로 있는 것이 아니란 인상을 강하게 받았었다. 어떤 전당포 앞에서도 직업을 잃은 한 청년을 도적이라고 하수도 속에 몰아넣고 일본 순사놈들이 총으로 쏘아 죽여서 끌어내는 것을 보았다. 일본놈이 「게다」를 끌고 중국인 참외 장사에게로 와서 배불리 먹고 나중에는 먹던 것을 뺏알으며 썩은 것을 판다고 트집을 걸어 돈을 안내는 것은 고사하고 게닷발로 차고 때리고 유유하게 가버리는 것도 보았다. 이런

날도 적놈을 잡아가는 경찰이 없을뿐 아니라 이 왜놈 앞에 눈 한번 마주 흘기지 못하고 있었다.

오늘 중국은 중국의 한끝인 이 변강도시 안동에서만 잠시 보아도 전혀 딴 천지로 되였다. 그 간악하고 거만스럽던 외국강도놈들은 그림자도 없이 사라졌고 길이 메는 많은 사람들 속에 람루한 옷을 볼수 없다. 거지도 아편쟁이도 해만 지면 골목마다 나앉던 매춘부도 그 흔하게 벌어지던 싸움판도 주정꾼도 눈에 띄이지 않는다. 수지쪽 하나 거리에서 본 기억이 없다. 깨끗하고 튼튼해 보이는 남빛 옷들과 혈색좋은 얼굴들이 어떤 인상적인 영화를 구경한날 밤갈이 잠시 지나본 새 안동거리의 인상으로 머리속에 깊이 찍혀져 떠오른다. 특히 남녀간 스텐칼라의 공작복을 입은 사람들이 빈번히 지나갔다. 그 전엔 철망이나 실그물을 몇겹 두르고도 간색만 보이던 토점의 상품들이 만져 보기만이라도 해달라는 듯이 가린것 없이 풍성하게 진렬되여 있고 특히 그전 안동에서는 보기 드문 감 귤 빠나나같은 남방 산불들이 흔하게 벌어져 있는 섯이다.

오늘 안동에서 쓰는 돈은 그 돈은 그 품이대로 저 남중국 서중국 각지에서 그대로 쓴다고 한다. 돈이 그렇듯이 대륙 동서 남북 각지에서 나는 물건이 그대로 동서 남북 각지에 폐지되 모리간상의 손으로가 아니라 국가계획에 의하

이 싼 값으로 교류되는 것이라 한다. 옛날 중국의 어느 임금은 애첩에게 몇천

티 밖에 나는 「여지」라는 과실을 먹이기 위하여 기병들을 동원시켰다 하거니와

오늘 새중국에서는 철하 만인의 식탁에 몇 만리밖 과실과 반찬이 제고장 물산처

럼 풍성하게 오르게 되었다.

인민들의 생활은 풍성해지고 다채로워 졌다. 인민들의 자기 주권에 대한 신뢰

와 항미원조에 대한 정치적 각성은 다시금 고조되고 있었다.

나는 심양에서 九월 二十九일부 「동북일보」를 보았는데 석달전에 전 동북 성

시 공작자 회의에서 고강동지로부터 동북 로동자들에게 호소하기를 금년말까지 식량

五백만톤 가격에 해당하는 물자를 중산하며 절약하기를 제의한바 있었는데 그것

이 불과 석달 동안에 五백만톤의 배 一천만톤 가격을 초과하였다고 보고되고

있었다.

이 증산과 절약에서 얻은 가치는 四천 二백여대의 「로케스트」 비행기 댓가에 해당한

다는 것이다! 그뿐만 아니라 전 중국적으로는 비행기와 대포기금을 헌납하는

애국운동으로서 국경절을 맞이하자는 대중적 운동이 일어났는데 이 액수는 九

월 二十五일 현재 九천 九백 七十억 이상에 달하여 곧 一만억원을 돌파하리라고

보도 되고 있었다.

중국은 물론 많은 인구를 가졌다.

그러나) 공화국이 되여서야 갑짜기 쏟아진 인구는 아니다. ㅇㅇ

중국은 풍부한 자원과 광대한 토지를 가졌다. 그러나 공화국이 되여서 비로

소 드러난 자원이나 대륙은 아니다. 문제는 자기들의 정권이요, 노예 아닌 로

동이요, 자기 자신들의 땅인데 있는 것이다. 이 진리에서 올려솟는 인민의 무진

장한 참재력량은 위대한 쏘련방을 비롯하여 모든 인민정권인 나라들의 급속히

류성 부강하는 공통의 원천인 것이다.

×　×　×

국경절의 전날 아침 일곱시에 우리는 북경에 닿았다.

차창이 밝았을 때는 이미 천진을 지난때로 무연한 벌판에 곡식 밭들이 지나

간다. 고구마 락화생 수수가 대부분인데 땅은 사질이였다. 집들이 짚이나 기와

가 아니라 집웅을 맨흙이나 혹은 회와 세멘으로 발랐다. 조그마한 물웅뎅이만

있어도 집오리들이 떼를 지여 떠있다. 마을마다 금별 뜬 붉은 기와 국경절구

호 드림들이 퍼덕인다.

쪽으로 멀리 태행산맥이 드러난지 얼마 안있어 기차는 높은 성벽 밑을 달

리기 시작한다. 회색 벽돌성인데 성틈에 뿌리를 박은 나무가 로목이 되여 드리운

것도 있는 태고연한 옛생이다。 가끔 드높은 문루가 지나가고 그 문루 아래 상
문으로는 사람이 웅성거리는 동양적 저자 풍경이 들여다 보였다。 북경 주변에
들어선 것이다。

이 북경은 멀리 주시대 소공의 봉지로서 그때 제비연자「연」이라는 이름을
가져「북경」이기 보다는 그 전에는「연경」이라고 더 불렸다。 우리조선에「연행록」
이란 책이 있으니 이것은「북경기행」이란 말이다。 이 연경에 처음 수도를 정하기
는 지금으로부터 一천 十三년전 〈九三八〉요。 나라 시대였고 그 후 금 원 명
청 모두 다섯 왕조의 서울로서 세계적으로 전아한 고대 궁궐 자금성을 비롯
하여 무수한 문루들과 천단 북해 이화원등 동방 특유한 고대건축과 호한한
호수있는 정원들을 전하고 있는 보배로운 도시다。
우리 기차가 그 밑을 달리고 있는 것은 이런 북경의 남쪽 외성 성벽 밑
으로서 정거장도 정양문 옆 그 성벽 밑에 놓여 있었다。 역두에는「중국인민보위 세
계화평 반대미국침략 위원회」곽말약 주석과 중국총공회의 유영일 부주석 기타 각
계 중국측 요인들과 리주연대사 부처를 비롯한 우리대사관 관원들이 반가히
맞아주었고 목에 붉은 넥타이를 맨 귀여운 소녀 일단이 중국말로 김일성장군
의 노래를 부르며 꽃을 들고와 우리에게 안기였다。

화창한 날씨다。큰길에 나무가 공원처럼 푸르다。자동차에 올라 회성안으로 들어서 얼마 아니 달려 공중에 뜬 금빛 황기와 검웅이 처처에 바라보인다。대리석 조각인 구름송이를 비녀 찌르듯한 룡트림의 돌기둥이 보인다。다섯 돌다리가 한군데 걸리고 그 뒤에 하늘에 떠오르듯 장엄하게 솟았으되 무한 안정해 보이는 단청 찬란한 문루가 묻지 않아도 틀리지 않았다。그 앞을 그냥 지나 이 도시에 아직은 얼맞지 않는 七、八층의 양관이 우리가 묵을 북경반점이었다。

북경반점 안은 일종 세계평화옹호대회를 련상시키였다。우리가 조선대표인 것을 알고 숙강기 속에서 흔연히 악수를 청하는 서양부인이 있었다。이미 조선에 다녀온 월남인민대표들도 만났다。얼굴 횐 구라파 대표들, 얼굴 검은 인도대표들, 밀라 파리스탄과 인도네시아 가까이 비르마와 몽고 그리고 쏘련 파란, 웽그리야 체코 루―마니아 불가리아 민주독일 그외 영국 평화옹호 위원회에서도 와 있었다。

서로 말은 통치 못하나 평화민주를 위한 한 마음의 끊는 전우애는 얼굴마다 넘쳐 흘렀다。평화투쟁에서 영명을 떨치고 있는 쏘련작가 일려야 에렌브르고 와 철리의 시인 빠불로 네루다 와 있었고 「교형수의 일기」로 우리조선 인민들에

게도 혁명적 전투의석을 더욱 고무시켜준 쳬코의 혁명가 율리우쓰•푸취크의 미망인 구스타•푸취코바도 와 있었다。특히 이들이 우리 조선대표단에게 주는 악수는 한꺼번에 조선인민 전체의 손을 잡듯 힘차고 뜨거웠다。그들은 우리에게 김일성장군의 안부부터 물었다。

二、 모주석의 초대연회

三十일 저녁 모택동 주석은 국경축하 연회를 배설하였다。한때 서태후가 호강살이를 누리던 예전 궁전 회인당에서 열리였다。이 회인당은 二년전 이 무렵 중화인민공화국 중앙정부가 조직된 바로 그 력사적 장소다。

우리 외국 관례단들이 안내된 곳은 대청의 좌편 협실로서 많은 축기들이 장식돼였고、산해진미로 찬 연회식탁이 베풀어져 있었다。주덕장군 부인과 류소기 부주석부인이 손수 인도하며 설명하기를 대청 바른편 협실에 들어서는 분들은 각국 외교관들이며 중앙대청에 그득히 않은 분들은 남방과 북방의 혁명 로근거지 대표들과 중국 인민해방군과 지원군회 전투 영웅들과 전국모범로동자 농민들과 각 정당 사회단체 대표들과 북경 각대학 총장들과 교수 대표들과 화교 귀국대표들과 개

안 경영 모범 상공업자들과 중국내 각 소수민족 대표들이라 하였다.

이 一천四백여명의 국내 대표들의 자리를 정면으로 국장과 국기와 꽃으로

식된 무대가 있고 그 무대 아래 주석단의 자리가 일렬로 놓여있었다.

나는 모든 중국인 대표들 가운데서 특히 혁명 로근거지 인민대표들에게 자주

시선을 이끌리웠다. 一九二七년부터 十년간 토지혁명 당시 로근거지 대표들과

一九三七년부터 一九四五년까지 항일구국운동의 로근거지 대표들과 一九四五년 이후

一九四九년까지 인민해방전쟁 시기의 로근거지 대표들로서 그들은 대개 머리 흰 로

인이 많으며 그 중에는 동북지방 혁명 로근거지 대표로서 조선사람도 참석하였

노라하엿다. 一九三○년五·三○폭동때 동북 연길 일대에서는 조선농민들이 중심으

로 화룡 와청등지에 농촌쏘베트까지 조직되엿었다 한다.

갑자기 우뢰 같은 박수소리가 일어났다. 모주석 이하 주인측 주석단이 입

장하는 것이다. 모두가 열광적으로 발돋음하여 모주석에게 시선을 보낸다. 름름

히 솟은 키에 화기로 찬 얼굴이당. 고요하면서도 깊고 무거워 보이는 눈이. 그분의

무궁한 총명과 도량을 말하는듯 하다.

로근거지 인민들이 선두에 서서 주석단에 나아가 축패를 드린당. 험난한 생활

과 투쟁으로 일하였던 로근거지 인민들의 얼굴은 구리빛으로 끌고

든 손과 함께 암석이나 고목의 근간처럼 홈 패고 불거지고 하였다。이들이야
말로 이제는 어떤 비바람에도 끄떡 없을 위대한 중화인민 공화국의 억년불발의
무리들인 것이다。천신만고한 자취가 심각한대로 그들의 눈동자는 무량한 감개
와 무상의 광영으로 차 자기들의 수령을 우러러보며 나아갔다。어떤 눈은 눈
물이 번뜩이였다。모주석의 든 술잔에 자기들의 술잔을 맞쪼을 때 술이 옆질
려지도록 흥분한 얼굴도 있었다。지척에서 바라보는 나는 눈이 뜨거워졌다。나
는 절로 우리 조국을 향하여 역시 그렇게 험난한 생활과 그렇게 간고한 투
쟁으로 흙처럼 끓고 암석이나 고목등건 처럼 험상스러워진 우리형제들의 면…가
생각키 였다。작년여름 우리인민군대가 반격으로부터 용감히 전환하여 진공하던
시기에 있어 나는 해방된 옹진반도에서 서울에서 대전과 무주에서 김천과 협
천에서 감옥으로부터 풀린 로동자와 농민들과 또 태백산과 지리산 빨찌산들의
아버지와 할머니들을 무수히 만나보았다。그들은 공화국 국기를 눈물로 우러러
보며 김일성장군께서 우리 치빙에도 언제 오시느냐고 물었다。그들은 오늘이
시각에도 적전 적후에서 아들과 딸들의 시체를 넘으며 간고히、싸우고 있으리
라！백절불굴 용감히 싸우고 있으리라！싸우는 인민은 이기고야만다！저와
같이 승리의 축배를 들고야만다！우리 태백산의 지리산의 한라산의 로근거지

인민들도 우리 조선민주주의 인민공화국 국장과 국기 아래에서 우리 수령 김일성 장군의 승리의 축배에 승리의 축배를 맞쪼을 날은 오고야 말것이다! 반드시 오고야 말것이다! 저 모주석과 중국혁명 로근거지 인민대표들이 드는 승리의 축배가 그것을 어김없이 담보하는 것이다!

우리 十四개국 외국 관례단들도 차례로 주석단에 나아가 모주석을 비롯한 이 나라 수장들에게 자기조국 인민들의 형제적 우의와 전우적 축복에 찬 뜨거운 악수와 함께 축배를 드리였다. 연회는 오후 일곱시 반부터 두 시간동안 화기 넘치는 속에 계속되였다.

三、 국경일의 천안문 광경

우리가 북경에서 새로 맞이하는 아침이 바로 十월一일, 이 나라 건국명절이다. 람스럽게 편 각색 국화가 창 가까이마다 식탁마다 가벼운 가을 햇볕에 향기를 풍긴다. 북경은 가을 날씨 좋기로 유명하다.

우리 외국 관례단들은 자동차로 장사진을 이루어 누른 기와의 붉은 담장을 굽이굽이 돌아 어떤 궁전 정원에 들어섰다.

몇백년쯤이나 되였을까! 두 아름 세아름씩 되염직한 상나무가 가로 세로

줄지여 늘어서 하늘을 덮었다。 풍마 우세하여 법람절이 부스러진 황기와 집웅과

함께 사슴뿔 같은 이 삭정가지 많은 늙은 상나무들도 옛 궁궐의 파란 많은 세월

을 속삭이는듯 하당 여기는 지금 근로자들의 「문화궁」이 되여 맞은편에 있는

「중산공원」과 함께 차기를 건설한 진정한 주인들을 위한 교양과 오락의 궁

전으로 이바지되고 있다。

가지 굵고 잎 성긴 늙은 상나무 그늘사이로 다 청빛 령롱한 몰루가 은은히

며 오른다。그것이 이날 광대한 중화대륙 방방곡곡 인민들이 뜨거운 눈으로 우

러러 향할 천안문이며 그것이 이날 四十만 시위군중의 환호의 바다위에 룡궁처

럼 떠오를 천안문이였다。우리는 이 천안문을 안으로부터 밖으로 빠져나와 천

안문 광장에 나서게 되였고 시쪽 귀빈 관례대에 오르게 되였다。

귀빈관례대는 성장한 여러가지 민족복색과 각국 훈장으로 빛나는 외교관 정복

들로 다채로웠다。이끼 푸른 옥대하 건너 일반 관례대가 따로 있다。그리고 화강석

으로 새로 포장한 씻은듯한 큰길 큰길 건너에는 각종 군단들과 군악대들이 끝

없이 정렬하여 있었다。

천안문은 지척에서 돌아다 볼수 있다。천안문은 아름답다。옥대하에 걸린 다

셋 백석교들과 그 령롱한 대리석 란간들에 어린 날빛은 단청 찬란한 이 궁궐

문루에 서기가 엉키게 하였다. 접접응 웃처마 중앙에는 이나라 국장이 걸리고

다음 처마에는 『경축 중화인민공화국 국경절』이라 쓴 붉은 드림과 함께 큰 홍

등들이 줄지여 달려 있었다. 그 앞이 바로 주석단이다. 주석단 아래 성문있는

성벽에는 두길이 넘을 모주석의 초상이 걸리고 그 좌우에는 『중화인민공화국

만세』와 『세계인민 대단결 만세』의 구호가 가로 걸려있다.

이 천안문 맞은편으로 ●광장 건너 국기게양대에 五성기가 평화스럽게 날리고

있고 즐비한 고루거각들이 아득히 깔린 끝에 붉은 기치로 장식된 성문 문루들

이 푸른 공중에 떠있었다.

새나라의 봉화 솟듯하는 새 면모와 유구한 천고 문물이 한눈 앞에 벌어졌다.

광장은 일시에 박수와 환호로 진감한다. 천안문 위에 모주석이 나타났것이다.

주덕 뮤소기 송경령 리제심 장란 부주석들과 정무원 주은래총리 인민혁명 군사

위원회 정참부주석… 그칠줄 모르는 환호속에 계속 등장한다.

중앙인민정부 림백구 비서장의 경축관례 개시의 선언이 떨어지자 군악대의 국

가 연주와함께 굉렬한 례포가 터지기 시작하였다. 중국인민해방군 총사령 주덕장군

이 자동차 위에 름연히 선 자세로 천안문을 나섰다.

엄숙히 정렬한 각 부대를 돌아 점열하고 다시 천안문에 올라 그는 전국 무장부대와 민병단에 주는 명령서를 선목하였다。

「지난 二년간 우리는 조국의 대륙을 완전히 해방시켰고 지원군들이 조선인민군대와 병견작전하여 미제침략자들을 타격하고 거내한 승리를 쟁취하였다」고 읽었다。「미제는 중국의 승리를 시기하며 자기들의 실패를 달게 받지 않고 대만을 침범했으며 조선정전담판을 파탄시키려하며 조선전쟁의 계속과 재 대전준비에 날뛰고 있다」하였다。 주덕장군의 부드러우나 저력있는 음성은 더욱 우렁찼다。

「미제는 전세계 인민이 반대함에도 불구하고 자기 종속국가들을 위협하여 대일강화조약을 위조하며 공공연히 일본과 서부독일을 재무장시키고 있다。전쟁위기는 엄중하여 우리조국의 안전과 동양과 세계평화를 위협하고 있다。이에 나는 그대들에게 명령한다。그대들은 전투력량을 더욱 높여 국방건설에 일보전진하여 조국방위를 ○ 공고히 하라!

더욱 학습하며 더욱 새 기술을 련마하며 각병종 련합작전에 능숙하여 강대한 현대화 국방군 건설에 분투하라!

대만 팽호 금문제도를 해방시켜 전중국 통일을 완성하기에 분투하라! 조국

약 안전을 보위하라! 조국의 신성한 령토 령해 령공을 보위하라! 동방과 세계의 평화를 보위하기에 분투하라!」

주덕 총사령의 엄숙한 명령의 선독이 끝나자 삼엄한 무장 부대들의 분렬행진이 시작되었다. 선두에 선 부대는 해방군 군사학생들로 실전에서 공훈 세운 고급지휘원들이며 고급 보병학교 학생들 땅크학교 학생들 포병학교 학생들 해군학교 학생들 항공학교 학생들 락하산부대 보병부대 그리고 머리에 수건을 동인 민병대대 관중들은 이 민병대대에 더 끊는 환호와 박수를 보내였다. 이들은 화북로 해방지구 민병 대표들이라 한다.

이 행복스러운 새 조국을 어느 한치의 땅도 다시는 유린되지 않게 하기 위하여 자기 지방 인민들의 자원적인 방위무력를 형성한 것이다.

다음에 기병부대 기계화한 방공부대 포병부대 모ー타찌ー크부대 장갑병부대가 나타났다.

각종 구경의 대포들 겹중 땅크들 범람하는 강철의 격류요 강철의 파동이였다. 강철은 땅에서만 흐르지 않았다. 금속성 날카로운 전투기 편대가 광장 상공을 날랐다. 로케트 비행대가 뒤를 이었당. 미제군대와 장개석 군대에게서 로획한 낡은 땅크와 비행기가 아니당. 모두가 최신 병기들이당.

물론 기계가 싸움하는 것은 아니다. 어느 혁명군대나 적들만 못한 무장으로 싸워서도 이기였다. 그러나 이제 병기 그것 까지도 놈들보다 우월하다면 그야말로 날기까지 하는 범이 아니겠는가! 과학은 과학 편이다. 과학적인 과학적 사람들과 과학적인 사회에서 더 발달할것은 이미 위대한 쏘련의 과학이 증시하고 있다.

정의를 위해 싸우며 자유와 평화를 위해 싸우는 군대들에게 전쟁 방화자들보다 더 우수한 무장! 이는 세계의 안전과 평화를 위하여 얼마나 축복할 일인가!

열병식 뒤에는 각계 인민들의 경축 시위가 시작 되였다. 꽃발감은 소년단의 춤과 노래가 지나가며 그중 한 소대가 천안문에 올라 모주석께 꽃을 드린다. 그중 한 대대는 한 무리의 비둘기를 날린다. 그중 한 대대는 「항미원조」를 각색 꽃으로 수놓아 들었다. 「모주석 만세」와 「중화인민공화국 만세」소리가 一만八천여명 소년들의 맑은 합창으로 흰 비둘기 란무하는 천안문을 향해 폭발한다.

지원군 대표들이 행진한다. 북경의 산업과 건축 로동자 十二만명의 대렬이 들어선다. 三단명의 농민대렬 七만명의 각 민주당파들과 사회단체들의 대오 八만명의 중학 이상 학생대렬 八천명의 문학예술인의 대오 이들은 「항미원조」에

대한 격동적인 표어를 들었었다. 이들은 일본 재무장에 반대하는 강경한 구호들을 들었다.

이들은 조국의 자유와 동양과 세계평화를 위하여 싸우는 투사들이다.

이들은 모 주석을 비롯한 자기정부 수장들의 초상을 들었다. 이들은 맑스, 엥겔스, 레닌, 쓰딸린의 초상을 들었으며 우리 김일성장군과 호지명, 쵸이발산, 베루트, 라코시, 코드웰트, 모든 인민민주국가 인민 수령들의 초상을 들었다. 이들은 자기 사업에서 「애국공약」을 체결하고 싸우는 애국투사들일 뿐아니라 전세계 인민의 해방을 위해 싸우는 고상한 국제주의 사상으로 무장한 사람들이다! 이들이 주먹을 들어 웨칠때 붉은 기는 파도쳐 광장이 붉는 바다로 되며 성벽은 진감하여 먼- 문루들이 뢰성과 같은 멩아리를 일으킨다. 이 스용도리 치는 광장의 정렬! 이는 저 크레물리 붉은 광장들에 련결되는 무적한 이민민주주의의 위대한 력량인 것이다.

맑게 개인 푸른 하늘이기에 붉은 기는 더 곳보다 곱고 불보다 더 밝다.

이런 붉은 기의 장강은 성문들을 넘치듯 빠져나와 길마다 뿌듯이 흘러 나간다. 아름다운 광경이다! 북경은 참말 아름답다.

오늘 우리는 참말 아름다운 북경을 본다. 평양에 자리잡은 이 옛 도시는 모

튼 아름다움이 인공적으로 되였다 한당 장려한 자금성도 호한한 호수를 가견

만 수산도 북해와 중남해도 그 산 그 물들이 인공으로 된것이라 한다.

대리석의 천단과 리화원의 그림 같하들이 새로 지였을 때 그 조각과 단

청눈은 오늘보다 더 선명하기는 했을것이다. 그러나 어찌 오늘 북경처럼 아름

다웠으랴! 그 유구한 지난 세월 속에 그 어느때 북경이 오늘만치 아름

으랴! 우리는 어느때 사람들보다 가장 행복되고 가장 아름다운 북경을 보는

것이다! 천년 북경이 어느때 저처럼 자유롭고 저처럼 행복스러운 사람들로

차 보았는가? 어느때 저 천안문 위에 이나라 사람 저마다가 추앙하는 자기들

의 동지며 자기들의 스승인 진정한 수령을 바라본적이 있었는가? 어느때 이

북경에 이 나라를 진정으로 사랑하는 우의와 축복으로 오는 외국사

람들을 맞아본 적이 있었는가? 어느때 이 북경이 통일된 대중국의 수도로서

방대한 강로의 끝에서 끝까지 모든 계층 인민의 대표가 빠짐없이 모여 한

조국의 국경절을 겨축한 적이 있었는가?

오늘 북경이야말로 진정한 이 나라 서울이다! 아름다운 수도다! 오늘 자

금성 집웅들에는 기왔장이 부스러지고 오늘 천단에는 대리석 조각이 얼마 무

디어 젖을망정 몇 백년 동안 이것을 건설하고 간 몇 만 만 인민들의 참 조의

뭘과 천재는 오늘에 비로소 그 광채를 내는 것이며 태평천국 이후 무수한

애국렬사들이 싸우다 넘어졌으되 중국 공산당과 모주석의 탁월한 령도로써 인

민의 승리를 거둔 이날에 그 고귀한 피들은 비로소 광망을 들어 천추 만대

에 빛나기 시작하는 것이다!

저 유유히 나붓기는 오성기를 보라! 저 선명한 붉은 기폭에서 누가 그

고난 많았던 중국 애국렬사들의 강을 이루어 흘린 피를 느끼지 않으랴!

항미원조를 더욱 강고히 하자!

일본 재무장을 강경히 반대하자!

영웅적 조선인민군대와 중국인민지원군 만세!

중화인민 공화국 만세!

세계 인민 대단결 만세!

김일성 장군 만세!

모택동 주석 만세!

쓰딸린 대원수 만세!

구비 뻗어 나간 성벽들도 동서 남북에 높이 솟은 내외성 문루들도

여 날 천안문 광장에서 터져는 소리를 전중국 방방곡곡에 그냥 섭할즈이 맞

받아 울려나갔다.）

× × ×

국경날 저녁 북경의 하늘은 찬란하였다. 북경주위 사면 팔방에서 무수한 탐조등이 울려 비쳤다. 북경을 울타리치듯 광선은 서로 엇비쳐 그를 울타리도 되고 서로 천안문 상공으로 초점을 몽아 북경을 푹 내려씌운 면류관도 되였다. 이 거대한 면류관 속에서는 꽃불이 튀여 오르기 시작하였다. 반가운 손님을 맞는데도 폭죽을 터뜨리는 중국이라 이날 꽃불 폭죽은 참으로 ）볼만하였다. 저 화약을 세계에서 먼저 발명한것이 중국이다. 중국은 화약을 먼저 소유했으나 전설과 경사를 위해 썼을뿐 살인에 먼저 리용하지는 않았다. 그런 중국이 오늘 저렇게 굉장하고 찬란한 불놀이로 경축하는 이 승리야말로 앞으로는 인류가 화약을 살인에 쓰지않고 그 발명한 본래 중국에서처럼 건설과 경축 오락으로만 쓰는 항구 평화세계를 위해 의의깊은 전 인류적 승리인것이다.」

× ×

이 국경일을 지나서도 나는 북경에 계속 체재하여 여러 다른 나라 대표들과 함께 중국 초대 위원회에서 안내하는 대로 북경을 비롯하여 상해 항주 남경 천진 심양 합빈등 대표적 도시들과 그 부근 농촌들을 구경하였다. 많은

풍장률도 보았다。 우리 조선에 와 싸우고 있는 지원군의 가족들도 만났고 우리 조선에서 영웅적으로 싸우다 부상하여 병원에 와 치료하고 있는 전상원들도 만나보았다。 음악도 듣고 연극도 보았다。 력사 박물관과 미술 박물관도 보았고 로지개혁 전람회와 화북 물자교류 전람회도 보았다。 문화계의 저명한 작가와 예술가들도 만났다。 유명한 만리장성도 구경하였다。

그러나 중국은 이런 코—쓰만으로 그 대체를 보았노라 하기에는 너무 넓고 이런 단사일의 구경만으로는 전부를 리해하기에 너무 깊다。 단지 과거 五개년간 우리 북조선의 인민민주 사회질서 속에서 살아본 나의 새 생활의 경험은 재 연민 민주 중국외 여러가지 전변을 리해하는데 많은 도움이 되였던것은 사실이다。

四、북경에서 며칠동안

옛 궁궐 자금성안은 누구나 구경할수 있게 공개되여 있다。 그 안에는 궁전마다에 고문화 유물을 진렬하였고 어떤 궁전에는 그 시기마다의 독자적 전람회도 차려져 있는데 이 궁전안 전체를 「고궁박물관」이라 한다、

양, 고궁안에는 마침 三대전으로 일커르는 태화전에서 「고예술전람회」와 중화

전과 보화전에서「증국내 소수민족 문물도편 전람회」가 열려 있었다. 고궁 밖에

는 성밀으로「통자하」라 부르는 물이 둘려 있다. 우리는 북쪽 신무문으로 들

어가 궁궐의 제二 북문인 순정문을 통하여 고궁안에 들어 선것이다.

문루나 궁실이나 궁담의 기와가 모두 화려한 누른 기와인데 아깝게도 법랑

질이 많이 부스러졌다. 궁실들의 밥궁머리가 모두 이 청황람 三색의 법랑

질 도자들로 입혀졌고 벽면들도 모통이에는 이 도자로써. 요즘 양판들애「타일」을

리용한듯 하였다. 이 허다하게 사용된 건축용 도자들은 면 볼때마다 반드시

돈을문 새김이 있는데 대개 태ー마는 룡과 구름이다. 임금이 않던 결상은 이

름부터 룡상이거니와 임금은 입은 옷부터 사는집의 모든데 밟고 다니는 모든

포석과 전박에까지 룡투성이다. 룡이. 어면데서는 배암의 절감을 주어 징그럽다.

책채에 있어 금빛과 문양에 있어 룡을 채택함으로써 통치자들은 인민들의 눈

에 자신을 신비화시키려 애쓴것이다.

누구나이 고궁에 들어서면 우선 고궁 그 자체를 보기에 정신이 팔리게

되었다. 이 엄청나게 큰 대리석들을 어디서 어떻게 움직여 왔을까! 싶은 육

중한 몰들로 문루와 궁실들의 기단을 쌓았고 보도를 깔았고 궁전 충계마다

중앙에 룡과 구름을 조각한 돌이 二、三十보 걸어야될 긴 돌들인데 대개 한뎡이 대리석 아니면 한뎡이 화강석이다, 그 중에도 보화전 앞의 것은 광이 十척一촌五푼 장이 五十五척五푼으로 세계에서 제일 큰 대리석이라 한다, 「고궁유람지남」 이란 소책자를 사들고 략도를 보니, 고궁은 남쪽 정면에 오문과 북쪽 정문 현무문을 비롯하여 밖으로 四대문이 있는 남북으로 긴 장방형의 궁성으로 태화전을 비롯하여 十四전과 「전청궁」을 비롯한 十三궁과 그의 무슨 헌 무슨 각 무슨 당 무슨 원들이 들비하다。 하루에 다 볼수도 없거니와 우리는 동쪽에서 열둘의 궁과 전들을 보는데도 몹시 피로했다。 「전」자가 붙은것은 대개 궁성 중앙 위치에 높은 기단을 쌓고 지었으며 왕이 정사를 위해 나앉던 룡상이 있다。 궁성안 좌우에 한부락을 이루어 줄지여 배치된 궁실들은 왕과 왕족들의 사생활 처소들로 규격이 대개 일정해 있었다。 대문안에 들어서면 앞의 삵 궁실의 뒤벽으로 막힌 마당이 있고 마당채의 중문을 들어서면 안마당인데 본채가 있고 좌우에 거느림채가 있다。 본채로 올라서는 층계 량 옆에는 의레 큰 청동의 물두무 한쌍이 놓여 있으니 화재를 넘려하여 여기 물을 담아 두는 것이다。

궁전 마당마다 四、五백년씩 되였다는 향나무들의 그 정정한 체목과 늘어진

가지들이 유치 있었다. 중국에서는 이 향나무를 잣백자「백」이라하여 괴석을 그린「석수도」와 함께 늙은 향나무를 그린「로백도」를 어떤 악풍 고우와도 싸워 이기는 불로 장생의 상징으로 존중히 여긴다. 『강설헌』 근처에서 본 백송이 지금도 눈에 선하다. 잎은 보통 소나무와 같이 푸르고 나무거풀만이 회다. 소독으로 바른 ○회칠처럼 무감각한 백색이 아니요 벽오동처럼 약간 푸른 기운이 떠올라 신선한 생명력이 샘물처럼 느껴지는 나무다.

이 백송을 나는 二十여년전 우리 서울 수송동에서도 뻔 눈으로 바라본 기억이 있는데 근년에는 없어지고 말았다. 향나무는 조선에도 많았다. 촌에서는 제사때 향목으로 깎아 쓰기 쉽게 조상들의 무덤 발치에 많이 심었고 먼지를 가리기 위해 우물둔덕에도 많이 심어 상당히 보기 좋은 고목이 많았으나 이것느 일제놈들이 판청과 관사와 료리집 뜰안들에 강탈적으로 뽑아갔고 그것들이 이번에는 미제놈들의 폭탄으로 타죽는 운명에 빠져있다.

나는 만수산에 가서도 좋은 전물들을 보고 천단에 가서 돌만의 천단과 돌만의 ○천단만큼 높은 돌 기단 위에 천상 천하 유아독존 격으로 혼자 솟아 않은 기념전도 보았다. 정초마다 임금이 이곳에 와서 풍년이 들라고 빌었다한다. 빈다고 비가 올리 없지만 자기는 하늘과 통하는 무슨 전능한 힘이나 있는듯이

역사 인민들에 대한 자존 망대의 속임수로 였다。

아부턴 그 당시 중국인민들은 강제에 못 이긴 로동으로나마 이렇듯 웅장하

고 균형미 있는 예술적 건축을 창조하였다。북경의 모든 고전물 중에서 가장 힘

차고 아름답다。이 층계 많고 다각적인 첨단과 기념전의 단일화한 원형전물은

앞으로도 로천무대나 로천음악당으로 참고되염측한 형식이다。

고궁안 궁전들에 진렬된 유물들에서는 공예미술방면으로 깊이 인상에 남는 것

은 적었다。그 대신 태화전에서 열린 고예술전람회가 이를 충분히 보충해 주었

다。점수노는 적으나 중국 고대모부터 근대 청조에 이르기까지 석기 칠기 동

기 도자기 견적물 서화 출판물등 고도로 발달한 과거 중국문물의 예술성을 음

미하기에 족하였다。四천년 전에 벌써 채색을 쓴 질그릇 항아리 三천년 전의 오늘

피아노와 비슷한 소리를 내는 악기 옥석으로 만든 경쇠 송시대 청자기의 원천

으로 보여지는 六조때 푸른 자기 당나라시대 불상들의 지금도 웃음이 살아있는

조각들 화려한 비취색과 공작색의 송시대 자기들 이런 풍부한 전통에서 다시

독자의 경지를 열은 명시대 선덕 만력년간의 도자기들은 아마 그 다채로운

점에서 아직 세계 어느나라 도자 공예도 여기 미치지 못하고 있을것이다。

나는 송시대 청자기를 볼때 우리 고려시대 청자기를 련상하지 않을수 없었

다。 고려자기가 송자기의 영향을 받았을것은 물론인데 고려자기는 그 색조에 있어 일단 발전하였고 독특한 상감기술을 창안하여 세계 애도가들이 소위 삼도수라 일커러 애완하는 조선 독자의 도자기를 제작하였다。이는 일본에는 물론 중국의 도자공예에도 다시 돌아가 영향을 주었다。

나는 과거조 중 문화교류에 있어 이런 아름다운 판계를 보면서도 회상할수 있었다。선명 수려한 송판본들과 명시대『十竹재황보』를 비롯하여 인쇄서적도 특징적인 것들은 대개 전렬되여 있는데 중국의 인쇄술은 물론 조선에 흘려 들어왔을 것이다。그러나 조선에서 먼저 발명된 금속으로 주조한 활자는 다시 중국 출판 문화를 현대화 시키는데 획기적인 역할을 놀았던것이다。송자에서 물은 길은 고려자기는 세계 도자계의 녀왕처럼 떠 받들린다。중국판본 인쇄술을 모방하여 발전 시킨 조선의 금속활자의 창안은 오늘、세계문명의 보고를 풍부히 하고있다。

과거 조 중문화의 교류는 이외에도 아름나운 결실이 많을 것이다。

중국 미술 공예에서 특징적인것은 번화하고 기름전것과 함께 치밀 섬세한 점일것이다。아로새긴 구슬 속에 또 그런 구슬이 있기를 몇겹한것을 볼수있다。한사람이 일생을 두고 재겼을것 같다。사람이 견딜수 있는 최대의 끈기와 사람의 손이

바늘 끝처럼 될수있는 치밀성이 결정된 것이여서 그 앞에 숨을 쉬기

가 괴롭다。이「고예술전람회」에서 본것으로는 상아로 비단결 처럼 조각한「상

아해당식등롱」이 그런것이다。

사진으로 보던 당인(唐寅)의「궁기도」(宮妓圖)를 보았고 예운림(倪雲林)의

「추정가수도」(秋庭嘉樹圖)도 진적을 구경하였다。

나는 중국 고미술에서 좀더 많은 인물화를 보고 싶었다。사대부층에 그림을

글씨와 결부시켜 산수와 기명절지로 편향하는 바람에 화원들의 보다더 사실적

이던 인물화의 전통은 끊어졌다하여도 과언이 아니게 무시되였다。이점은 조선

에서도 마찬가지로 요즘 동양화가들은 사실주의적 작품에서 가장 주격이되는

인물들에 서투르다。

나는 이번 중국 관례단 초대위원회로부터 새중국의「미술작품선집」을 받았

다。그 속에는 유화 수채 목판 조각 각부면의 결작들이 나타나있는데 인물없

는 그림이 없고 군중이 많이 나오되 고대화에 있는 인물들의 류형화가 훨

류히 극복되여 있었다。

특히 관화기술은 놀랍다。이「고예술전람회」에서도 명시대 만력년간의「연의도

상」(演義圖像)이니「녀범편도」(女範編圖)따는 책들을 볼수 있는데 그 목판삽

화들은 여간 란숙한 기술이 아니다. 거기다가 전각 예술의 전통도 있어 판화에 특출한 발전을 가져올 부차적인 조건도 중국은 어디보다 풍부한 나라라 할 것이다. 이번 「미술작품선집」한 책에 나타난 것만으로도 중국은 벌써 쏘련의 선진 리론과 함께 자기들의 풍부한 고전속에서 많는것을 섭취 재생시키며 있음을 엿볼수 있었다.

역시 고궁안 중화전과 태화전에 열린 「국내 소수민족 문물도편 전람회」는 통일 중국으로서 의의깊은 전람회였다. 중국에는 한족 이외에 전국 인구의 백분지 신을 넘나드는 소수민족들이 있다. 력대 반동 통치와 제국주의 침략의 박해 밑에서 소수민족들은 장기간 정치적으로 경제적으로 二, 三중의 고통속에 살아왔으며 자기 민족문화의 몰락을 구할 길이 없이 지내왔다. 이제는 중국공산당과 모주석의 영명한 령도하에서 각 민족이 동등한 권리와 우의적 합작으로써 한 가정 중화인민공화국을 이루었고 공동강령과 평등한 민족정책을 제정한것이다.

이 전람회에는 실물과 사진과 그림으로써 몽고족 회족 서장족 유오이족 묘족 이족 포이족 태족 요족 조선족 아족 롱인족 동가족 고산족 등의 가옥 복장 생산도구 일용품 수공예품 특산품 문자 악기 무기 종교용품등이 진렬되여 있었다. 그 중에는 미술작품으로 자기 민족 농민들이 공랑(혁물제)을 바치는

광경을 그린 유화도 전렬되여 있었다.

이 선람회는 중국안 모든 민족이 평등하게 화합하여 모주석 주위에 강철

처럼 뭉친 위대한 력량을 표현하고 있었다.

× × ×

二일밤 우리는 매란방이 출연하는 경국을 구경하였다. 장소는 회인당 손님은

국내 국외의 쾌례단들로 차 있었다.

이 중국 구극을 옳게 감상하기 위해서는 상당한 예비지식이 필요할것 같았다.

무대의 배경이 없고 건물장치가 없으며 대문에 들어가는것 방안에 드나드는것

모두 약속된 동작으로 표시한다. 말타고 가는것도 말이 없이 약속된 동작으로 알

아보게 마련이다. 가장 특징적인것은 녀자역을 남자가 하는것인데 매란방의 고명

한 성가는 남자도서 더구나 늙은 남배우로서 十七、八세의 녀자역을 하는데 있

었다. 매란방 뿐아니라 저명한 구극배우들은 다 남자로서 녀자역을 어느만치 하

는가로 평가되는 듯하다. 무소리 얼굴표정 몸매 손매 결음거리 저사람이 대란방

이라 하니 분장으로 너기지 꼭 十七、八세 녀자 그 대로다. 마최 조선의 창

극을 외국사람이 일조일석에 음미하기 어렵듯이 우리눈에 경극이 그럴 수밖에 없어

나는 경극을 수박 겉핥기로 구경하면서 어째서 녀자역을 남자가 하게 되였을까를

궁리해 보았다。

그것은 독단일지 모르나 이내 상식적으로 이렇게 생각되었다. 저런 고운 녀

배우라면 권력자들이 배우로 두지 않았을것이다. 한번 권력자의 손이 미치면

그는 다시 무대에 서지 못할것이니 어찌 녀자 명배우가 존재할수 있을것인

가? 이것이 남자 녀역의 중요한 동기가 아니었는지 모른다. 우리 조선의 례를

보더라도 인물 고운 명창이 없었다 인물이 고우면 이내 어떤 권력자의 첩으

로 들어않고 마니까.

중국에서 저 남자 녀역이 앞으로 그냥 계속될 것인가? 그리고 배우의 노

래나 목소리가 문쳐버리도록 강한 타악기들의 반주도 아마 연구의 대상이 될

것으로 느껴진다。

× × ×

十월三일 아침 우리는 「중국인민보위 세계화평 반대미국침략 위원회」란 자세하고

구체적인 간판을 가진 항미원조와 평화옹호운동을 주간하는 기관에 초대되었다.

그전 어떤 침략국가 대사관이였던 정원 넓은 양관이다. 열녀나라 관려단원들이

거의 참석하였는데 주석 곽말약선생은 중국인민들의 평화옹호 사업과 항미원조

운동을 소개하였다.

「우리중국인민은 오랫동안 고난 속에서 살아온 만큼 평화란 얼마나 귀중한 것임을 절실히 느끼고 있습니다. 평화를 보위하기 위하여는 침략자를 반대하며 침략적 전쟁을 반대해야 됨을 통절히 깨닫고 있습니다. 세계평화를 보위하려면 세계인민과 대 단결하여 공동노력해야 할것도 잘 알고 있습니다. 이러한 중국인민의 기본도덕은 —중화인민공화국은 전세계 일체 평화애호 국가와 인민들과 련합하여 제국주의 '침략을 반대하고 세계 항구평화를 보위하자ㅡ이렇게 중국인민 정치협상회의 공동강령 제十一조에 명백히 적혀있습니다」

곽말약주석은 열광적인 박수를 받으며 평화옹호는 전체 중국인민의 념원임을 말하면서 원자무기 금지에 대한 수톡홀름 호소에 二억二천三백七十三만九천五백四十五명이 서명 했으며 五대강국 평화조약 체결에 관한 세계 평화리사회 호소에 三억四천四백四만七천九백三十二명(전인구의 七二、九%) 이 서명한것과 일본재무장 반대에 三억三천九백八十九만八천一백에 二十五명(전인구의 七二、○四%) 이 투표한것을 」들어 중국인민들이 얼마나 세계 평화를 갈망한다 는것을 지적하였고 작년 六월二十五일 조선에 전쟁이 벌어지자 동 二十七일에 미제 무력이 침략전에 참가하면서 우리대만을 점령하며 우리 평공에 침입하여 그전 일계외

침략 로선을 그대로 밟는것을 확인하자 중국인민은 조선을 원조하여 조국을 위하며 아세아의 안전과 평화를 위하여서는 대규모의 항미원조 운동을 전개하지 않을 수 없었다고 말하였다. 각국 래빈들은 중국 인민에 대한 격벽의 뜨거운 박수를 보내였다.

곽말약주석은 계속하여 조선 전쟁에서 미제의 수치스러운 패배를 말하면서 중국 인민지원군이 참전한 후만 하여도 침략군대의 손실은 三十二만 二천여명에 달하는바 그중 미·영·불·토 군만 十四만명 이상이며 미군만 五만八천여명으로 二차대전때 둏방에서 본 손실의 二배를 초과하였다고 말하였다. 그러나 미제의 정신적 손실은 더 큰것이니 세계를 향하여 민주니 자유니 하고 떠들던 가면이 이번 조선 전쟁에서 전대미문의 잔인무도성으로 전세계 이목 앞에 벗어져 없어지고 말았다. 그 뿐만아니라 미제의 무력이란 그다지 대단치 않은것임을 또한 조선 전선에서 폭로하고 말았다. 그 반면에 우리의 얻은바는 한두가지가 아니다. 첫째 군사적 승리로서 침략군대를 단번에 三八선 넘어로 내몰았다. 또한 조중 인민의 영웅적 투쟁은 새 세계대전을 지연시켜 놓은것만 사실이다. 둘째로는 전 중국 인민의 정치적 자각이 높아진 것이니 나중 두번의 서명과 루표자 수는 첫번보다 모두 1배 이상 초과된 것으로 증명된다. 조선원조

헌납금이 五월 말까지 一천一백八十六억원에 달하였고 위문주머니가 七十七만 여개 위문품이 一천二백六十만 여점에 달했으며 우리위원회로부터 조선전선에 무기를 보내자는 호소에 九월二十五일 현재 九十九만 七十억원 이상에 달하는 헌금이 들어왔다。(최근 「북경발 조선중앙통신에 의하면 十一월 二十九일 현재 三조九천一백十九억원에 달하였다)。

곽말약주석은 중국 인민들이 항미원조 운동에서 전국적으로 일어난 「애국공약」 체결에 대하여 말하였다。

로동자 농민 사무원들이 자기 직장 자기 파업들에 대하여 최대 증산과 배가 건설을 기한부로 국가앞에 약속하고 이를 실천하는 운동이라 한다。

나는 그후 남경에 가서 남경시외 동구천이란 농촌을 구경한바 「七十二호 농가들이 一〇〇%로 애국공약을 체결했으며 그 붉은 종이에 먹으로 써서 벽에 붙인 공약서들을 실지로 보았다。아들은 남경시 공안부에 근무하고 아버지와 어머니와 며누리가 농사짓는 오경생 농민의 집에서인데 그들은 一五% 증수확을 목표로 애국공약을 체결하였다。

애 국 공 약

중앙정부 일체 정책에 호응하여 一〇〇분지 一五를 증산 하겠다。

一九五一년 六월 三十일

끝으로 농사일 할수있는 세 식구의 성명과 도장이 찍혀있었다. 간단한 내용

이나 이들은 신성한 애국 문건으로 자필 서명들을 했으며 농민협회 주석의

말에 의하면 대개 공약한 분량보다 초과 생산되리라 하였다.

다시 곽말약주석의 계속되는 말에 의하면 애국공약 체결은 전국적으로 八〇%

이상에 달하였는바 하북 1성에서 보면 六十개현 一만七천九백六十八개 촌에서 전 중국

一만五천九십六개 촌이 애국공약을 체결하였으니 이것으로 항미원조에

인민이 총동원임을 볼수 있노라 하였다.

「그러나 미제는 조선 정전담판에서 무성의하며 침략음모를 아직 버리지않

는다. 단결은 힘이다. 중국인민이 단결하여 아세아 인민이 단결하여 세계

인민이 대 단결하여 제국주의 전쟁을 방지함으로써 • 세계 평화를 보위하자!

여기 오신 여러분은 평화투사들이다! 우리는 단결하여 세계평화를 위해 노

력하자!」

만장이 총기립하여 오랫동안 박수하였다. 그리고 각국 래반측의 발언이 시작

되였다. 쏘련 오빠틴 박사는 이렇게 말하였다.

「쓰딸린께서는 평화를 적극적으로 옹호한다면 전쟁을 방지할수 있다고 말

씀하였다. 부르죠아 출판물들은 쏘련의 평화정책을 의곡하며 엄폐한다. (박수) 그러

나 세계 평화애호 인민들은 쏘련을 평화진영 보루로 알고 있다. (박수) 레

닌-쓰딸린당은 근로대중에게 평화정책으로 교양하고 있으며 세계 방방곡곡

에서 각이한 방법들로 즉 조선인민군대와 중국인민지원군은 미제 침략군대

와 무력으로 싸우며 불란서 인민들은 군수물자 수송반대로 싸우며 중국의

후방 인민들은 애국공약 체결로 분투하고 있다. 쏘련인민들과 모든 인민민주

국가 인민들도 평화쟁취에 적극 투쟁하고 있다. 쏘련의 새 五개년 계획과

자연개조의 순조로운 진척은 쏘련의 평화 정책을 증시하는 것이며 이것은

세계인민에게 평화 승리에 대한 신심을 북돋아 주고 있다. (박수) 쓰딸린

령도의 쏘련인민과 모택동 령도의 중국 인민의 단결은 세계평화 옹호투쟁

의 원동력이다. 우리들은 평화의 기수로서 선두에 서자! (오랫동안 박수)

다음으로 인도대표 쎈드랄씨가 일어섰는데 인도는 중국에 친선사절단으로 왔

다가 국경절까지 있는 대표 단장이였다. 이 대표 단장은 말하였다.

「나는 정치담은 하지않겠다. 그러나 五十년간 인도에서 일한 사람이니 안

도 인민의 목소리로 들어달라」

그는 짧게 깎은 머리가 반백이 되였으며 어깨에 넓은 인도 웃자락을 걸리고 류창한 영어로 말을 계속하였다。

「나는 맹서한다! 쏘련과 중국이 평화를 위해 싸우듯 우리 인도도 평화를 위해 싸울것이다! 과거 三년간 랭전으로 열전으로 국제 무대에 일어난 도전적 사태를 생각할때 이를 반대해 평화유지에 크게 공헌한 사람은 쓰딸린이다! (열광적박수) 나는 쓰딸린께 경의를 표한다。그는 평화의 위대한 지주이기 때문에! 나는 조선전쟁에 대하여 허비 교차의 감정을 누를 수 없다。그러니 이 전쟁은 없을수 없다고 생각한다。나는 모택동주석에게도 경의를 표한다! 그역 평화를 위해 크게 공헌한 분이기 때문에! 」

(박 수)

그는 북경에서와 중국 인민의 승리와 거대한 성과들과 새 중국 건설에 많은 모범적인 애국행동들을 보았다고 말하면서 끝으로 음성을 높여 이렇게 웨쳤다。

「인도 정부가 아직 미약하나 세계평화를 위해 싸우고 있다。네루는 새중화인민공화국이 유·엔에 참가할것을 요구하고 있으며 인도 인민들은 미제의 대일단독 강화조약 체결을 반대하고 있다。우리 인도는 쌘프랜씨스코 미제회의의 성원이 아니다。」 이런 회의에는 영원히 참가하지 않을 것이며 미제

침략자들이 없어질 때까지 우리도 쏘련과 중국과 함께 싸우겠다!」 (오랫

동안 박수)

우리조선 평화옹호 전국민족 위원회를 대표하여 참석 하였던 정성언동지는 열광적 박수속에 일어나 먼저 조선인민의 조국해방전쟁에서 가장 간고한 시기에 지원부대를 보내주었고 물심 량면으로 거대한 원조를 보내주는 위대한 중국 인민과 모주석께 전 조선인민의 의사로 감사를 드리었고 곽말약주석을 향하여 오늘 여기서 보고해 주신 바와같이 막대한 원조를 조직해 주신 귀 위원회에 전 조선 인민의 뜨거운 감사와 우의를 전해 드린다고 하였다. 열광적 박수가 오래계속 하였다.

정성언동지는 조선 인민이 자기조국 해방을 위하여 미제 침략군대와 어떤 가혹한 조건 속에서도 영웅적으로 싸우고있는 사질들을 소개하였고 이 싸움은 자기 조국의 해방과 아울러 아세아의 안전과 세계 평화를 보장하는 싸움이 되므로 조선인민은 더한층 강고한 정신적 자각으로 만난을 극복해 싸우고 있다 하였다. 이런 조선 인민의 투쟁은 정의의 투쟁이기 때문에 외롭지 않다. 위대한 쏘련과 중국 인민은 물론 인민민주의 국가들과 전 세계 평화애호 인민물이 우리를 백방으로 도와주며 우리편에서 싸우고 있다하였다. 미제는 조선에

석 후방 주민들에게까지 二十四시간 계속적으로 무차별 폭격을 감행하며 섭지어 세균탄과 독까스까지 사용하고 있다。 미제의 식인종적 만행은 이루 매거할수 없지만 이것으로 조선 인민이 위협을 받으리라고 생각함은 어리석다! 위협은 흄고사하고 도리여 「정의」니「자유」니하고 떠들던 가면을 벗은 미제란? 어면 흄악한 악마란것을 삼척동자까지도 명확히 인식했으며 이 악마와는 오직 싸워 자기 강료에서 구축하는 걸만이 사는 길임을 각성할 따름이라 하였다。

열광적 박수 속에서 정성연동기는 끝으로 세계 각국 인민들의 조선에 보내는 원조와 격려를 감사하며 조선인민은 자기들의 수령 김일성장군의 령도하에 굳게 뭉치여 중국 인민지원부대와 힘을 합하여 쓰딸린의 평화기치를 향하여 미제 침략군대로부터 해방과 자유와 평화를 쟁취하고야 말것을 굳게 말하였다。

각국 래빈들은 총기립하여 오랫동안 박수를 계속하였다。

다음으로 민주독일과 비르마와 인도네시아 대표들이 자기들의 평화옹호 투쟁 정형을 소개 하였고 끝으로 곽말약주석으로부터 오늘 이 회합은 훌륭한 아세아 평화대회였으며 소 세계평화 대회였다고 결론하면서 세계 인민은 대단결하여 평화 전취에 적극 노력하자 하였다。

이날 오후 우리는 북경 저구 법학촌을 지나 만수산이 있고 곤명호가 있는

서태후의 리궁이었던 「이화원」을 구경하였다。

자연 산수의 혜택을 받지 못한 북경에다 인공으로 항주의 서호를 모방하여 만

든 산이요 호수라한다。인공으로 된 것으로는 굉장히 넓은 호수요、높은 산이다。

평탄한 자리마다 궁실들이 즐비하고 봉오리마다 호숫가마다 탑과 정자들이 솟

았다。

이 이화원에서도 우리는 영제국주의자들의 야만성을 분개하지 않을수 없는 것

이다。워낙 이 이화원에는 금전옥루라고할 十八기의 화려한 전각이 있었고 저

마다 특이한 풍경으로 四〇가지 경처가 꾸며져있었다 한다。평지에다 경치좋은

풍경을 만들자니 가산을 쌓고 련당을 파며 변화 많은 괴석들을 리용하게 되

였다。

그래 이 중국의 풍경식 정원술은 불란서의 전축식 정원술과 대비되는 것이

며 파리 벨사유 궁원이 전축식 정원술의 극치라면 이 북경이 이화원은 풍경식

정원술의 극치로 세계정원사상 二대위관으로 일커러 오던 것이다。그런 이 이

화원의 본래의 十八천각과 四十경은 야만 영국군대의 대표사격으로 몽땅 파괴되였

던 것이다。그것을 서태후가 자기 六순 환갑을 이 리궁에서 맞기위해 해군전립비

를 여기다 탕진하여 그 일부를 수축한 것인떼 그후 영불 련합군에게 다시

파괴되었고 그 위에 일제 야만들에게까지 다시 겻밟현바 되었다. 만수산 기슭에는 구리로만 지은 전당이 있는데 일제는 그 말년에 포탄 탄피로 쓰기위해 많은 동철의 조각품을 실어갔고 이 구리전당까지 뜯어갈 예정이었다 가 쫓겨간 것이라 한다.

우리는 만수산을 대표적 건물 불학각까지 둘러보고 내려왔다. 『천보방』의 긴 단청망하를 걸어 돌로 배모양으로 물가운데 지은 二층 석방이 있는데로 왔고 거 기서는 곤명호에 배를 저어 마른 련잎을 헤치며 옥란당 앞으로 돌아왔다. 태행산 맥 서산의 一봉인 옥천산에서 샘물을 끌어온다는 이 곤명호는 주위가 四十리 나되게 아득하다. 석양 비껴 호수에 비단필을 드리운듯 단청 찬란한 불학각을 바라보며 멀리 홍여문 많은 돌 란간의 옥대교를 내다보는 경치는 인공이나 천연처럼 웅장하고도 유장한것이 중국 독특한 풍광이였다.

당시는 一개 군주의 호강살이를 위해 인민들이 땀 흘린 자연개조 였으나 이 아름다운 만수산과 곤명호도 오늘은 근로인민들의 락원으로 시원히 해방되 였다.

일본 제국주의자들이 서태후에게 낚시미끼로 보낸 인력거 두채가 그저 이화 원 어느 방하에 놓여 있었다. 서태후는 이것을 타고 갈데가 없어 천보랑 랑하

만을 공연히 왔다 갔다 했다는 말을 듣고 새 중국의 장래 주인들인 빨간 넥타이짜리 소년단들이 우섭다고 손벽을 쳤다.

× × ×

十월 四일 오후에 우리 조선 관례단은 두조로 나뉘어 지원군 가족들을 위문하여 나섰다.

내가 첫집으로 찾아간 댁은 지원군 조국겸의 집이였다. 어머니 고란문 녀사와 누이 조국몽양이 우리를 반가이 맞았다. 四十세 가량의 명랑한 어머니로서 단발머리에 회색 공작복을 입고 들메있는 운동화를 가뜬히 신고 있었다. 이분은 북경 二구 군속공장 지배인으로 있는데 아들뿐만 아니라 며누리 서삿청 녀사도 죠카 재령이도 모두 조선전선에 나와있는데 조선인민들을 대표하여 우리가 드리는 감사와 우의에 깊이 감격하면서 고란문 녀사는 이렇게 말하였다.

"우리 아들이 보낸 편지에 보면 자기를 조선 어머니들이 친자식처럼 귀해하니 내 생각은 조금도 마시라고 했습니다.

우리는 도리혀 조선 자매들에게 감사 해야 합니다. 그리고 미제 침략군 귀대를 반대하여 싸울것은 중국 인민과 또는 전세계 인민와 공동의 책임입니다." 하면서 정성스러운 당과 토책

우리를 편하며 아들의 편지를 꺼내 보이었다. 사범대학 부속녀중 고三에 다니는 딸 조국몽양은 총명스러운 눈에, 불타는 듯한 정열로

「우리 학교에서는 一천 三백명 학생에 一천명이 조선 전선에 나가겠다고 지원했답니다」

그러나 학교에서 아직 공부에만 열심하라고 합니다. 만일 전선에서 필요만 하다면 우리들 무수한 중국 청년들이 언제나 뛰여 나갈 준비가 되여있다는걸 알아주십시요」하였다.

다음으로 우리가 찾아간 댁은 북경 八구 야간직공학교 교원 정가 구째 집이였다.

아들 정영기와 딸 정영령이가 다 조선 전선에 나왔는데 선전대에 복무하는 딸은 一대 공을 세웠다 한다. 이런 딸과 아들의 아버지는 매우 겸손하나 힘찬 어조로 말하였다.

「우리 중 조 인민은 골육상련의 한집안 형제입니다. 우리는 장기간 갈은 환란속에 신음했으며 장기간 반제 투쟁에 갈이 피를 흘렸습니다! 청컨댄 조선에간 우리 지원군들에게 전해 주십시요. 어떤 일이 있던 우리 중조 인민을 다시 미국 악귀들의 손에 넣어서는 안된다고……」

우리가 셋째번으로 방문한 댁은 지원군 곽순지의 집이다. 량천과 지원군의 부인이 있는데 아버지는 군속가족 제재소 지배인이였다. 어머니는 우리집에 귀중한 국빈이 오셨다고 문앞에 모여드는 이웃 사람들에게 자랑하면서 우리의 손을 다시금 잡았다. 아버지 곽대흥씨는 침착하게 말하였다.

「장개석이가 화평회담을 거부하자 우리집은 장가구로 피난 갔었습니다. 그때 아들이 간곳없이 사라졌는데 해방군으로 나타난 것입니다. 전중국 해방후에 집으로 돌아오겠다 하더니 이번에는 조선에서 미국놈들을 바다로 몰아넣고야 돌아오겠다고 편지가 왔습니다. 나라없이 집이없다. 조선의 독립이 없이 우리 나라의 독립이 있을수 없다고 했습니다. 아들이 못다싸우면 나도 싸우려 가겠습니다」

우리는 감격하여 적당한 대답의 말을 찾지 못하였다.

× × ×

五일 오후 三시 우리 조선 관례단과 과란 관례단은 중화 인민공화국 중앙정부에 안내 되였다.

중남해 호수를 품고 드높은 궁담으로 둘린 옛 전각들 중에 「풍택원」이탄 현판이 걸린 건물에서 부주석 주덕장군이 우리를 맞아 주었다.

우리 조선 관례단은 조국룡일 민주주와 전선으로부터 모주석과 중화 인민공화국 중앙인민정부에 보내는 축기를 이 주덕장군께 전하였고 파란 관례단은 파란정부로 부터 가져온 경축선물을 주덕장군께 전하였다.

수수한 누루빛의 여미는 양복 부드러운 음성 이분이 강대한 중국인민해방군대의, 총사령이시라 느껴지기 보다는 이분은 수 많은 아들들의 어머니시란 느낌을 받게 된다.

주덕장군은 담배를 손님에게 권할뿐 자기는 피지 않았다. 김일성장군께서와 김두봉선생께서 매우 총망하실 것이라하며 편안들 하신가고 물었다. 보내주신 선물은 감사히 맞는다하며 조선전선이 승리로 종결 지으면 우리는 평화건설에 있어서도 쓰떨린 기빨 아래에 같이 협력할것이라 말하였다.

조선의 농사가 어찌 되였는가고도 물었다. 우리는 어찌하든 조선인민의 허리를 받쳐주겠다. 우리는 환란을 같이하는 형제라 말하면서 사발덩이 만큼쎅한 복숭아를 중국 특산이니 맛보라고 손수 하나씩 집어 권하였다.

나는 조선에서 본 많은 지원군들 속에 특히 인민들에게 부드럽고 헌신적인 전사들과 간부들이 생각났다. 나는 앞으로도 그런 지원군을 만날때마다 이 애모운 주덕장군의 인상을 편상치 않을수 없을것이다.

×　×　×

각국 판례단에는 많은 작가와 시인들이 와 있었다. 쏘련 작가 일리야·에렌부르그와 칠리 시인 빠불로·네루다 량짜는 국경절 전부터 북경에 체재 하였거니와 불가리아의 로시인 드미또리·뽈랴노브와 작가 게오르기·까라슬라보과 파란의 시인 예시·붓드라멘트 웽그리아 시인 꼰냐·라이스 몽고 시인 또진스롱과 파키스탄 시인 쩨니스 인도 작가 아나더 바까리야 평론가 아다치야 인도베시아 작가 빠리양 비르마의 七十七세의 로시인 다긴·고도마이 동부 독일의 녀류작가 안나·찌거ㅡ쓰와 조각가 싸이츠 이 싸이츠씨는 지난 여름 세계 청년대회에 간 우리 조선대표들 중에서 김기우영웅과 리순임 영웅의 얼굴을 석고로 조각하였는데 그 사진을 나에게 주었다. 그 외에도 작곡가와 영화 연출가들이 있었고 체코로 부러는 율리우쓰·푸취크의 미망인 구쓰타·푸취코바도 래참하여 이채를 발휘하였다.

중국 문련에서는 六일날 아침 이들을 북경 반점에 초대하였다. 중국측으로는 문련 부주석 모순과 주양 문련비서장 사가부 녀류작가 정령 시인 애청 녀류극작가 리태조 작가 조수리 미술가 왕조문 작곡가 하록정 시인 원수백 대외문화련락국장 홍심 영화국장 원목지 중앙희극학원장 구양여천씨 등으로 주객간에

장시간에 걸친 자기 소개가 있은후 주양씨로부터 중국 문학에 관하여 개략적인 소개가 있었다.

중국 문학사는 멀리 二천년전 굴원의 「리소경」에서 시작되다 하였고 문학혁명온 一九一六년경 백화문 운동에서 시작되여 문호·로신의 주도하에서 반고전운동으로 발전하였다고 하였다. 그시대의 기념비적 작품으로 로신의 「아큐정전」과「광인일기」를 들었고 이 무렵에·꽉발약 모순동 혁명적 평민주의 작가들이 출현하였는데 새시대 인민문학으로의 획기적 단계는 一九四二년 연안에서 있은 모주석의 문예좌담회 이후라 하였다. 고문은 귀족을 위해 써지였고 소자산 문학은 인테리 본위로 썼으나 새 인민문학은 로동자 농민 군인을 위해 써야 하며 그러자면 작가들의 감정상에도 그들과 결합되여야 할것으로·선결문제는 작가들의 사상개변이였다고 말하였다. 많은 작가들이 공장 농촌 군대에 파견되여 장기간 공작경험을 쌓아 그속에서 새 작품들이 나오기 시작했으니 작가 정령의「태양은 상건하상에 비친다」조수리의 「리가장의 변천」뮤청의 「동장철벽」초명의「원동력」유백우의 「전선」작품들 호가의 「전투적 성장」이외의 「가장 사랑스러운 「사람」리계의 「왕귀와리향」진등과의 「활인당」애청의 조선전선에 대한 시편들 그리고 합작으로 각본「홍기가」와 씨나리오「백모녀」등을 들면서 고전의 비판

적 섭취 인민 창작의 섭취 쏘련문학의 사회주의적 선전성의 섭취 등으로 성

장발전 하였음을 말하였디.

새 인민 문학은 민족적이며 인민적이여야 하므로 보수적 경향과 무 비판적

구미숭배와 파스모빨리찌즘과 싸워야 하며 중국에는 전문적 작가와 함께 많은

쩌―를 작가들을 가지고 있다 하였다. 군대 내에 「쾌판」이란 문학 형식이 있는

데 이것은 시와 비슷한 형식으로 각운이 있으며 랑독본위의 것으로 써―클작

가들의 합작에 의하는 경우가 많다 하였다. 현 중국 작가들은 신인 육성의 중점

을 군중속에 두며 승리를 후세에 남길 작품을 쓰기 위하여 또는 문학이 다른

부면의 발전성과에 뒤지지 않기 위하여 노력하고 있다 하였다.

다음에 작가 정령녀사가 말하였다. 남자 양복을 입었으나 받며누리 타잎의 매

우 부드럽고 총명한 분이다. 이분은 말하기를 작가들은 대개 소자산 출신들이라

군중생활과 감정에 능숙치 못할것은 정한 리치다. 그러므로 군중속에 들어가

자기개변에 부터 노력한다 하였고 조선전선에 다녀오는 작가들은 북경 이화원

아니면 대련으로 다시가서 일단 작품을 써가지고 오게하며 시인들을 위해서는

어면 직장에 있던 八개월동안 강습을 받고 가는 신인 문학연구소가 설치되었

다고 말하였다. 그리고 대부분의 작가들이 문화행정가의 자리를 떠나지 못하는

사정은 아직 해결하지 못하고 있노라 하였다.

이날 오찬회는 자리를 옮겨 취화루라는 반점에서 열리였다. 여러 식탁으로 나누

어 앉게 되였는데 우리 식탁에는 일리야·에렌브르그 선생이 있어 화제에 특별히

다채로운듯 하였다. 七十五세의 불가리아 로시인 빨랴 노브선생도 한자리에서 로

씨아 문자가 불가리아를 통하여 들어왔다는 이야기에서 발단하여 화제는 한문

글자에 이르렀고 서양손님들은 중국 글자가 너무 어려우니 한문자를 정복할 도

리는 없는가고 물었다. 주인으로 우리 식탁에 모순선생이 있었다.

주인은 우리 중국에서 한문자를 없애기란 제국주의를 없애기보다 더 힘들다

는말이 있노라 하였다. 한문자가 어렵다는 것이 외국인들에게는 정도 이상 과장되

여 알려져있고 지금 문맹타파에는 큰 고질이나 앞으로 초급중학까지 의무교육

만 실시되면 누구나 二, 三천자는 소유할 것이요 한문은 二, 三천자만 알면 여

며 만개의 단어를 따로 배우지 않고 알수 있다. 한문자는 표의문자라 처음

에는 어려우나 나중에는 이런 리득이. 있으니 알바베트식 표음문자보다 우월성

도 있다는 의견도 나왔다. 그러나 한문자는 기본적으로 수만자가 있어 인쇄소의

설비와 로독력의 소모가 막대하니 너무 현대성이 없다는 지적도 나왔다. 二, 三

천자로 주리면 그렇지도 않고 알바베트식·표음문자는 한 단어에도 여러 글자가

동원되여야하나 한문자는 훨씬 적은 수로 동원되여도 로동력이 어느

편이 며 드는가에도 연구해 보지 않고 단언하기는 의견도 나왔다.

이것은 나의 우발적인 의견이였는바 그후 나는 같은 내용을 한문과 서양글

로 쓴것을 대조해보기에 주의하였다. 가차갑 손찟는데서 이런것을 볼 수 있었다.

「사용후 물마개를 눌러주시오」란 뜻을 한문과 서양글로 써봤는데 한문은 여

덟자 혹은 열두자가 동원되였고 서양 글자는 설흔 여덟자나 동원되여 있었다.

물론 이런것이 문자개혁의 주되는 원인은 아닐것이다.

에렌부르그 선생은 「복잡다양할수록 좋으니 이 중국의 료리만은 단순화시키지

말아 달라」하여 화제는 한바탕 웃음을 거쳐 중국음식으로 옮아갔다.

×　　×　　×

이날 오후에는 다시 북경반점에서 아쎄아 작가들만의 좌담회가 열리였다. 그러

나 이 자리에 에렌부르그와 네루다 무 선생만은 참가하였다.

통역이 二중 三중으로 되므로 긴 시간을 보내였으나 발언하지 못한 작가들도

많았다.

인도대표는 인도에서도 十월혁명의 영향으로 작가들의 반 영제 투쟁이 일어났으

며 전인도 작가의 七五%가 진보적이며 二천六백명 회원을 가진 진보적 작가협회

가 一九三六년에 결성되였는데 이 속에는 十四종의 언어로 쓰는 작가들이 참가하였는데 이 작가협회원들은 쏘련과 중국문학의 영향을 크게 받는다고 하였다。오늘 인도작가들의 새 생활을 위한 투쟁대상은 제국주의와 미신과 종교라 하였다。

중국측 시인 전간동지는 朝鮮전선에 다녀온 이야기를 하였다。조선은 상상해오던것과 달랐다고 하면서 우리가 상상했던 작은 민족국가가 아니라 위대한 민족국가였다。만나는 조선사람에게서 마다 나는 위대한 정신을 감촉했기 때문이다。그들은 조선뿐 아니라 중국 아세아 아니 세계를 위해 싸우는 위대한 용사들로서 외기백과 의지가 가득차 있었다。나는 한 소녀가、적탄에 맞아 최후로 눈을 감으며 쓰딸린만세! 모택동 만세! 김일성 만세! 를 부로는 것을 보았노라 감격에 떨며 말하였다。

우리 중국인민 지원부대도 역시 조선인민군군대와 함께 자기들의 조국을 위합과 아울러 아세아의 안전과 세계평화를 위해 투쟁 하는것이다。이 정의의 투쟁에서 맺아진 중 조인민의 우의는 일층 공고한것이며 이것은 평화쟁취에 불패의 력량인것이다。우리는 비단 조선파만 아니라 인도와도 원도네시아와도 어깨를 결고 나갈것이다。어떤 경우에도 우리들의 단결은 가능하며 우리들의 단철은 또한 우리들의 죠국과 세계를 위하여 파괴할수 없는 힘이 되리라 하였다。

에렌부르그 선생도 여기서 발언하였다. 그는 화약과 인쇄술이 아세아에서 면

저 발명된것을 말하였다. 그것은 중국에서라하며 미국에서는 그 본토의 전통

문화는 끊어진지 오래선 현대 미국문화는 무근거한 문화라하였다. 지금 아세

아에는 자기들의 훌륭한 전통에 뿌리박고 근거있는 새 문화가 일어서고 있으

니 이들은 자유 발전할것이며 구라파 문화가 다시는 건드리지 못할것이라 하

였다. 저들은 구라파 아세아 문화니가 따로 있을 필요가 없다고 주장한다.

우수운 일이다! 구미작가들은 세계평화리사회에서 당신들은 왜 중립하고 있느

냐하는 공개서한을 보냈는데 아직 아무 대답이 없다고하였다.

에렌부르그 선생은 특히 인도대표에게 인도의 고전문학은 훌륭한것이라 하였고

타고르의 저작은 쏘련에서 출판된것이 인도에서 보다 더 많으리라 하였다. 그

러나 타고르의 평화에의 의지는 아무 능력없는 무저항주의라고 말하였다. 중국

집들에서 더러 보면 문간에 귀신을 막는 부적들이 붙었는데 이런것으로 전쟁을

막을 수 있겠는가? 귀신보다 더 악질적인 전쟁을? 작가들은 자기나라 정치

정책에 따라 임무가 서로 다르다. 그러나 우리들의 목적은 하나라하였다.

이날 저녁 비르마대표는 평화투쟁의 단결을 위하여 아세아 작가대회를 중국이

주동적으로 개최하여 주기를 바란다 하였고 나는 조선문학에 대하여 간단히

소개하였다。 조선문학의 해방후 발전에 대하여서와 조국해방전쟁 이후 작가예
술가들의 전선과 후방에서의 활동을 소개하면서 김일성장군께서 작가 예술가들
에게 주신 격려의 말씀에까지 언급하였다。

이날 저녁 네루다선생은 새 조선문학 이야기에 깊은 관심을 가지고 자기
는 발언하지 않았다。그는 큰 키에 우람한 몸집과 깎지 않는다면 탐스러울
구레나룻의 얼굴이였다。이분은 미국자본가들 밑에 피땀을 착취당하고 있는 칠리
광산로동자들 속에서 시를 써왔고 제二차 세계대전 당시에 벌써 미국이 앞으로
팟쑈의 길을 걸을것을 예견하여 미국청년들에게 경종을 울리는 많은 시를 썼
으며 미제와 자기나라 반동정권의 갖은 박해속에서 세계평화를 위하여 싸워온
루사다이 빠블로 네루다는 제二차 세계평화옹호 대회에서 영예로운 평화상을
탄 시인의 하나당이 네루다의 중요시편들은 중국에서도 번역되였는데 이좌
담회가 있은다음날 네루다는 중국어판 자기 시집한권에 내 이름을 한문으로 그
림 그리듯 써서 보내주었다。

×   ×   ×

七일 하루는 쉬여 八일 아침에는 농촌을 구경하게 되였다。북경에서 동편으로
十리쯤 밖에 있는 『백연장』이라는 농촌인데 가는 길에서부터 새 시대를 맞이한 농

촌으로서의 광경을 볼수 있었으니 그것은 경제적으로 문화적으로 동맥이될 도시에 통하는 길들을 근본적으로 고쳐내고 있는것이였다。그 전 길에는 웅덩이데로 있는 걷천에도 넓은 양회 다리를 놓으며 직선의 새 길들을 째여나가고 있었다。우리는 아직 자동차가 천신만고로 통하는 그 전 길로 가야했다。농민들과 인민학교 학생들이 우리를 반가이 맞았다。내가 조선대표라는 소개를 하고는 부인들도 소년들도 다시 나에게 모여들어 거듭 악수를하며 조선서 농사 밥를 지였는가? 조선서 아이들이 학교에 다니는가? 우리 지원군부떼가 전쟁하는것을 "보았는가? 미처 통역할새없이 조선 이야기를 물었다。이 "맥연장" 농촌의 간부로 만날 수 있은 분는 리인민위원회 위원장과 청년단 세포위원장과 민병 지도원으로 토지개혁 이전 자기들의 비참하던 생활상태로부터 토지개혁 후 인간으로 번신하였고 (중국에서는 몸을 번져 일어났다는 뜻으로 번신이란 말을 많이 쓴다) 일로 향상하고 있는 생활을 요령있게 설명하였다。토지개혁은 이미 우리 북조선에서 본바와 같이 그들에게 물질적 개변을 가져온것만 아니라 그 개혁 과정은 그들에게 있어 인간대학이였다。그들은 자기 인격을 소유했으며 훌륭한 정치적 리론으로 세련되여 있었다。중국 토지개혁에 관하여는 앞으로 더 자세한 소개를 받을 기회가 있다기에

대표단들은 이 백연장에서는 중국농가의 풍습적인 면에 우선 주의를 돌리기로 하였당

내가 개별 방문하게된 농가는 四十여세 되여보이는 「한순」이란 농민의 집이당. 한순농민도 대를 물려 입던 누덕기옷이 아니라 아직 첫물도 빨지않은 흰 광목옷이였당. 지주네 머슴살이로 十여년을 지내다가 토지개혁에 의하여 밭 二묘 (四천평)의 소유자가 되였고 집도 내집을 쓰게되여 四十평생에 처음으로 자기 옷으로 지은 새옷을 입었노라 하였당. 지주에게 헐값으로 팔리웠던 딸도 찾아다가 학교에 보내고 있고 당나귀도 새끼를 낳아 두마리가 되였노라 하였당.

우물가에는 조선농가에서 흔히 보는 과꽃과 백일홍이 피고 채마밭에 물을 주기위해 물끌어 올리는 금속기계가 장치되였는데 연자방아처럼 당나귀가 채를 메고 돌아가면 물이 올려 솟게 마련이당. 채마밭에는 가지 배추 홍무 고추등이 있고 고구마 밭이 옆에 있었당. 매흙으로 칠한 집웅에는 옥수수가 이삭채 널리고 마당에는 대추나무가 서 있었당.

이곳 중국농가의 좋은 점은 외양간이 집뒤에 따로 있는 점이당. 조선 농가들은 대개 대문채에 외양간이 있어 두엄무데기가 앞마당에 있게되고 집안에 들어섭

때 소똥내부터 말아야된다。이곳 중국 농가들은 대문채에 헛간이 있고 그 헛간의 일부가 부엌으로 되였당。안채는 중간에 좁은 토방이 있고 그 좌우에 방이 있는데 어느 방이나 반은 토방이요 남쪽으로 창을 향하여·반만 높은 온돌이 되여 있당。온돌아닌 반간의 토방에는 식탁도 되고 책상도 되는 테불이 있고 의자들이 있당。대개 동쪽 방에 부모가 거처하고 서편 방에 아들 내외가 있으며 작은아들이나 손자 내외가 있을 경우에는 안채와 대문채 중간에 한쪽 옆으로 딴채를 세우는데 이것을 상이라고 한당。

돼지를 허리를 떠매 마당귀에 두고 기르는 집도 있당。돼지가 야위였기에 까닭을 물으니 먹이를 적게 준다는 것이당。뼈대가 한껏 자랄때까지는 이렇게 기르다가 나중 두어달에 잘 먹이면 새끼때부터 잘 먹인 돼지나 다름없이 근수가 나가니 사료가 귀한데서는 경제적인 사육법이라 하였당。

옥수수는 이삭 기장은 짜르나 통이 굵고 빛갈이 약간·붉당。어느 틈에 옥수수를 쪄오는 부인도 있고 돼지고기로 속을 넣은 물만두를 채려놓은 부인도 있었당。한순 농민은 우리에게 조선 젓가락보다는 배나 더 긴 참대 젓가락으로 물만두를 권하면서·그전 국민당 시대에는 촌마다 소위「보장」이란것이 있어 이자를 잘 먹이지 않으면 무슨 트집으로든지 때리고 벌금을 물려고 가당치 않은 곳에 부

역으로 보내였으며 국민당군대에 끌려가는 것을 면하려면 몇십만원씩 보장놈과

그 웃놈들에게 먹이여야 했다고 옛말처럼 하였다. 이놈들이 쥐구멍을 찾고

토지가 농사짓는 사람들에게 공평하게 부여되자 우리들은 이런 조국과 이런

칠서를 보위하기에는 자원적으로 아들과 동생들을 군대에 보냈으며 일본놈들

하던 그 방법으로 조선을거쳐 우리 중국에 침략하려는 미국놈들을 막기 위해

서는 높은 영예와 의무감에서 조선지원군에 참가하였고 후방에 있는 우리도

애국 공약으로써 증산에 궐기 하였노라 하였다.

따갑도록 쨍쨍한 가을 햇볕을 쪼이며 석류나무 분이 있는 안마당에서 쓰련 작곡가

도 긴 젓가락 쓰는것을 요술배우 듯하며 한순 농민의 부인이 빚은 만두들을 먹

였다. 그리고 땀을 흘리면서도 뜨거운 차를 마시였다.

중국사람들은 여름에도 끓인 물을 마신다. 랭수는 먹으려야 먹을수없게 맛좋

은 물이 귀하다. 끓인 물을 먹자니 쇳내나 감탕내를 없애기 위해 차를 넣어

먹게된다. 중국에서 이 차의 생산과 그의 경제적 비중은 높은것으로 남방의

큰 부자들은 으레 큰 차밭을 소유하고 있었다.

중국 사람들은 조선에서 차를 일상적으로 마시지 않는 것을 이상하게 알며

지원군들이 자기고향으로 돌아가면 · 조선집들에서 물을 날것으로 주는것만에는

끝난 하였다는 것이 공통된 이야기라·한다.

조선에서도 고려시대에는 차를 많이 마시었다 。 지리산에는 아직도 그 시대
차밭늘이 많이 남아 있고 제 지내는 것을 차례 이니 과자를 다식 이니 해온것
으로 보아도 차를 널리 마시었음을 알수 있다。 그러나 불교도들이 차를 특히
좋아했기 때문에 리왕조가 되며 불교를 배척하는 바람에 차마시는 풍습도 끊
어진것이 아닌가 느껴진다。

아무튼 더운물이나 차를 마시지 않고도 불편을 느끼지 않는 그것이 중요한
원인일 것이니 조선서는 랭수대로가 어디서나 맑고 맛이 좋은 때문이다.

五、만리장성

남방으로 떠나기 전에 각국 대표들의 어서 보고싶어 한 것은 만리장성이다。
만리장성은 북경서 가까이 불수 있었다。말이 많이 나기로 유명한 장가구로
가는 경장선을 타고 두시간반이면 만리장성을 만나게 되는 것이다。
남구라는 정거장은 북경서 잠깐일레 주위풍물이 일변하여진다。시뻘건 감이
주렁주렁 달린 감나무가 농가 울타리마다 서고 맑은 시내가 반석을 굴러

떨어진다。이런 남구에서부터 약 十一마일 가는 동안은 북중국에서 유일한 풋치 지구로서 기차가 숨차게 울려 달리고 있는 거용관 협곡에는 물소리가 아름다워 탄금협이라 이르는 경승지가 있다 한다。

좌우 협곡에 내려질리고 치달린 장성의 질북진 곳을 끊고 앉은 『청룡교』역에서 우리는 차를 내렸다。급한 경사에 톱날처럼 어깨를두고 쌓은 장성은 던저 웅장하고 기이한 석조건물이란 인상이다。이 장성을 넓은 시야에 넣고 보기 위해서는 一마일가량 산길을 더듬어 팔달령 분수령에 올라서야 했다。

준험한 산마루들이 제멋대로 치솟고 내려달리고 하였으되 육중한 장성은 발롭 날카로운 '거대한 파충류처럼 가장 마루진 등성이를 눌러타고 구름밖에 아득히 뻗어나갔다。

일대 위관이다! 바닥은 폭이 二五척 꼭대기도 一六척이나 뵈니 거의 三간녀 비당 높이는 지형따라 다르되 二〇척에서 三〇척 까지있다。재료는 돌과 전박(검고 큰 벽돌)과 흙인데 겸은 화강석을 곱게 다듬어 쌓았다。

이 만리장성은 외성과 내성이 있었다。외성은 산해관에서 몽고 경계를 지나 감숙성으로 들어갔는데 하북성에서 二중으로된 부분이 내성이며 이 팔달령에서 보는 것은 그 내성의 일부인것이다。내외성 합하여 전장이 一만七천

六백리며 요충마다 六〇간의 거리를 두고 망루와 네모진 보루를 쌓았다。장성이 꼬적으로 변하기전 까지는 군대들이 이 망루와 보루에마다 서 있었을 것이다。진나라 시황 때 쌓았다고 전하나 사실은 그 전부터 이 북방에 국경을둔 나라들 연、조、진 나라들이 북쪽 말타는 민족들의 불의습격을 막기위해 자기국경마다 성을 쌓아 왔는데 진시황이 연과 조를 통일한후 장성을 수축도 하고 준축도하여 서쪽으로 깊이 림조까지 뻗었으며 훨씬 후세인 명나라 신종때에도 二백마일이나 장성을 새로 증축한 일이 있다。

이렇게 만리장성은 일조일석에 된것이 아니요 북쪽을 방비해야하는 일치된 군사적 조건하에서 二천여년래 끊임없는 수축과 증축으로 이루어진 것이다。

아무튼 세계에 유래없는 위대한 공사다! 고대 중국 인민들이 근기차게 성취해내인 위대한 공사는 이 만리장성만이 아니다。二천五백년전 숫나라 양제 때에 남북중국을 련통시키여 오늘까지도 의연히 리용되고 있는 전장 五천三백마일의 운하도 과놓은 것이다。토목 기재가 수공업적이였을 그 시대의 공사로 이 장성과 운하는 기적과 같아 경탄하지 않을수 없다。

나는 좌우를 돌아보면 꿈틀거리는 것같은 이 만리장성 위에 서서 까마득한 남구 협곡 사이로 북경평야를 내다 보았다。이 장성으로 말미암아 북경의 평

화와 문화를 지킨적도 있으리라。나는 그 고궁에서 본 가장 섬세한 공예품인 『상아해당식등롱』을 생각해 보았다。얼마나 거대한 스케일을 가졌으며 또한 얼마나 섬세한 호흡도 가진 이곳 인민들인가!

이 위대하고 천재적인 인민들에게 근로가 노예로 아니라。신성한 창조로 해방된 이날 영명한 중국 공산당과 모주석의 령도하에 四억七천五백만이 한덩이로 단결 했으며 선진 쏘련의 기술과 경험이 백방으로 원조하는 이날 이 인민들의 새 중국의 건설과 앞날의 예술은 얼마나 더 방대하고 더 다채현란 할것이겠는가!

새 중화인민공화국은 창건되는 그해로 벌써 만리장성을 쌓고 남북 운하를 판 그 통치자들도 감히 꿈도구지 못하였던 대자연 개조인 회하치수 공사에 달라 불였고 이미 제일기 공정을 완수한 것이다。

이 회하의 수재는 백년마다 七十차의 대소 수재가 났고 수재 마다 이 회하류역의 五천五백만 주민이 집을 띄우고 논 밭을 물속에 잠거야 했다。이 태초부터 있어온 재앙을 영원히 청산할 뿐아니라 광대한 습지대들이 금전옥답으로 환생하는것이다。

역대 통치자들은 왜 이 회하 치수에 손을 대지 못하였던가? 첫째 이 회하 수

재에 자기들의 집은 떠나가지 않았던 것이요, 다음으로는 치수할 도랑이나 물

가둘 땅에 제땅이 들어가는 지주들의·반대하는 모순때문이요 그리고 엄청나게

거창하여 정밀한 과학이 아니고는 갈피를 잡을수 없는 공사였기 때문일 것이다

새 중국이 일어서는 그 길로 이 회하 치수부터 착수했고 능히 진척해 나가는

것은 인민의 리익부터 생각하는 인민정권이기 때문이요 지주없는 인민민주사회

의 새 제도의 승리이기도 한것이다.

이 회하 치수공사는 얼마나 거창한 것인가?

이 공사에서 움직여지는 흙을 한메—터 높이로 담을 쌓는다면 지구를 다섯

바퀴나 돌리라하니 그 규모를 짐작할만하지 않은가?

발휘하라! 인민의 단결된 위력을! 발휘하라! 전투에서나 건설에서나 쓰딸린

기빨 아래 단결되여 내닫는 세계인민의 위력을! 어느곳에서 어떻게 발휘하든

우리 인민의 력량은 전세계 인민의 해방과 평화를 촉진하며 보위하는 오늘의

위대한 만리장성으로 되는것이다!

六、황하를 건너

十일 저녁 八시四十분차에 우리 외국관례단들은 중국 「문련」 사가부 서기장의

안내로 남중국을 향하여 북경을 떠났다。

이날저녁 나는 북경 정거장 승차대에 새로 보는것이 하나 있었다。 그것은 파

는 사람 없는 신문잡지 매점이당 누구나 필요한 신문이나 잡지를 가지고는 대금은

돈 넣는 상자에 들어뜨리면 된다。 잔돈 없는 사람은 큰 돈 채 넣으므로 돈이

남을지언정 모자라는적은 없다한당 크지않은 사실이나 장래 인민사회의 더

욱 새로워질 도덕과 질서를 예견시키는 훌륭한 불꽃의 하나다。

북경에 있는동안 나의 귀한 입이 되여준 북경 대학 조선어과 학생 (해병택)

동무가 이번 남방 려행에도 동반해주었다。 여러날 같이 지내는 동안 해동무는

내가 무엇에 관섬할까를 곧 잘 알아채게 되였당

「우리나라에서 유명한 황하를 보구싶으시지오!」

「보구싶구말구요! 어느때 황하를 건느게되오?」

「밝아섭니다 양자강은 모레새벽 잘 때입니다마는 황하는 래일아침 밝아서

「전습니다 내 알려 드리지오」

「황하논 이런 가을철에도 물이 누릅니까?」

「언제나 황하 그대롭니다 그래 절대로 안될일을 기다리고 있는것을 「어느 백년에 황하 맑기를 기다리지!」 하는 속담이 있답니다」

이 한족과 그 문화의 발상지인 황하연안을 향하여 달리는 차속에서 중국 문련 기관지 「문예보」를 뒤적거리다가 「량한의 예술」이란 글을 더듬어 읽게 되였다. 쓴이는 중국 중앙정부 문화부 문물국 (우리물보와 같은 기관) 정진탁 국장으로서 중국 두 한나라시대의 예술을 소개하는 글이였다. 이 글속에는 조선 평양교외에서 발굴되여 고대 미술의 정화로 세계적으로 알려진 「채색상자」에도 언급되여 있었다. 씨는 말하기를 「이 채색상자는 인물을 많이 그린것으로 그 화법이 매우 생동하고 류창하다」고 하였다. 이 여러색채의 옷칠로 세밀히 그린 三천년전 인물도는 평양 박물관의 진장품일뿐 아니라 고대 미술의 전 인류적 보물의 하나 였던것이다. 이런 보물도 아깝게도 야만 미제 침략군대앞에는 돼지에게 진주격이여서 싸고싸 깊이 묻은 것을 놈들은 뒤져내여 굳이 구둣발로 짓밟아 버린것이다. 형태조차 맞추어보기 어렵게 바스라진 부스러기만 남았다.

이 미국야만들은 一九四五년 가을에 서울에 들어와 서울대학을 항공부대숙사로 차지하였다。서울대학 관리위원회에서는 도서관만은 우리가 지키겠노라 간청하였으나

『우리 미국군대는 문명국군대니까 도서를 존중할줄아니 염려말라』하고 도서관까지 강점했었는데 사흘이못가 놈들은 종이가 부드럽고 질긴 고서적으로 골라뜯어 구두를 닦는것이 발견되였던 것이다。그전 일제놈들이 서울 경복궁자리에 총독부를 지을때 그놈들 소견으로도 아주 헐어버리기에는 아깝다하여 막대한 비용과 시일을 들여 옮겨 놓았던 조선의 천안문인 『광화문』을 이번 미국야만들은 군사시설과는 아무 상관없는 지대임에 불구하고 로케트포를 거듭 쏘아 조선고대 전축의 자랑이던 광화문을 불질러 버린 것이다。그외에도 조선고대 건축의 정화들인 성천 강선루 묘향산 보현사 금강산 장안사 등이 놈들의 폭격으로 타버리였다。二十세기 트루맨의 『문명군대』는 고대 백달족과 더불어 누가 문명을 더 많이 파괴하는가를 경쟁하고 있는것이다。

x　　x　　x

이튿날 아침 차창이 밝기가 바쁘게 나는 창밖을 주의하기 시작하였다。새쏘얀 서리속에 밭들이 드러나는데 고그마와 탁화생이 대부분이다。락화생 밭머리에

아침 헛벌을 그득 실은 똑딱이 지나간다。 운하를 떠다니는 범선들이나 뗏목 따위가 단풍들의 자주빛으로 붉다。 농부들은 밭에서 고구마와 낙화생을 캐고 큰 길에는 외바퀴차가 여러 필 말이나 노새가 끄는 수레들이 지나간다。 흥미도 차부도 산뜻해보이는 삿갓을 썼다。 외바퀴차가 재미있다。 바퀴는 가운데 하나뿐 사람은 양쪽에 싣고 두 편 손잡이로 밀고 간다。 어깨에 휘청거리는 나무채를 량끝에 저울눈듯 짐을 달고가는 편담 이란 것도 재미있다。 외바퀴차와 편담이 조선에도 보급됐듯한데 조선 지게가 중국에 쓰이지않듯 서로 국경을 엄수하는 것은 무슨 까닭일까? 지게는 산길에 좋고 편담은 들길에 편한 지리환경이 다른 때문일까?

일곱시 가까이되여 바윗돌을 인공으로 쌓은듯 혼자 오뚝한 백메一터 가량의 조그만 돌산이 지나가는데 황하 곁에있는 「까치산」이라한다。 다시 나무없는 황토 벌판이다가 홍수 그대로의 붉은 수면이 드러난다。 철교가 걸린 강폭은 과히 넓어 보이지는 않으나 一천三백八十메一터의 동양 제一의 긴 철교라 한다。 물결조차 소용돌이쳐 흙탕을 뒤번지며 흐른다。 아득한 대륙 지평선에 하상을 따라 황토 단애가 굽이져 사라졌다。

이 황하는 곤륜산에 근원을 두고 화북대륙을 서리서리 二천七백마일이나 흘

런 발해만을 열고 황해로 들어간다。 바닥이 아니기 때문에 어떤 지대
에서는 수세막라 하상이 이동되며 생땅이 무시로 꺼져들어간다。 장마때는 둘四
에 진흙六이라하며 펏시에도 둘 열말에 진흙 서말인 비례로서 매년 一백七十
억립방척의 황토를 황해바다로 뿜어낸다는 것이다。 중국 속담에 「파리와 길과
황하는 五대우환이라는 일러 온다한다。

그러나 새천지 중화인민공화국에서는 이미 첫째 우환을 완전히 청산하였고 다
음 우환들도 대규모의 자연개조가 시작되였으니 이앖으로는 이런 속땅도 주석
시 발리지 않고는 리해하지 못할 것이다。

황하를 전조자 이내 고도시의 하나인 「제남」이 나왔다。 유명한 고려시인
리태백이가 곳실년 산「광산」이 이 제남에 있다。

나는 제남역에서 대중일보라는 신문을 샀다。 이 신눈에도 조선인민군 총사
령부의 포로수 점전남판에 딸한 기사가 났고 두가지 군중재판에 대한 기사가
니 있었다。 하니는 장개석 특무의 재판이요 하나는 며누리를 학대하여 숙의
미와 ○○의 계판인데 모두 군중들되 소구에 의하여 사형물이였다。 향더원조와
토지개혁과 아울러 반 혁명분자 전입운동이 오늘 중국의 三대운동으로 전켈며
여○누며 도시나 농춘이나 정치적 경각성이 놀아진 인민들의 조직이 천통성

같으므로 중국이 넓다하나 특무나 반동들에게는 발붙일 촌토가 없어진 것이다。 三十여년전에 경한철도 파업지도자 림산겸을 죽인놈이 오늘에 와 잡혔으며 동북 할빈에서 리조린장군을 죽인놈은 멀리 사천성 중경에까지 피했으나 결국 불잡히고 말았다는 것이다。

『대중일보』에는 상품광고들도 많이 났다 그중에는 상품광고 아닌 『회과』 광고 즉 잘못을 뉘우치는 광고라는것이 여러건 났는데 이것도 새 중국의 성장 발전하는 새면모의 하나일 것이당。 이 회과 광고의 실례를 하나 들면 이러하당。

『국화상장○○호 문방구상 ○○원』이란 주소와 상점명을 밝히고 『불합격품인 전국표 메테용 쇠자를 팔았는테 당국으로부터 과대한 처분을 받았다。 크게 감사하며 금후는 법령을 엄수하여 다시는 범측하지 않을것을 공고하여 맹세하며 전과를 깊이 뉘우첩니다』이런 내용이당。

차는 정오 못미쳐 『태안』에 이르렀는데 동편으로 험준한 산그늘이 차창에 비끼였다。 지척에서 바라볼수있는 이산이 유명한 『태산』이라 한다。 『태산명동에 쥐한마리』니 『태산이 높다해도 하늘 아래 뫼로다』이니로 평장히 높은산으로 알려져 있음에 비하여 그다지 빼여 솟았거나 웅성깊은 산은 아니당。 해발 一천

五백四十五메―더의. 높이이며 나무가 없어 쥐 한마리가 뛰여가도 보일성싶다.

기차에서 보이는 각도로는 산맥이 널리 뻗지않고 한 거대한 모형처럼 평원에

도사리고 솟았다. 그러나 대마루들이 거쿨지고 주봉이 멀리 들여다보여 역시

명산다운 장엄성이 있다.

이 태산에는 명소구적이 많다한다. 그중에도 공자의 사당이 유명했다한다. 三

천년간 동양사람들의 머리를 왕도사상으로 짓눌러온 유교의 시조 공자는 우리

가 지나갈 「자양」역에서 지척인 「곡부」 사람이 였다. 인민들로 하여 봉건군주들에

게 절대 순종시킨 사상이다. 제왕들은 이런 고마울테가 없다 하고 처처에 공

자의 사당을 짓고 다른 종교와 달리 국가의식으로 공자의 제사를 주간해 주

였다. 우리 조선에서도 군 소재지마다 소위 「향교」라는 것을 두어 그 지방

권력자들의 인민을 압박하는 행세 기관으로 되여왔던 것이다.

중국 인민 해방군이 장개석의 반동군대 六十만을 포위 섬멸한 「회해전역」으로

유명한 「서주」를 지나면서 집웅을 새나 곡초로 이은 농가들이 나오기

시작한다.

나는 서주에서도 「대공보」라는 신문을 샀다. 이 신문에서도 나는 새 중국이

급속히 장성하고 있는 문화면의 一면모를 접촉할 수 있었으니 전국적으로 일어

나고있는 언문 (말과 글) 정리 운동이다。 북경 『인민일보』에서 문장강화를 시작

한것이 전 인민적 호평을 얻어 중국안전체신문이 이를 전재하고 있으며 이

대공보 수요특집에도 『조국 어문』이란 큰 제목아래 『어눈만담』 『문장시개』 등의

별제로 리론과 구체적 지적들이 기재되여 있었다。

그 전에는 시대 따라 지역 따라 다른 글자도 썼다。 『론어』에는

『이사』 자를 썼고 『맹자』에는 『이차』 자를 쓴 것같이 혼란했으며 문장에도 『진할

체』니 『당송체』니 『위진체』니 하고 각기 다른 풍격으로 발전해왔다。 그러나

새시대며 통일된 지역인 오늘에 있어 복고주의적 란섭한 글을 써서 기괴한것을 자랑삼거나

데 있으며 하물며 용어 용문에 무원척한 글을 쓸 필요가 어

인민들로 하여 해득하기 어렵게 한다면 이는 묵과할수 없는 현상이라 하였다。

『문장시개』라는 제목에서는 청년과 학생들이 발표한 글에서 한구절씩 끌어

다 시정해 보였고 『항미원조』라는 말은 옳게 주려진 말이나 『진압반혁명』을

『진반』으로 쭈려 쓰는것은 진압대상이 모호 해지므로 옳지않다고 지적되여

있었다。 잡지 『문예보』에 『조선농촌 안에서의 전투화녑』이란 글이 났는데 『불꽃

녑』자를 세가지로 인쇄했으니 이런 혼란은 바삐 청산하자고 주장하였다。 어느

나라 인민들에게 있어서나 자기조국을 사랑하는 마음은 자기 조국의 말 한마

더 글 한자에 까지도 정성스러워야 할 것이며 더구나 우리 작가들에게 있어서는 인민들에게 뜻을 옳고 쉽게 전하기 위하여 조국의 어문을 아름답게 련마시키기 위한 남 다른 책임이 있는 것이다。 나는 중국에 있는동안 문장수사에 대한 론의들을 읽고 참고된바 크다。

× × ×

양자강에는 철교가 없는데 기차가 건는다。 기차를 한번에 세 간씩 싣고 건느는 백가 있는 것이다。 밤중에 잠든 동안이여서 이런 거창스런 나룻배질을 보지 못한채 건늬여졌다。

황하보다 물이 맑다한다。 전장 三천三백마일로서 중국에서 제일 큰 강으로 여기서는 그냥『장강』이라 통한다。

세계에는 이 양자강보다 더 긴 강이 있기는 하다。 그러나 장강 연안이 인구가 조밀하며 황무지가 없어 물산이 막대하며 하구로부터 三천톤 짜리 기선은 七백마일이나되는 『한구』까지 올라가고 一천톤짜리 기선은 一천마일이나 되는 『중경』까지 깊이 올라가므로 강이면서도 좌우에 큰 항구들이 런이여 있는 一대 해안의 역할을 하기 때문에 양자강은 그 존재가치가 위대한 것이다。 이런 양자강은 거의 한세기 동안을 차라리 없는것만 못하게 미영 강탈자들의 군합이 대륙오지

에까지 함포를 쏘아 댈수 있게 리용되였다。 인민해방군의 남하작전을 막아보려

미 영 불의 군함들은 이 장강에서 헤매며 최후 발악도 해보았다。그러나 오

늘 양자강은 한때 악몽을 황해 밖으로 쓸어버리고 영원한 중국인민의 복리의

장강으로 유유히 흐르고 있는 것이다。

차에서 다시 밝는 날 아침은 수향의 도시 「소주」를 그 성밖으로 지나게

되였다。 성밑에 배돛대들이 숲을 이루었다。

벅 이삭이 금 물결치는 논이 아니면 푸른물이다。짙은 안개속에 성문 문루들이

떠오르고 거리 뒷 골목에 채소실은 배들이 그뜩 들어서 아낙네들과 아침흥정

이 한참이다。대숲 우거진 곳에 농가들이 있고 농가들 뒷문에는 운하 아니

호수여서 집집마다 뒷문에 배를 매였고 배옆에는 오리떼가 떠놀고있다。옥야천리

그대로 끝없이 논이 깔렸는데 여기 논들은 한해에 벼추수를 두번씩 한다。

어쩌다 한두자리 높은 땅에는 뽕나무와 콩과 채소를 심었다。논바닥은 운하

나 물도랑 수면에서 두세자 가량 높은것이 보통으로 물을 끌어 올리

는 연자방앗간 같은 장치가 있다。이것을 소가 연자 돌리듯 끌고 돌아가면 물이

올라온다는데 북경시외 농촌에서 본 것과는 달리 규모가 크고 이것은 목재로 된

기계당。소는 뿔이 크고 털이 검은 회색인 물소들인데 물많은 이곳 풍토에서

가장 잘 견디고 힘이 세다한다。

이 물 좋고 바닥 걸고 一년에 두번쩍 추수하는 땅이 자기땅이 된 농민들은 일하다말고 즐거운 낯으로 기차를 향하여 손짓들을 한다。그들은 웃만 깨끗한 것이 아니라 농기구들까지 아직 자루 휜것이 많이 보였다。이들의 급속히 높아진 생활과 함께 급속히 개변되는 농업경리의 일면도 엿 볼수있었다。

호수에서는 여러백마리 오리떼를 거느리고 배에서 사는 가족도 볼수있다。운하에 하물을 실어 나르는 배에도 살림풍경을 볼수있다。남쪽으로 갈쑤록 호수와 강과 바다에서 배를 집으로 사는 사람이 많다한다。북방 주민들이 평원에 사는것과 남방 주민들이 수향에 사는것과 사천성 같은 오지주민들이 산항에 사는 것들은 중국의 세가지 특색있는 지방색으로 일커러 오는 것이다。

집집마다 뒷문에 매여있고 발머리 논머리마다 떠있고 근로인민들의 주력으로도 되는 저배는 중국공산당과 깊은 인연이 있음을 나는 그뒤에 알게되였다。

一九二一년 七월 一일부터 모택동 동길무 진담추 등 十二대표들이 상해에 모여 중국공산당 창건을 위한 대표자 대회를 열어 비밀리에 진행하는 중 제四일에 이르러 옆방에 정탐이 잠입한 것이다。이를알자 대회는 이 소주에서 지척인 가흥의 호수로 옮겨 저련 학척의 작은 배속에서 회의를 계속하였다는 것이다。

황금이삭의 바다넘어 높고 낮은 굴뚝들이 울려 솟기 시작한다。 七十七종의

공장과 기업소가 一만二천이나 있다는 상해가 ·가까워진 것이다。

七、상 해

十二일 아침 九시三〇분에 우리차는 상해역에 들어섰다。상해에도 관례단 초

대 위원회가 있어 우리는 꽃과 노래의 성대한 환영을 받으며 「금강반점」으로 안내

되었다。

금강반점은 영국 계통 자본이 지은것으로 상당히 사치한 호텔이다。 내가 든방

은 七층인 내방 위로도 四·五층 더 있고 다시 그 위에있는 식당 휴게실로 올

라가면 상해전경을 눈아래 내다볼수 있었다。

황포강 부두쪽으로는 一〇여층 건물들이 키를 다투어 솟았는데 그 넘어 멀리

동쪽으로는 공장지대인듯 무수한 굴뚝 들로부터 솟는 연기가 그 쪽 하늘을 매지

구름처럼 덮고 있었다。 一九四九년 五월二十八일 해방되던 그당시 시에는 六백여만

의 시민이 살았는데 그 중에는 실업인구가 백만이나 되여서 그들을 광산과 다

른지방 공장들로 취업시키고나니 오늘 현재 상해는 五백만 시민이라 한다。

상해는 본래 『신강』 또는 『상양』 이라 하던 이름이 송나라때 『상해진』 이라

고 친데서 『상해』 로 된것이며 이 상해는 중국력사에서 최초의 굴욕적 조약이던

『남경조약』 에 의하여 영 미 일 불 등 제국주의 세력이 중국을 침략하는 중

요거점으로 되여왔던 것이다。

영 미 침략자들은 중국인민들을 종교로써 무저항주의자들을 만드는 것으로만

만족하지 않았다。 인격적 파산자들로까지 · 만들기 위하여 중국의 공법을 무시하

며 아편을 다량으로 실고와서 민간에 함부로 펴치기 시작하였다。 중국의 애

국자들은 이를 앉아 볼수없어 놈들의 아편데미에 물을 지르며 놈들의 군암과

대포앞에 용감히 맨 주먹으로 달려들어 싸웠다。 이것이 영제국의 죄악중의 죄

악과 중국인민의 영웅성을 영원히 말해나갈 『아편전쟁』 으로서 영국강도늘은 군

함을 양자강으로 끌고 올라와 남경을 사격하면서 중국을 위협하였다。 인민들

은 이 악독한 원쑤에게 목숨을 돌보지않고 대항하였으나 청나라 정부는 군중들

이 불지른 영국 아편값을 영국이 달라는대로 물기로하며 전쟁 비용을 영국이

청구하는대도 영국이 배를 수선하는데 필요하다는 평게로 『향항』 을

달라는대로 하며 그외에도 이 상해와 광동 복주 오문 령파등지에

영국사람은 제땅이나 다름없이 사용할 특권을 승락하는 『남경조약』 을 접수하

지않을수 없었던 것이다.

그후 영국놈들과 미국놈들은 중국에 아편 팔아먹는것을 공공연히 경쟁적으로 하였고 미국놈들은 문화적으로도 저의 식민지를 만들려 상해에만 소위 문화교육기관을 二百九十여개나 벌려놓았고 중국인민의 값싼 로동력까지 착취하는 一백二十六개소의 공장과 기업소를 소유하고 있었던 것이다. 영국조계니 불란서조계니 공동조계니 중국인 시가니 복잡다단한 특수행정의 도시는 고향이 없고 조국이 없다는 피스모폴리스트들의 온상이기도 하였당 이런 주인이 없는 기형도시가 도적놈들에겔 만족했을 것이다. 독점한 리윤으로 주머니가 불러지며 세기말적 퇴폐와 값싼 이국 정서를 맛보기 위해 뉴—욕과 런던의 「신사」들은 즐기여 이 상해를 찾아 왔을것이다. 이 두발가진 파충들은 쳐—철처럼 생긴 배불뚜기에 구렁이 누깔을 여송연 연기에 슴벅거리며 이·호텔 로대에서도 상해시가를 노려보며 음험한 미소를 흘렸을 것이라 생각할때 이 호텔 결상들이나 창틀에서는 아직도 그누린 구렁이 넘새가 나는듯 불쾌하였다.

그러나 상해는 굴욕과 타락의 상해만은 아니였다. 이 상해뿐아니라 전 중국대륙의 해방과 새 인민중국의 전설을 령도하며 있는 위대한 중국공산당의 발상지가 바로 이 상해였던 것이다.

중국에 대한 영미 일 불들의 제국주의적 침략은 중국의 공업 지위를 어느 정도 향상시키였고 한편 중국민족 공업을 자극시키여 제국주의 그 자체의 매장자인 무산계급을 불러일으킨 것이다. 상해는 중국에서 가장 큰 로동자의 집중지대로서 저 유명한 五·四운동과 五·三十운동 시기에 있어 상해는 로동자 도시 상해다운 력사적 임무를 찬란히 수행했던 것이다.

오늘 상해에는 九十八만명의 로동자가 있다. 그들의 가족까지 치면 상해 전체 인구의 七〇퍼쎈트를 차지한다. 이런 성원을 가진 상해시는 새 인민중국의 건설을 위하여 항미원조를 위하여 반혁명분자 진압을 위하여 토지개혁으로 전변되는 농촌과의 련결을 강화하는 운동에서 전국적으로 전위적 역할을 놀고 있는 것이다.

×　×　×

화동지구와 상해시 인민들은 우리를 맞는 첫날 저녁으로 환영 대회를 열어주었다. 시회의실에서 二천여명의 각계 각층 군중과 더불어 상해시 인민정부 마인초 박사의 환영사가 있었다. 나는 조선인민을 대표하여 화동지구와 상해인민들에게 형제적이며 전우적인 뜨거운 우의와 결의 노쎄 답사하였다. 내가 연단에 오르자 전 군중은 총기립하여 박수와 환호를 보내주었고 내말이 끝나자 장내가 떠나갈

듯이 『김일성장군만세!』와 『영웅적 조선인민만세!』 소리가 폭발하였다。

이날 저녁에 음악 무용 연극의 환영 연예도 있었는데 음악에는 합창으로 구히현 녀사의 작곡인 『세계인민은 한 마음이다』가 인상깊었다。 중국적이면서 국제성이 있고 부르기 쉽고 즐거운 곡조여서 우리 일행의 외국사람들도 상해를 떠날 즈음에는 이 노래를 서투루지 않게 불렀다。 무용에는 창공빛 푸른 배경앞에 메를지여 긴 붉은 천을 불길처럼 놀리며 추는 춤이 좋았다。 연극은 경극인데 七十三세나 된 남자 늙은 배우가 十七、八세의 처녀역을 영절스럽게 해내는데는 감탄하지 않을수 없었다。

이른날 아침 우리는 상해 『공인문화궁』을 방문하였다。'큰 호텔자리에 시설되었는데 속에 四백여명씩 수용하는 극장이 둘이나 있고 도서실 체육관 오락실 직당 녀성 로동자들을 위한 재봉강습실 녀성위생실 쏘련을 비롯한 각 인민민주국가의 발전상을 소개하는 전람실 그리고 『상해에서 로동자들은 어떻게 투쟁하였는가?』를 보여주는 『로동운동 기념관』이 있었다。

이 기념관에는 허다한 실물들과 사진들이 진렬되여있는 五•四운동과 五•三十투쟁때 로동자군중의 파업과 시위행렬 사진이 있고 애국렬사 왕효화가 원쑤늘의 형장에 끌려나가되 그 수려한 미목으로 태연 자약하여 오늘의 승리를 이미

내다보는듯한 승리감에찬 사진이며 상해 자동차 로동조합 간사 왕원의 란환에 뚫

리고 피에 철갑이된 의복도 진렬되여 있었다。

로동자들에게 높은 선봉직 궁지와 정치적 자각을 일상적으로 고무추동하는데

크게 이바지할 전당이였다。

이 문화궁이 창설된후 일년간 리용한 로동자수는 七十만에 달하며 최고로

一만二천명까지 온날이 있다한다。

나는 이 문화궁에서 한가지 특기할 사실을 발견하였다。 중국에서는 만화를

「련화」라 하는데 문맹자나 어린이들을 위하여 글로보다 그림으로 교양수단

을 삼는 것에 발달하였다。 로동자들과 어린이들이 이 련화책을 절대 환영하

여 이 련화 수백책을 길가에 펼쳐놓고 세를 내고 길가에서 련화책을 골독

로동자들이 책값의 수十분지一바께 안되는 세를주는 상인까지 생기였다。 아이들과

히 번지고 있는것을 나는 상해에서 수三차 보았거니와 내가 놀란것은 조선전

쟁에 관한 주제와 조선영웅들의 전기가 많은 점에다。 이 문화궁 잡지부에 놓여

있는 련화책만도 백여가지인데 그중 약 三十가지는 조선에 관한 것으로 얼른

보기에도 「안주란광 소년빨찌산」이니 「영웅 한남수」니가 조선에 관한 것으로 이 련화들

을 통하여 특히 중국 소학생들사이에 한남수 영웅이 어떻게 싸웠고 처녀 리순

인이 •어떻게 영웅이 되였나를 모르는 소년은 별로 없을것이라 한당.

×　　×　　×

상해는 변화하당. 사람이 많아보이는것이 길이좁은 때문만 아니당. 인력거가 없어진 대신 자전차화한 三륜차가 류행인데 의례 두사람씩 짝지어 탔다.

상점마다 물건이 풍성하당. 방적공업에 있어서는 전 중국의 六○퍼센트를 차지한 이곳이라 면포제품이 풍부하당. 트루맨은 중국을 골려본답시고 중국에 대하여 무역봉쇄를 하였으나 그 결과로는 미국 물건 때문에 기를 못 펴인 중국상품들이 급속한 보조로 발전하여 전 중국인민의 생활용품을 자작자급하는 궤도에 올라선 것이당. 一九四五년이후 미국자본가들이 전 중국에서 쓰는 농기구를 독점적으로 만들어 팔아먹기 위해 새 기계제작 기계로만 방대한 공장을 채려놓았는데 그것도 고시란히 중국인민의 것이되여 농기구와 광산기계를 제작하고 있었당.

중국것으로 외국에 수출하던 상품은 미국이 아니라도 얼마든지 통상할 우호국가들이 있당. 一九五○년의 중국무역은 七十三년동안 계속적 수입초과이던 반식민지 특성을 청산하고 트루맨아 보아라 하는듯이 일약 수출초과를 이루어 인민민주주의 경제제도의 우월성을 보여주었당. 도적놈들과 맞서지않아 해로울 것은 조금도 없는것이당.

지금도 미국에는 개와 혹인과 황인은 들어오지 말라고 써붙이는 해수욕장이 있다 하거니와 그놈들이 상해에 있을때는 황포강옆 「까든뿌리지」 공원에다 개와 중국사람은 들어오지 말라고 써붙이였었다. 오늘 「까든뿌리지」 공원에는 개와 미 영국사람은 들어오지 말라고 써붙이지는 않았지만 그들의 그림자는 볼수없게 되였다.

비둘기야 비둘기야

고맙다 고맙다

나의 편지

조선인민군에게 전하여 다오!

이노래는 七、八세짜리 탁아소 아이들이 저의끼리 지여부르는 노래라 한다. 상해시외에 렬사 유아들과 해방군과 지원군의 아이들과 기관 간부들의 아이들을 위한 탁아소가 있는데 二〇〇명의 아이들을 위하여 九〇명의 직원이 있는 훌륭한 탁아소였당. 비둘기보다 더 많이 편지를 가지고 갈수있는 아저씨가 조선서 왔다고 하니 고사리 같은 손들을 펴 짝작궁하듯 박수들을 하였당.

이 락아소에서 도라오는 길에 우리는 중국의 위대한 문호 로신 선생의 묘소를 참배하였다。 한적한 묘지인데 선생의 무덤은 장방형으로 돌로 덮었고 선생의 사진을 찍은 사기판을 박은 돌비가 섰는데 「로신선생지 묘」라 크게 쓰고 그 아래 두줄로 「一八八一년 九월二十五일생 어 소흥 一九三六년 十월十九일 졸 어 상해」라 간단히 씌여 있었다。 엿새만 녀있으면 이 로신선생의 서거 十五주년 제일이였다。

× × ×

이날 오후에는 상해시내 산음로에 있는 로신선생의 사시던 집과 이웃집까지 넣어 시설한 「로신기념관」을 참관하였다。

나는 로신선생의 작품을 많이 읽지못하였다。 그러나 「아큐정전」과 「고향」을 읽은 기억은 十여년후인 지금도 머리속에 생생하다。 두작품이 단편들이나 장편 치고도 거대한 장편을 읽는것처럼 세세계를 향하여 움직이는 과도기 중국의 거대한 시대상이 머리속에 깊이 찍혀있다。

이 훌륭한 수법을 가진 대작가는 정치론문과 계몽적 수필과 투쟁실천 때문에 아 잡게도 많은 작품은 남기지 못하고 갔다。 그러나 적은 수의 몇편으로도 근대 동양의 대표적 문호인 것이다。

선생의 본명은 『주수인』인데 홀 어머니로 빈곤한 생활속에서 자기를 키운 어머니를 잊지않으려 어머니의 성 로씨에서 따 『로신』으로 호를 지었고 장개석의 반동경찰과 제국주의 테로 탄압때문에 종적을 감추기 위해 八十여가지 익명으로 글을 썼다。애초에 일본으로 류학가기는 의학을 배우기 위하여서나 한번은 일본사람들이 만주에서 찍어온 영화에서 중국인민들이 중국의 어떤 애국자가 일제과 헌에게 참살당하는것을 보고도 무심한 표정들로 섰는것을 보고는 깊이 찔린 바 있어 『나는 한두사람의 몸의 병을 고치기보다 전 중국사람의 정신의 병을 고쳐야 하겠다!』 결심하고 문학으로 방향을 돌렸고 후에 귀국하여 신해혁명을 체험하면서 반제 반봉건루쟁에 인민의 정신의 기사로서 제一선에 헌신한 것이당。중국에서 맑스-레닌주의의 위대한 선구자 리대쇠가 지도하던 잡지 『신청년』에 『광인일기』를 발표한데서 시작하여 『나는 소와같이 먹는것은 풀이되 내여놓는것은 우유와 피라야 한다』고 한 자기말씀대로 구차한 생활속에서 그보다 몇배 간고한 탄압속에서 백절불굴하여 아홉권의 산문을 썼으며 세계적 결작인 단편집들과 방대한 학문적 저술인 『중국소설략사』를 내였으며 선진 쏘련작품들 『훼멸』 『철류』 『세멘트』 『철갑렬차』 등을 번역했으며 문화혁명의 깃발들이였던 『어사』 『급류』 『문예연구』 『해연』 『섭자가두』 등 잡지를 주간했으며 혁명가 구추백과 송경령녀사

등과 더불어 「중국자유운동 대동맹」과 「중국인권 보장동맹」 등을 조직 지도하는 등 어

면 불리 고독한 시기에도 일호 굴함없이 예리한 투지로 일생을 중국혁명에 바치였다。

그는 위대한 천재였으며 그는 타협을 모르는 강철같은 혁명가의 성격이였다。

모택동주석은 일찍 『신민주주의론』에서 로신선생에게 언급하여 이렇게 말하

였다。

「로신은 중국 문화혁명의 장수다。

그는 다만 위대한 문학가일뿐 아니라 위대한 사상가이며 위대한 혁명가였다。

로신의 기골은 가장 굳었다。 그는 조금도 굴복 아첨의 빛을 보이지 않았다。

이것은 식민지 반식민지 인민의 가장 고귀한 성격이다。 로신은 문화전선에서

전민족 다대수를 대표하여 적을 향하여 돌격쇄진한 가장 정확하고 가장 견결하

고 가장 충실하고 가장 열성적인 전고 미증유의 영웅이다。 로신의 방향은

중화민족 신문화의 방향이다」

선생이 거사시던 집은 큰 길에서 차를 내려 적선으로 좁은 세멘트골목을 四、

五〇메ー터쯤 들어가면 여러살림들이 세들이사는 긴 三층벽돌집이였다。 거기

의 채에 주은래총리의 글씨로 「로신기념관」이란 현판이 붙었다。 二층에 올라가면

선생이 집필하시던 책상과 간소한 등 의자가 그대로 놓였고 선생이 서거하신

날자 그대로의 『민국 二十五년 十월十九일』 일력이 선생이 운명하신 침대 맞은편

에 걸려있었다.」

책상 위에는 몇가지 문방구도 놓여있는데 벼루옆에 세자루 모필이 저것이

위대한 로신선생의 무기였으나 싫어 다시금 눈을 돌려 더듬게 하였다.

三층에는 그분의 동지였으며 막역한 친구이던 혁명가 구추백을 숨겨두던 밤

이 있고 구추백이 원쑤들에게 잡혀 희생된 후에도 다시 올 사람의 것처럼 그

냥 두고 있던 유물들이 의복상자서껀 그냥 놓여있었다. 이 三층에서 이웃집으로

통하여 있는데 그쪽 제三한채가 진렬실로 되어있었다. 각국어로 번역된 『로신전집』

혹은 『로신선집』들과 선생이 주간하며 혹은 기고하던 출판물들과 선생의 번역

원고들까지 진렬되었고 선생의 의복과 신변소지품들이 보관되여 선생의 질소하

였던 생활과 엄격하면서도 자상하였던 풋모를 엿볼수 있었다.

×

×

×

상해애는 마침 두가지 큰전람회가 있어 긴 시민들의 인기를 끌고 있었다.

나는 『토지개혁 전람회』요 하나는 『혼인법 선전실』인데 두가지가 한장소에 열려있

였다. 이 회장으로 된곳은 영국놈들이 경마장을 만들어 중국사람의 푼돈까지

어가는것을 보고 불란서놈들은 개 경구장을 차려놓고 중국사람의 잔돈을 털어가

던 「경구장」이였던 곳이라 한다.

토지개혁 전람회는 세단계로 조직되여 있었다. 첫째로 봉건죄악을 보이는 부문으로 지주의 착취상과 농민의 고통과 토지개혁의 정의성과 필요성을 보여주었고 둘째는 토지개혁실천을 보이는 부분으로 공산당과 정부의 지도밑에 인민들이 어떻게 질서있게 진행하였는가를 보여주었고 세째는 새 농촌의 새 기상을 보이는 부문으로 농민의 정치의식제고와 정치 경제 문화면에서 현저한 진보와 새 중국의 광명한 앞길을 보여주었다.

서면 지주의 궁궐처럼 구미고 살던 방 모양과 가구들이 그대로 진렬되고 어떤 지주의 아편빨던 침대와 도구며 농민들에게 사사형벌을 감행하던 곤장 채적 밧줄 도끼 식칼등의 형구와 농민폭동을 장개석반동 정권과 협력하여 란압하던 지주들의 권총과 장총과 기관총까지 나와있었다.

중국은 땅이 넓다. 그러나 땅이 좋은 곳에는 그만치 인구가 많다. 소남구의 일례를 보면 농촌인구 一、○二九만명에 경작토지는 二、五六八묘 (一묘 약 二천평) 로서 매인당 二묘반정도였다. 그리고 성분으로는 백분지三이 지주계급이였다고 한다.

강령현 룡천향의 방양화타는 지주는 하래비가 四품관을 지내여 농민의 토지

를 강제로 긁어모아 十만묘이상을 소유었었는데 이자의 소작인명부를 정리한

카ー드상자는 웬만한 도서관 도서카ー드상자 같았다. 어떤 지주는 자기땅과 소작

인촌을 지도로 표시해두고 마치 왕이 자기 령지를 관리하듯하면서 소작인들을

백성처럼 다스렸다. 장문건이란 지주의 집에서는 곡식 되는 나무로짠 두

가지가 나왔는데 열른보면 비슷하나 하나는 스무되가 들고 하나는 스물다섯되

가 드는 것으로 자기가 받아들일때는 스물다섯되짜리 말을 사용 하였다, 율향

현이란 곳의 진호라는 지주는 신四군이 후퇴한 시기에 특무돌격대장이 되여 농

던 一백二〇명을 살해하였고 그 명단을 장개석정권에 등사로 쩍어 바친 것이

나와 있는데 살해한 리유는 모두 「완강」으로 기입되여 있었다. 한 지주놈은 흉

년이 들어 제가 기르는 개를 먹일 것이없어 소작인을 대밭으로 데리고 들어가

쇠스랑으로 때려죽이고 가마에 삶아 개를 먹이였는데 그 쇠스랑과 가마와 식칼

들이 진렬되여있고 강음현 호경조라는 지주의 집에서는 장총과 권총이 열두자

루가 나와 있었다.

지주들은 장개석의 경찰뿐 아니라 반동군벌들을 끼고 농민을 탄압하는데 가

담한 여러가지 증거품이 나와있었다. 지주 종백석이란 자는 생선뼈로 만든 진

귀한 단장을 금으로 장식하여 군벌 백숭히에게 선사하였던 것도 진렬되여 있

었다.

농사꾼 머리위엔
칼이 두자루
비싼 변리와
무거운 도지
농사꾼 눈앞엔
길이 세갈래
붓다리 싸는길
목 매다는건
감옥에 가는걸

이것는 소남지방 민요라한당 호화로운 지주들의 화류의자와 비단자리앞에 농민들의 집고 덧기워 본바탕은 볼수없이된 누더기옷이 진렬되었는데 웃저고리 하나를 대를 물려 五五년간 입은것과 六○년간 입은것이 있었다. 지주에게 변리 비싼 빚을 갚을길이 없어 열한살난 딸을 스무살까지 은 열두량에 판 증서도 있고 부부 두몸이 살림을 떠업고 은 일곱량에 지주에게 팔린 증서도 있었다. 섬위용이란 청년은 지주의 아들인데 자기의 아버지이지 는 농민들에 대한

잔인무도성을 보고 견딜수없어 자기 아버지의 죄악을 폭로공개하여 토지개혁의 필요를 주장한 글도 있었다.

토지개혁을 앞두고 선전공작 프시와 인구조사 계급성분 획분등의 기초사업이 진행되는 정형을 사진으로 설명으로 표시했는데 성분 획분은 지주 부농 중농 빈농 고농등 다섯가지며 지주들이 황급히 소유토지를 명의분산시키며 간부들을 매수하고 농민들을 위협한 실례들도 나타나 있었다.

악덕지주들에 대한 농민들의 공소로써 군중앞에서의 재판을 하는데 대가리가 숙어진 지주와 계급적 복수에 불타는 농민들의 새 인간으로서의 면모가 약동하는 사진이 많았다. 지주토지의 몰수 토지와 농구와 가축 농량 가옥등의 분배하는 사진 중앙정부원으로부터 황념배구총리가 소님시방 토지개혁후의 농촌을 방문하는 사진까지 볼수있었다.

장구한 몇천년동안 농민들은 사람으로 살지못하였다. 그들에게 생활이란없고 생존도 유지되지 못하였다. 피땀흘려 농사지으면 지어놓은 곡식은 지주가 가져가고 관리가 가져가고 자본가가 가져가고 도리여 그놈들에게 변리비싼 도지와 빚으로 연명하다가 나중에는 처 자식을 팔고 저자신까지 팔았다. 토지개혁은 중국에서나 어데서나 농민들의 생당의 개혁이었다. 농민들이 주인

의 대부분인 나라들에서는 토지개혁이 국가개혁의 근본이였다.

토지개혁한 농촌들에서는 개인으로 훌륭한 간부에 변신된 인물들과 물질적으로

문화적으로 급격히 향상된 새 생활 광경들이 전개되였다. 일생을 장가들지 못할번

하다가 장가든 늙은 신랑의 기쁨이 있는가하면 딸이 돌아와 학교에

다니는 즐거움… 문맹에서 눈을뜨는 기쁨 농촌구락부를 통하여 받은 세계소

식과 정치학습 이 행복된 현실과 조국을 지키기위하여 더 앞으로 발전

시키기 위하여 당과 령도자 주위에 단결하며 민병단을 조직하며 자제들을 해방군과

조선지원군에 보내여 애국공약을 체결하고 증산과 애국헌금에 궐기한 씩씩한

새중국 농촌의 기상이 전람회의 대단원으로 되여있었다.

토지개혁전람회를 보고나니 몹시 피로하여 혼인법 선전실은 대강들 보게되였다.

남녀평등 원칙에서 새혼인법이 나왔고 이 법령에 의하여 억울한 결혼과 불합

리한 결혼은 이왕 살아오던 부부간에도 과거결혼을 무효로하고 인습과 강제로

부터 해방될수 있었다.

아닌게 아니라 상해신문들에는 새혼인 광고와 아울러 리혼광고가 많이 나고

있었다. "우리 두사람의 결혼은 본인들의 의사로된것이 아니였기 때문에 본인들

의 의견합치로 리혼한다"는 광고들이 많았다.

민주주의 원칙에서의 새혼인법은 一九五〇년 五월一일에 발포되셨는데 상해민

주부련에서 四九년 八월부터 五一년 六월까지 불행한 결혼생활을 조사하여 옳

게 해결하도록 알선해온바 취급된 건수가 二、三四九건에 달하였고 그 내역은

다음과 같았다。

남편이나 시부모의 강제혼인이 九九건、밀며누리 七〇건、혼인을 빙자하고 돈

먹은것 四〇건、남의 간섭으로 혼인한것 三〇건、강제매음 一五건、과부재가에

간섭한것 一四건、기타 동거관계와 부부간 재산관계의 충돌이 四〇〇건이당이

부련에서 조사한 재료에 의하면 현재 상해의 결혼생활은 강제결혼이 五二퍼센

트、자유결혼이 三六퍼센트、동거가 一二퍼센트라 하였다。

이 새 혼인법실시를 계기로 봉건사상의 잔재와의 투쟁이 구체적 실례를 가

지고 광범히 전개되고 있었다。

『대중일보』 十월二十八일부에는 『잔존한 봉건주의 사상을 철저히 숙청하자!』

라는 제목이 있어 읽어본즉 한 리혼사건을 잘못 판결한 어느 인민법원장을

비판하는 평론이였다。

잔모라는 사람은 부농이며 군인가족인데 자식이 없어 일찍 호씨라는 녀자를

첩으로 얻어 八년전에 딸 하나를 낳았다。 호씨는 최근에 안해없는 딴 남자를

사랑하여 달아났다. 진모가 달아난 호씨를 찾아내였으나 더 첩노릇을 하지않겠다고 더혼을 신청하였다. 당지 인민법원장은 리혼을 시키였으나 호씨가 딴 남자와 사랑한것을 나쁜행동으로 말하였고 호씨가 딸을 데리고 가고 싶어했으나 자고로 처첩을 두는것은 자석을 보기 위함이라 하고 딸은 아비 진모에게 주는 판결을 내렸다. 그리고 진모가 부농이지만 군인가족임을 구실로 더 동정하였다는것이다.

이 판결을 분개하여 비평한 사람도 산동성 어느 인민법원 분원장인데 호씨의 딸은 호씨에게 주어야할 뿐아니라 진모는 그 딸의 교육비도 부담해야 하며 호씨와같이 산 동안 치부한 재산도 호씨에게 반분해 주어야한다고 주장하였고 이런 옳지못한 판결은 봉건주의 잔재의 위험한 독소에서 나온것이라고 준렬히 비판한 것이였다.

× ×

나는 상해에 있는 엿새동안 이외에도 손문선생 사시던 집과 복단대학과 전구공장 기계제작공장 염직물공장등은 구경하였고 「중국인민보위 세계화평 반대미국침략뉘원회」화동지구 분회를 방문하였으며 륙군대학 병원에 가서 조선전선에서 부상하여 치료중인 지원군 상원들도 위문하였다.

손문선생 사시던집은 정원 아늑한 二층 양옥인데 많은 장서들과 고급가구들

이 그대로 보관되여 있었다。

공장들에서 여러 모범로동자들과 만났는데 그들의 미제에대한 증오심은 특별

하였다。상해에는 四만여명의 제국주의국가 백인들이 살고있었는데 그들의 교만

한 인종차별과 그들이 남의 피땀으로 호이호식하는 꼴과 그들 조계경찰들에게

로동자들이 시위와 파업에서 반년 야만적 탄압은 생각만해도 이가 갈린다고 하

였다。그런데 오늘 또다시 조선과 중국을 식민지화하려 조선에 침략하고있는 것

은 세지 모든 인민의 분노를삼뿐아니라 우리상해 로동자들에게는 견딜수없는

격분과 복수심을 일으키는 것이라 하였다。

북단대학은 「신상해」타고하여 동북측으로 계획도시도써 발전하는 시외에 있었다。

一九○五년에 창전으로 반제투쟁에 공헌많은 대학이라한다。

一九四七년에는 선진학생 四○명이 반동경찰과 대항하여 一주야간 룡성투쟁한

회의실이 있으며 해방적전에는 학생과 직원 八○여명이 검거되며 폐교되는 운

명에 빠지였으나가 해방되었다고 한다。

나는 체코의 푸취크부인과함께 이 대학을 방문하여 중국청년들의 조선전선에서

흘리는 피를 감사하였고 조선대학생들의 개전이후 직접 총을들고 혹은 정치

문화공작으로 최전선에서 헌신적으로 투쟁한 사실들을 소개하였다.

한 학생은 나에게 이렇게 말하였다.

「평양에 갔던 우리 문공단원에게 들었습니다. 미국놈들 폭격으로 파괴된 김일성대학 현판 기둥들에는 「나를 만나려거든 전선으로 오라!」는 락서들이 많은 것을 보았다고합니다. 얼마나 우리피를 끓게 하는 사실입니까! 오늘 우리는 학창에 있으나 언제든지 그들의 뒤를 따라 뛰여나갈 준비가 되여 있습니다.」

×　　×　　×

평화옹호 화동분회는 화동지구 六성을 포괄하여 一억四천만 주민의 평화투쟁과 항미원소운동을 장악하고 있었다. 로동자와 학생중심으로 이지구에서 一七만명이 군사간부학교에 갔고 조선원조에 六백七○억원이 헌납되었으며 비행기 八九七대가 목표인데 예정보다 속히 달성되여 간다고하였다. 종교계에서도 「자치、자양、자존」의 三자운동이 일어나 외국자본과 손을 끊었고 상해에서만 조선에 의료 공작대가 두차례에 五四九명이 출동하였는데 그중에는 종교신자도 많았고 六十八세의 늙은 의사도 자원하여 나갔었다 한다.

군의대학 부속병원은 북단대학처럼 신상해의 한적한 환경에 있었다. 이병원으로 나가는길에 나는 잠간 여기가 조선인듯한 착각을 느꼈다. 라디오에서 조선

민요「도라지타령」이 멋지게 울려나오고 있었기 때문이다。

군의대학 병원장 팽극박사는 나의 방문에 대하여「이겼는 조선인민들이 면후

방에서 미력을 바치는 우리사업에까지 깊은 관심을 돌리는 표라」하여 뜨거운

우의로 맞아주었다。자기들은 전선으로부터 오는 상원들을 통하여 조선인민군대

와 조선인민들의 영웅적 투쟁사실들을 듣고 그것으로 자기사업들에 크게 고무

되며 다시 중국인민들에게 널리 전파하는것을 영광으로 삼는다 하였다。

치료중에있는 지원군들은 대개 기브스붕대로 움직이지못하는 환자가 많았다。

그들은 손으로보다 눈으로 나와 악수하듯 눈들이 불꽃에 타고 어떤 눈들에는

이슬이 맺치고 말았다。

그들은 부상항여 싸움을 쉬고 있는것을 도리여 미안하다고 하였다。한상원은

허리를 뜯고 이렇게 웨치었다。

「나는 조선에서 조선 형제들에게 받는 사랑을 잊을수 없습니다! 아마 우리

침네마다에서

「그렇습니다!」소리가 일어났다。

「동지들! 우리가 병원에와서 우리 고향집을 생각한적이 있습니까?」

다시 침대들에서

『없습니다!』소리도 폭발하였다

『우리는 어서 나아 조선으로 가겠습니다! 어서 가서 마저 싸우겠습니다!

조선형제들도 이 해방된 중국처럼 평화스러운 환경에서 살수 있는 날까지 우리는

싸울것입니다!』나는 이들에게서 군인이란 일반적 관념을 잊었다. 이들은 하나

하나 혁명투사의 기개들이다! 그렇다! 저 위대한 쏘베트 붉은군대가 그렇듯

오늘 조선인민군대도 중국인민해방군대도 중국인민지원군대도 하나하나 혁명투사

들인것이다! 혁명투사들의 소대요 혁명투사들의 중대、대대며 영광스러운 혁명

투사들의 려대요 사난이요 군단인것이다!

×　　×　　×

十七일 정오에 상해를 떠나는 우리를 위해 상해시장 번한년선생은 황포강에

배를떠여 성대한 송별연회를 열어주었다.

제국주의 국가들의 침략무기와 침략상품을 실어오고 고귀한 원료를 강탈해가

던 미국、영국、일본배들도 부두의 쟁탈전이 나던 황포강에 오늘은 평화승객들

과 평화상품의 수송으로 새 활기를 띠고 있었다. 모든 나라대표들이 번한년 시장

에게 자유상해의 발전과 민주주의적 새 국제발전을 위하여 축배를 들었다.

나는 이날 상해 어느 신문에서 상해철도 관리국은 지난 량년간에 四천여명의 로동자를 간부로 등용하였다고 보도한 기사를 읽었다。이것은 철도에서만 국한된 사설이 아닐것이다。모든 부면에 있어 전날 상해장들에서 피흘리고 넘어지던 로동자들이 제일선 간부로 자라나 그 억센 주먹으로 모든 중요기구를 틀어쥘것이다。

장개석놈은 대만으로 달아날때 중국공산당은 농촌에는 익숙하나 도시경리에는 어두어 대도시 상해의 유지를 감당하지 못할것이라 장담 하였다한다。물론 중화인민공화국은 그전 상해를 그대로 유지하는 재주는 없었다。백만명의 실업자를 만들줄은 모른다。이놈 저놈에게 조계를 떼여줄줄은 모른다。맨음과 강도와 살인과 미국 짜쓰문화의 뒷꿀폭을 만드는데는 국민당을 당할 도리가 없는 것이다。

八、 항 주

상해에서 오후 세시차를 탔는데 그 일곱시에 항주에 닿았다。항미원조 항주분유개국주석을 비롯하여 각계인사들과 소년단의 환영을 받으며 바로 서호

호반에 있는 교제처로 들어갔다.

항주는 정거장에 내릴때부터 향기가 코를 찔렀다. 소년단에게서 받은 꽃뭉을

에 조이삭처럼 누르고 잔 꽃의 이삭이 있는데 흡사 란초와 같은 진하면서도

맑은 향기를 뿜었다. 이 꽃뭉음은 자기 방 마다에두고 나왔는데 이 교제처 식당

마당에서도 맑은 향기가 떠돈다. 등의자에들 앉아 향기의 출처를 찾는데 동구

타파녀성 한분이 알았노라고 손벽을 쳤다. 우리들이 앉은 등의자를 없은 앙당

한 활엽수의 고목인데 대추꽃처럼 누르고 적은 꽃이 밤눈에는 보이지 않을정

도로 피여있는 것이었다. 이것이 「계수」 나무로서 一년에 세차례 꽃이피여 이른

봄부터 늦은 가을까지 항상 향기를 지니고 있다한다.

이날은 음력으로 九월 열이레 저녁이라 달이 우리일행을 기다렸던것처럼 알맞

추 떠 올랐다. 식당뒷문에 대여있는 十여척배에 나누어 올라 우리는 항주서호의

배들은 크기와 모양이 일매지다. 나직한 테불을 한가운데 놓고 두사람씩이면

풀룬이 기대앉을 걸상이 단주있고 그 뒤에는 사공이 앉으면 그만일 홀쭉한

백당. 삿대도 아니요 노도아니요 큰 밥주걱 같은것으로 물을 떠미는데 빠르다. 돛

대는 없고 낮에는 채일을 철 되나무 용마루가 걸이로 없혀있었다. 사공은 돼

부분이 녀자들이다.

해동무도 항주는 처음이라하며 긴장하여 사공에게 여러가지를 묻는데 말이 잘 통하지 못하는듯하다. 해동무는 북경말이라 상해에서부터 중간통역이 없이는 자주 말이 막히였다. 중국전체에서 가장 널리 알아듣는듯한 「고맙다」는 말이 동북에서는 「씨에씨에」 상해에서는 「쌰쌰」이 항주에서는 「찌찌」라한다. 북경과 상해만하여도 못 알아듣는말이 거의 전부라 한다. 이것도 의무교육이 실시되는 새중국에서는 머지않아 해소될 낡은 면모의 하나다.

한참 저어 나오니 물과 달 뿐이다. 멀리 거리의 등불들이 호숫가를 구슬 뚜뜨듯하였고 등불 성긴쪽으로는 부드러운 선의 산봉오리들이 병풍처럼 들리였다. 땅은 보이지 않는데 정자는 물에 뜬듯 솟아나온다. 서호에서 달이 가장 크게 보인다는 「평호추월」이란 정자다.

배마다 술과 차가 따루어진다. 소흥술과 룡정차는 항주의 명물인데 달조차 가을물에 밝아 서호十경의 하나인 「평호추월」을 기약없이 만나게 되였다.

그러나 조선서 온 나에게 있어 달은 어떻게 밝기만하랴! 피 비린내와 화약연기에 젖은 조국의 산하를 역시 저달이 비최고 있을것 아닌가!

서호에는 우리 일행외에도 많은 달구경배들이 떠 있었다. 대개 휴양온 로동자들이라 한다. 「하늘에는 옥경이요 다에는 항주라」하여 특권계급이 독차지하여오던 서호풍경도 오늘은 근로인민의 락원으로 해방된것이다.

벗머리를 돌려 다시 얼마 저어가니 이번에도 땅은 보이지 않는데 버들이 물에 닿아 늘어졌다.

「선현사」라는 절이 있는 섬으로 이 섬앞에는 물가운데 세 석등이 三각점을 이루어 서 있다. 八월추석날 저녁이면 이 석등들속에 축불을켜고 붉은 종이로 발라 물위에 달아닌 달이 하늘의 달과 어울려 비취는것을 완상한다는 것이다. 이것이 서호를 말할때 으례 나오는 「三담인월」이다.

거기서 얼마 더 올라가면 역시 버들이 물에 잠긴 긴축동이 나온다. 송나라때 문장소동파가 이곳 태수로 와서 쌓았다하여 「소제」라고 일컬으는 축동인데 호수의 메워진 흙을 파올려 호수가운데 남북으로 통하는 큰 길을 만든것이당이 표리기장의 소처에는 배가 통할수있는 여섯 다리가 있고 소제 저쪽을 「이흔」(속호수)라 하며 이 소제에는 버들과 꽃나무를 많이 섬어 특히 봄철의 이른아침 경치를 「소제춘효」라 하여 서호十경의 하나로 이므는 것이다.

× × ×

서호는 달이 아니라 햇볕에 보아도 아름다웠당° 서호의 위치는 항주의 서편이기도 하당° 그러나 서호란 이름은 옛날 이곳 미인 「서시」가 이 호숫가에서 나타난데서 유래한 이름이라하니 이를테면 「서호」란 곳 「서시호수」당° 이름 그대로 미인호수다! 어떼 호수나 바다에 비겨 호수는 녀성적인데 이 서호는 초수중에 호수라할가 손을 잠그어 쓰다듬고 싶은 호수당° 맑은 물이나 온실처럼 따스해보이고 파히 깊은데도 바닥이 드러난데도 없당° 련꽃밭 아니면 버들숲이요 정자 아니면 돌다리당° 오랜 세월을두고 끊임없이 인공으로 가꾸어진 서호다°

항주는 북쪽에 있던 송나라가 「금」나라 침략군대에게 수도를 빼앗기고 멀리 남하하여 도성을 삼았던 옛도읍지당° 성문과 궁궐들은 여려번 병화에 다 없어졌으나 산천과 특권계급의 유람지를 따르는 종교의 사모들은 그냥 번창하여 이 항주에는 해방직전까지 불교사찰만 三八三개소가 있었고 一천二백여명의 중려가 있었다한당° 그외에 도교가 있고 많은 도사들이 있었으며 상인들도 온전한 상업보다 유람객을 상대로한 투기업자가 많았다한당° 「봄한철에 돈을 잡고 가을 벌써 과년한단」는 말이있어 봄철마다 소위 「진향」하러 절에오는 유람객과 가을에 「관조」라하여 전당강의 조수구경 오는 사람들에게 한몫보아 그래그래름

늘고 살아온 것이다.

그러나 해방된 오늘의 항주에는 그런 기생충의 생활이 존재할수없다。두 기생인은 물론 승려와 도사들까지도 그 침침한 축문과 만수향 연기속에서 굶을 깨지 않을수없게 되였으니 봄 가을로 축문과 만수향을 날리으던 미신승려의 관료대와 지주와 제국주의의 앞잡이들이 그림자를 감출것이다.

장개석 국민당관료들은 여기저기 별장을두고 서호를 독점했으나 단서호 서호풍치의 퇴락과 고적들의 파손에는 아무 버려도 하지않았다。해방후 항주시의 조사에 의하면 고건물과 풍경의 파손이 백분지 四十九로서 서호十경이니 전당八경이너가 말만 있고 찾아볼수없는것이 많다한다。우리는 유명한 령은사란 절을 가보았는데 대웅전이 무너졌고 전당강 언덕에 솟은 「六화탑」도 파손된데가 많았당 이리하여 새 인민항주에서는 서호풍경건설 五개년계획을 세우고 벌써 「방학점 뒤에 이름만 있고 나무는 없던 「매화림」에 매화 三만주를 심는 것을 비롯하여 령은사 대웅전도 중수에 착수하고 있었다.

× × ×

우리는 항주에 온 이름날 상해총공회의 휴양소를 방문하였다。배를타고 서호를 전역, 옛시인 백락천과 유서있는 「백제」를 금뎨고 밑으로 빠져 물보다도 밝은

연잎위를 미끄러지는 「이서호」를 건너 그 호반에 높이 솟은 二층별장을 찾았다.

흰담벽에 무성한 나무그림자가 그림처럼 영사되는 후원에서 우리는 많은 남녀 모범로동자들을 만났다. 그들은 우리에게 포도와 배와 사과를 대접하는데 사과에는 「항미」와 「원조」라는 글자들이 물들어 있었다. 사과가 익기전에 무슨 약품으로 써놓으면 그자리는 붉어지지 않기때문에 사과거풀에 「항미」니 「원조」니 쓴 글자들이 붉은 바탕에 푸르게 혹은 푸른바탕이 붉게 쩍혀진 것이다. 구라파손님들은 이 「항미원조 사과」를 기념으로 하나씩 싸넣었다.

나와 한테불에 앉은 로동자는 상해고무 공장에서 온 「서기복」이란 남자 모범로동자였다. 그는 수줍으면서도 정열에찬 어조로 말하였다.

「나는 무석에서 났습니다. 항주서 가까운 곳이나 항주가 좋다는 말만 들었지 그전에야 무슨수에 구경을 생각이나 먹습니까? 밤낮 일해두 천대받구 거지처럼 먹구 거지처럼 입구 짐승우리 같은데서 살았지요. 나는 이번 항주구경을 하면서 압박받던 우리계급이 일어나 앞줄에 서 나간다는 긍지를 절실히 깨달았습니다, 이번에 돌아가선 생산제고에 더욱 분투하여 이런 조국과 이런 세계를 위해 헌신할 작정입니다. 나는 오늘 특히 조선대표와 만난것을 기념으로 우리 부리가다가 이미 전취한 기록을 다시 돌파할것을 약속합니다.」

이 서기복 로동자는 바로 우리 조선전선에 보낼 방한화 二五만족을 계획보

다 二일간을 다겨 十八일에 완수한 모범부리가다의 책임자였던 것이다.

항주도 가을날씨가 날마다 청명하였다.

× × ×

서호색서 바라보면 항주성서쪽 일면만 트이고 다른 삼면은 산으로 둘리었는데

최고 四七一메—터의 백운봉에서부터 최하 一三메—터의 보석산까지 一三의 무슨산

무슨봉들이 솟아있다. 그 봉오리와 협곡마다 고적과 명승이 있고 어느돌 어느 한

나무에 유서없는것이 없는듯 하다. 길가에 무섭한 무덤들도 유섭히 들여다보니

전당명기 "소소소"와 소흥 의기 (義妓) 의 무덤이요 송나라 일대협객 무송의

무덤도 있다.

희고 붉은 부용화가 푸른 버들사이에 란만한 "소제" 는 종일이라도 거닐고 싶

었다.

이런 "소제" 를 건너서면 "악묘" 라하여 송나라 애국자 악비의 무덤과 그 사

당이 있었다. 악비를 모해한 간신 진회의 부부를 무쇠로 만들어 악비 무덤앞에

꿇어앉힌 것이 있는데 모든 사람들이 진회부부 상판에 침을 배알았다. 돌을 던지는

사람도 있다. 어떤 시인은 이것을 보고 여기서 이렇게 을펐다.

청산유행매충골
백철무고주녕신

「청산은 다행하여 충신의 뼈를 묻었는데 무쇠는 무슨 죄로 간신의 허울을 쌌단말가」 이런 뜻이다。 중국에는 절에 부처만 만들어 앉친것이 아니라 모든데 그 주인공의 형체를 만들어 앉치였다。 옥황산에 올라가보니 거기는 도교의 사묘들이 있는데 로자와 그 제자들의 우상이 있으며 이 악비묘에도 악비를 비롯하여 그 부모 처자들까지 거대한 형상을 만들어 앉치였다。 신비화하고 미신화한 결점이 있는 반면에 어느정도 현대 동상의 역할을 놀아 군중들에게 적극성있는 선전력을 가졌던것은 사실이라 하겠다。

이날이 바루 十月十九일、 로신선생서거 十五주년 제일이였다。 선생의 고향 「소흥」이 여기서 가까운 도시나 가지못하는 우리 일행은 항주에서 절강성 문련 주최의 기념야회에 참석하였다。

서호에서 가장 큰 섬으로 박물관도 있고 도서관도 있는 「고산」에、 중앙미술학원 분원이 있는데 그 대례당에서 열리였다。 절강 문련의 작가 예술가들과 항주 각계 문화인들과 절강대학을 비롯한 네 대학 학생들로 립추의 여지가 없었다。

무대에는 로신선생 초상이 걸리고 좌우에는 로신선생이 배신하는 자들에게와 인민에게 더하는 자기태도를 선명히 구별하여 표시한 七언시 『행미랭대천부지 부수감위유자우』가 한줄씩 크게 씨워있었다。 一천놈이 손가락질하여도 그것은 눈흘겨 랭대할뿐 인민에게는 만만하기 소처럼 머리를 숙이리란 뜻이다。

결강성 문련 진수천 부주석으로부터 선생의 문화혁명의 위인으로서 작품과 행적을 들어 보고하였고 『절강일보』 진빙사장으로부터 근로대중의 문화욕구가 광대해진 새 정세를 들어 작가예술가들의 문화전사로서의 막중한 임두를 말하였고 맑쓰—레닌주의에 깊이 들어가며 비판과 자아비판을 더욱 활발히 전개하여 로신선생이 가므킨 혁명적 방향으로 투쟁할것을 호소하였다。

기념연에로 두가지 연극이 있었다。 하나는 월나라월짜 『월극』이라 하는데 현대내용을 노래로하는 가극이였다。새 농촌의 젊은부부가 저녁마다 남편은 남편내로 안해는 안해대로 저마금 야학에 가겠다는데서 일어나는 행복된 싸움의 희극이요 하나는 고전가극인데 중국의 『로미오와 줄리엘』으로치는 『량축애사』였다。

축영대라는 처녀와 량산백이란 청년은 어렸을때 한 글방에서 공부하였는데 량산백은 축영대가 녀자인줄 몰랐다 그러나 가장 친한 사이여서 량산백은 만일 녀와 같이 생긴 녀자가 있다면 나는 장가들고 싶다 하였고 축영대 역시 자

기가 사실은 녀자라고 밝이기는 부끄러우나 자기도 량산백을 사랑하기때문에 대답하기를 자기집에는 자기와 꼭 갈제 생긴 누이가 있으니 이담에 그여히 찾아오라 하였당 그 뒤 헤여저 축영대는 과년한 처녀가 되도록 기다렸으나 량산백은 소식이없다가 그만 축영대가 아버지의 엄명으로 어떤 부자남자와 정혼한 뒤에야 나타났당 나타나서 만나보니 축영대는 누이가 있는것이아니라 그 자신이 녀자였고 녀자라도 꽃처럼 피여 어렸을때 곱던 몇배 아름다운 처녀인것이당 결국 결혼에 자유가없던 시대라 량산백은 피를 토하고 죽고 축영대는 량산백의 무덤에 가 그 비석에 몸을쫗아 같이죽었당 축영대의 시체를 량산백 무덤에 합장하니 뒷날 그 무덤에서 한쌍의 나비가 나와 날아갔다는 이야기당

이날 무대에서는 축영대의 집에서 량산백과 만나서의 서로 애달퍼하는 장면을 보이는데 여기서는 현데 배우들이여서 남자녀역이 아니라 량산백까지도 젊은 녀배우가 하였당 항주문공단 배우들인데 훌륭한 기술을 보여주었당

× × ×

항주는 아름다운 경치와함께 아름다운 비단이 유명하당 옛날에는 「五항」이라 일러 항주부채、항주실、항주분、항주담배、항주가새가 특산이였는데 시대따라 이것도 변하여 오늘 항주에는 비단이 유명하고 차가 유명하당

우리는 비단공장을 구경하였다。룡과 봉황과 매란국죽과 기명절지 등 중국고전 문양을 넣어 다채현란한 비단을 짜는데 전부 남자직공들이며 해방전에는 미국자본가들이 독점적으로 가져가기 때문에 중국사람은 얻어보기 어려웠다 한다。지금은 쏘련과·동구라파 여러나라로 나가며 각지 국영백화점들에서 팔고있었다。이 비단공장에서는 맑쓰、엥겔쓰、레닌、쓰딸린의 초상들도 사진처럼 비단으로 짜내고 있었다。

항주! 항주는 아름답다! 인민의 항주는 자꾸 아름다워질 것이다!

九、남 경

十월 二十一일 아침 우리는 항주를 떠나 남경으로 향하였다。기차는 절강평야의 끝없는 논벌을 달리면서 가끔 밭들도 보여주었다。조밭이 더러 있는데 대마와 어저귀따위 섬유식물이 흔하다。

여기서들은 대마나 어저귀를 낫으로 베지않고 뿌리채 뽑았다。뽑은 어저귀물 한사람이 한모습 밑둥으로 집어늘딘 마주선 사람은 큰 나무가새로 중둥을 적어 읿을 훓었고 그것을 아낙네들은 그자리에서 생으로 꺼풀을 벗기였다。

조선서는 삼이나 어저귀를 으레 낫으로 반당 그러므로 아무리 바루 빈다하여도

섬유의 손실이 많고 그 뿌리에 삼버레가 뚤어있는채 밤에 남게된다.

조선땅은 차진때문일까 뿌리채 뽑으려면 봅서 힘든당

차는 다시 상해를들러 남경가는 특급에 련결시키였당 이날 오찬회

는 렬차식당에서 열리는데 주인측은 첫 축배를 들기위하여 이날의 상해신문인

『해방일보』를 펼쳐들었당 『미제 침략자들의 상서롭지못한 첫조』라는 제목에

서 『지난겨울에서 봄까지는 놈들의 매일 손실이 평균 九○○명이였는데 최근에

와서는 매일평균 五、六○○명의 손실이라』는 기사를 읽고 이놈들의 급속한

멸망과 영웅적 조선인민구대와 중국인민지원군대의 전투를 위하여 축배를 들자하

였당 모두가 들었던 잔을놓고 박수와 환호부터 올리고 잔들을 마시였당

이날 식탁에는 새로 보는 포도주병이 놓여있었당 그 렛텔에는 『전개 애국샘

산운동, 항미원소 보가위국、견결진압 반혁명 활동、반대 미제 무장일본』 통의 구

호와함께 『론담 애국영웅!』이란 문구도 찍혀있었당 무릇 어떤 상품의 렛텔

이던 포장지던 작년 十월이래 인쇄된것에는 『항미원조』 녀자가 없는것이 별로

없당

× × ×

남경 역시 정거장에서 부터 뜨거운 영접을 받았다. 남경 교제처는 장개석 도당이 미영 상결들에게 매국 써-비스를하던 소위 「국제구락부」자리로서 아래층-전부 추추기 좋게 만들어져있고 가구들도 상당히 호화로웠다. 이런 「국제구락부」자리를보고 남경시가를 내다보면 전혀 다른 지방처럼 소조하였다.

석은 이 남경을 二十여년간이나 수표로 삼았고 하고 여러가지 명목의 세금을 받았으되 중국역사 있어온후 가장 장개 서도 남경에 전차하나 놓지않았다. 남경 시가는 상당히 넓다. 도시성으로는 중국에서 제일긴 六十리기장의 성이둘린 시가 요 더구나 더운남방 도시라 인민들은 걸어다니기에 지쳐 볼일을 볼수없었다 하며 걸바닥도 어느 왕조때 자갈돌로 깐 그대로 있다가 이 교제처앞 큰길도 해방후 새로 포장된 것이 탓한다.

남경은 중화대륙의 가장 자애로운 꽃춘인 양자강기슭에 앉았을뿐 아니라 산용수려한 자금산과 현무호를 가져 댓적부터 이 도시를 양강남가려지 라 일리왔다 이 강남의 가려한 땅은 멀리 웃나라의 수도였으며 나라의 발상지였으며 백년전 중국에서 첫 반계 발항권, 농민혁동이 있었던 태평천국의 수령 홍수전이 천왕부를 두었던 곳이며 신 봉당의 주 손중산 선생이 취임하였던 곳이며 최근 二十여년간은 장개적의 반동정치 총심지였던 곳이다.

매국과 내란을 일삼던 장개석 국민당의 수도라 소비면에만 발달되였고 생산면에 보잘것 없을것은 정한 리치로서 二백만 시민을가진 남경시는 마치 성분나뿐 사람처럼 다시 사는걸은 철저한 자기 개변에서부터 시작되여야 했다. 시 인민정부와 중공 시당부의 지도하에 주변농촌에서 생산되는 면화 잠사 쌀 밀 락화생 약재등을 원료로 제분 제약공장을 세우며 옛날 남경의 명산이던 「운금」이란 비단의·재생을 비롯한 직조공장을 건설하는 것이였다.

남경은 비생산 도시로만 결함이 아니였다. 미국놈들이 일찍부터 주력한 「문화조계」의 하나로서 침략문화의 뿌리가 六十여년간을두고 박힌곳이다.

남경은 이 양키식 문화의 여독을 청산하는 투쟁에도 궐기하여 새 교육 문화 도시로서의 재건에 착수하고있었다. 마침 금릉대학 학생들의 주최로 「미제 문화 침략상」을 폭로하는 전람회가 있었다. 장개석 「총통부」자리가 「문화국」이 되였는데 그 속에서 우리는 「선교」니 「교육」이니하는 가면을 쓰고 중국청년들을 미제 주구화하며 미제 군부에 중국침략자료를 제공하며 「자선」이란 미명으로 구차한 어머니들과 사생아를 낳는 불행한 젊은녀성들의 등을 쳐먹고 무수한 어린애들을 려겨죽인 十자가를 찬 마귀들의 진물할 죄상을 움직일수 없는 자료들로 볼수 있었다.

항일전쟁 승리후에 금릉대학이 남경으로 도라오게되자 력사교수 미국인 「베티

스」는 남경으로 먼저와서 잠상관 건물속에서 일제의 중국침략 비밀지도를

얻어 중국 주권에 돌리는것이 아니라 자기 나라에 밀송하였고 모든 미국인교

원들은 강의시간에서 원자탄 자랑을 일삼으며 쏘련정책에 대하여 의곡、중상、

엄폐한 사실들이 출판물에 나타난것만도 이루 매거할수없이 많았다。중국사람

을 모욕하는 환등을 놀리였고 그것에 분개하는 학생들을 반동경찰과 련락하여

구금 학살케하였고 도서관을 범람하던 미국 에로문학책들도 여기 진렬되여 있었

당。 놈들은 인종차별관념을 학교에서도 버리지못하여 미국인 「빼리스」는 일개

회계원인데 一〇〇딸라의 월급을주었고 중국인 진씨는 이 대학교장인데도 반도안

되는 四十五딸라를 주고 있었다。

「성섬아동원」의 죄악상도 산적한 자료로 폭로되여 있었다。다른것은 그만두

고 이 성섬아동원 지하실에서 사망신고 없이 묻어버린 아이들의 시체가 무데기로

나온 사진과 시체는 하나같이 굶어 시들어죽은 사진들인데 그 옆에 당황한

표정으로 고개를 떨구고섰는 이 미국과 영국의 「천사」들은 그 十자가를 늘였었

드린 검은 법의를 한자락 젖기만한다면 배암이 아니면 짐승의 꼬리가 붙거질것

만같았당。 과거 二十년간 이 「거룩한 마음」의 육아원에서는 받아들인 아이들의

八〇퍼센트가 죽었고 그 수효는 六만五천七백여 명에 달한다고 한다. 여기 진열된 사진에 나타난 것은 아직 묻친 아이들이 썩기 전인 최근의 것으로 그들의 「거룩」한 「자선사업」의 일부에 불과한 것이었다.

× × ×

남경에 닿은 이튿날 저녁 우리는 남경시의 환영연회를 받았다. 나는 거기서 국제녀맹 조사단으로 우리 조선에 왔던 유개영녀사를 만났다. 상해와 항주에서 정거장들과 공장 구락부들과 총공회 문화궁과 휴양소들에서 조선에서 미제가 만행한 행적들과 그것을 조사하는 국제녀맹 대표들의 활동을 찍은 포스터만큼 썩한 여러가지 사진들을 보았는데 모두 이 유개영녀사가 가지고 온 자료들이였다. 유개영 녀사는 그 참혹하였던 사실들을 나를 만나 다시 회상하게 된다 하며 다시금 젖는 눈으로 조선인민의 종국적 승리를 위하여 축배를 들어 주었다.

× × ×

자금산 중남부에는 두 릉묘가 있었다. 五백四十척이나 높은 돌층계위에 있는 중산릉과 그 가까이 돌맡, 돌코끼리들이 늘어선 명나라 시조의 효릉이 있었다. 중산릉에는 모든 대표들이 화환을 받들고 참배하였다. 릉안에는 중산선생의 중국옷으로 결상에앉은 풍모의 대리석상이 있고 그 대석에는 四면으로 선생생애

에서 중요행적들이 부각되여 있었다. 조각은 안면에까지 군데군데 파손되였는데 일제군대들이 남긴 야만성이였다. 거기서 쇠문을 열고 들어가면 전등이 켜진 궁륭형의 현실이 있고 한가운데 낮추어 선생의 령구를 모신 돌관이 있다. 돌판 뚜껑에도 누은자세의 선생의 듯신상이 조각되여 있었다.

명효릉은 五리밖에서부터 석수들이 늘어섰는데 정작 무덤에 이르려는 아무 밈이없는 그냥 산이다. 서양동무들은 "또 이산을 올라가야 무덤이 있느냐?"고 물었는데 그 산이 곧 무덤이였다. 산이라도 높은 산이다. 미국놈들의 폭격을 강해본 나는 이만차면 백톤짜리 폭탄이 떨어진다 하여도 끄떡이 없겠다는 생각 이났다.

아닌게 아니라 중산릉은 그 올라가는 릉원 시설들은 물론 총탄의 훈격은 현 실에까지 미치였으나 이 명효릉은 몇만명이 몇달 파 헤치기전에는 현실가까이 범접할 도리가없겠다. 二十세기 오늘에도 애국자의 무덤을 명효릉처럼 엄청난 산으로 만들어야 안심되리만치 아직 지구위에 야만들이 남아있는 것이다.

× × ×

남경 교외에는 "우화대" 라는 언덕이 있다. 나무없이 잡초만 욱어진 진흙언덕 인데 흙바닥을 자세히보면 잔자갈이 섞이였고 이 잔돌들은 희고 붉고 푸프고

겹되 옥석 그대로 섬롱하다。 그래 비올때면 땅바닥이 꽃뿌린 것 같다한다。 그렙

「우화대」란 이름은 불교에서 나온것이다。 이 우화대는 북쪽에서 내려와 남경

성을 치려면 전략상 절대 필요한 유일한 고지로되여 있다。 그래 옛날부터 포

대가 있는 격전장으로 여기서 자고로 많은 사람들의 피가흘렀다。

그러나 우화대는 빛갈 고운돌이 깔렸다하여 또는 옛날부터 전략상 중요고지

라하여 유명한것은 아니며 그래서 우리가 이 우화대에 정성스러운 화환을들고

찾아오는 것은 아니다。

이 우화대에서는 중국의 수많는 애국자들과 혁명렬사들이 희생된것이다」

손중산선생은 一九二五년 三월十二일에 서거하였다。 오랜동안 혁명운동에 있

어 제국주의자들의 배신으로 한두번만 고배를 맛보지않은 선생은 그 림종에

이르러 피로쓰듯한 간곡한 편지를 쏘련정부에 보냈던것은 세계가 다 아는 유

명한 사실이다。 선생은 그 서한에서 「이제 불치의 신환에 누은 나의 심회와

원념은 당신들에게로 전향하며 우리당 (국민당) 과 우리국가의 장래도 당신들에

게 전향합니다」로 시작하여 「우리 두나라는 세계 피압박 민속의 해방투쟁에서

승리하기까지 손을잡고 같이 싸워나갑시다」로 끝맺었던것이다。 장개석은 이 손

중산선생이 도라가시기 바쁘게 선생을 배반하고 동지들과 중국전체 인민을 배반

하고 미영 일제국주의자들이 길러주는 동족상잔의 무력으로 진정한 애국렬사

들과 우수한 조국의 아름 딸들을 도살하기 시작한바 이 우화대에서만 二十여년

에 걸쳐 목을베고 총살하고 하기를 二十만명에 달하였다는 것이다.

그중에는 중국 로동운동의 창시자 등중하도 중국공산당의 선두자의 한사람인

혼대영도, 중공 남경시당비서 손진천도, 동북 항일 련군의 한 수장이였던 라등

현도, 애국청년학생들의 지도자였던 곽영도 모두 이 우화대에서 희생된것이라

한다.

멀리 석양비낀 옛 성머이리에도 아득한 자금산 마루천문대에도 이들이 그 깃

발을 위해 피뿌린 붉은기가 유유히 날리고 있다. 이제는 우화대 돌들도 더

피에 젖지않게 되였다. 이제는 우화대 풀꽃들도 더 밤중 총소리에 떨지않게 되

였다.

오늘 우화대에는 천추만대에 빛날 애국렬사들의 기념비가 서기위한 기초공사가

시작되고 있었다.

본시 영롱한 꽃돌들은 **애국렬사**들의 꽃다운 피에 아롱져 더 아름답다! 인

민 남경에서는 이 우화대들을 비단으로 선두른 유리갑에 넣어 우리들에게 척

고의 선물로 주었다.

남경에는 국립 남경 박물원이 있었다。 성안이기는하나 자금산을 배경으로 정한 위치에 광대한 규모로 앉아 있었다。 관장 증소용녀사는 우리를맞아 박둘원의 사업방향과 해방후 一년반간의 업적을 소개하였다。

국민당 반동정부에서는 태평스러운 장식품을 늘어놓아 관료 유한계급들의 회고적 골동완상처로 전용하고 있었으나 해방후로는 인민정부 지도하에 오직 인민에게 복무할수 있게 되였다。 五천년간 자기문화를 인민에게 개방하여 애국주의적 교양에 이바지하는바 정상적 문화유물의 전람이 있는 한편 『중국서남부급 남부소수민족 문물전람회』 『서남기후 지리 의약위생급 소수민족문자적람회』 『종원도인 (원류로부터 인간에이른) 전람회』 『중국력대도자 전람회』 『사회발전사적람회』 『중국유사이전채도 (채색있는 질그릇) 전람회』 와 『남당二능출토품 전람회』 를 개최하였고 현재 『근백년 중국인민 혁명사실 전람회』 가 개최중에 있다하였다。

이 『근백년중국인민혁명사실전람회』 는 새인민중국을 력사적으로 명료히 인식하는데 많은 도움을 주고 있었다。

중국인민혁명을 『구민주주의혁명』 시기, 『신민주주의혁명』 시기, 『제一차국내혁명전쟁』 시기, 『제二차국내혁명전쟁』 시기, 『항일전쟁』 시기, 『제三차국내 혁명전쟁』

시기로 나누었는데

1、 구민주주의 혁명시기는 一八四一년 영국군대가 광주부근 불산진에 나타나 탈함에 광주인민들이 『평영단』을 조직하여 영제침략군대와 항쟁하는데서 부터 一八五○년 一八六四년간에서 첫 반봉건적 토지강령의 농민혁명이던 『태평천국』 운동을 걸쳐 제一차 제二차의 아편전쟁과 一九○○년 五월에 八개국 련합군이 천진에 상륙하여 북경을 침략할때 인민항쟁이던 『의화단』 투쟁을 지나 一九一一년 손중산 지도하의 『신해혁명』까지로 표시되였고

2、 신민주주의 혁명시기는 一九一九년의 五·四운동으로 부터 一九二一년七월一일 중국공산당의 결성이후 까지로 표시되였는데 여기 이렇게 설명되여 있었다. 백년래 중국의 반(절반) 식민지 반봉건의 사회성질은 중국혁명으로하여 반(반대)제 반봉건으로 기본임무를 삼게하였다. 인민들은 열렬히 투쟁하였으나 아직 근대무산계급의 정확한 령도가 없었기때문에 모두 실패하였다 위대한 十월혁명의 승리는 중국혁명에도 一조의 새길을 열어보였으니 중국로동계급이 참가한 반제 반봉건의 五·四운동에서 비로소 맑쓰—레닌주의 사상이 지도하는 중국신민주주의 혁명의 서막이 열린것이라 하였다.

3、 『제一차 국내 혁명전쟁』시기는 一九二三년 一九二七년 까지로 五·三十반

제운동이후 장개석과 제국주의 자들의 「상해반혁명정변」을、겪으며 반제투쟁을 하던시기요。

4、「제二차 국내 혁명전쟁」시기는 一九二七년 一九三六년간으로 장개석의 제국주의에대한 투항주의를 반대하며 그의 十년간 군사 문화 두방면에서 감행하던 야만적 도살정책과 싸우던시기인데 일제는 중국에 로골적으로 침입하였고 중국공산당은 인민대중에게 호소하여 항일구국 투쟁을 조직한시기였다。

5、「항일전쟁」시기는 一九三七년 一九四五년간으로 一九三六년 서안사건에서 중공당의 정확한 령도하에 장개석은 어쩔수없이 반동적 내란정책을 포기하고 항일전쟁에 가담하여 같이싸운 시기이니 장개석이 항일전쟁에 수응하기전 一九二八년 四월정강산에서 주덕장군과 모택동주석의 력사적 회견 합동과 一九三四년 十월에 시작된 중공군의 二만五천리 장정은 특기되여있는 사실들이였다。

6、「제三차 국내혁명전쟁」시기는 一九四五년~一九四九년간으로 항일전쟁이후 소위 「중미 우호통상항해조약」을 비롯하여 「중미 농업협정」까지 미제와 一七개의 대국협정을 하면서 또다시 내란을 일삼는 장개석 도당과 미제 영제간섭자들까지

중화대륙으로부터 깨끗이 쓸어버리고 중국인민의 근백년래 혁명투쟁을 종국적
승리로 막암한 위대한 시기였다.

이 위대한 승리의 령도자 모택동선생을 주석으로 중화인민공화국이 성립된것、
세계최대강국 쏘련과 중 쏘동맹을 맺은것、보가위국과 아세아의 안전과 세계평
화를 위하여 「항미원조」에 궐기한 력사적 사실들의 문건과 사진들이 풍부하고
명료하게 전시되여 있었다.

× × ×

이날은 十월二十四일 중국인민지원군이 우리조선에 참전해나선 一주년의 전날이
당. 저녁일곱시부터 남경시 인민대례당에서 열리는 항미원조 一주년 기념대회
에 초대되였다. 조선서 온 나에게는 시간제한이없이 언권을 준다고 하였고 기
타 외국대표들에게는 시간관계로 어느한명에게만 발언을 청한다하였다.
몽고도 체코도 불가리아도 저마큼 나서려하여 결국 조선이 개전하자 제일
먼저 의료단을 보내였고 그 의료단이 현재까지 계속 활동하고있는 셍그리야
대표단에서 나오되 여기온 조선 이외 모든 나라대표단들을 대표하는 립장에서
발언하기로 되었다.
二천여명이 빼국하게 들어앉은 대례당이 터질듯한 박수속에 우리는 무대위에

안내되었고 항미원조 분회장의 환영사가 있은 다음 먼저 나의 인사말이 있게 되었다.

나는 내가 후퇴하던 밤길에서 지원군부대와 만나던 감격을 말하였다. 안전한 지대에서 만난 나의 감격도 내 일생 잊을수 없는 감격이였거던 수량에 우월한 적과 부디쳐 간고한 전선을 지키던 인민군대들이 지원군을 만난 감격은 어떠했을 것이며 원쑤들의 강점지대에서 감옥에서 해방되고 교수대에서 풀리던 인민들의 지원군에대한 감격이야 어떠했겠느냐고 나는 그 심경을 중국 형제들의 상상에 맡기였다. 어떤 부인은 눈이 젖어 얼굴을 숙이였다.

나는 위대한 중국인민의 승리와 건설에서 느낀바를 말하였다. 이 동방에서 새로 출현한 정치적으로 경제적으로 문화적으로 지역으로 인구로 공고 광대한 새 세계는 우리 조선 해방전쟁에서 우리 조선 지역과 다름없는 후방이며 아세아약소민족 해방의 불패의 기지로되며 위대한 쏘련과 함께 세계 평화의 또 하나의 거대한 보루가 되리라 하였다.

웽그리아 대표단에서 나온 청년대표는 이렇게 말하였다. 세계 인민의 공동의 적인 미제무력을 상대여 제一선에서 싸우는 영웅적 조선 인민들에게, 총을잡고 같이 싸움으로써 원조하는 중국 인민들에게 모든 인민 민주 국가 대표단을 대표하여 감사를 드린다 하였고 자기들은 중국의 항미원조 운동에서 많은것을 배워 조선인

민을 돕는 운동을 더욱 강화하리라 하였다.

우리가 무대에서 내려오고 『항미원조 1 주년 남경시 보고대회』의 정식주석단이 오르게 되였다. 로동자 농민 인테리 청년 학생 지원군과 각정당 사회단체 대표들이 참가하였다. 미제의 일제재무장과 조선 정전담판에서 무성의한 정세를 들어 항미원조를 더욱 강화할떼 대한 보고와 토론들이 있은후 모주석과 김일성장군께 보내는 멧세지의 통과가 있고 항미원조 1 주년이 되는 쾌일을 기하여 남경시로부터 세번째의 의료단이 조선으로 떠난다는것을 발표하였다. 그리고 지원군 문공단원들의 조선전선에서 창작한 『어머니』라는 연극이 상연되였다.

제목을 조선말 『어머니』로 붙인 이 단막극은 중국 『월극』식 가극이다. 전선에서 다리를 부상당한 지원군 군관 한명이 위생병에게 부축되여 야전병원으로 들어오다가 날이 저물어 조선농가로 들어온다. 주인은 없으나 방바닥은 따스하여 부상군관을 눕히고 위생병은 한줌바께 안 남은 쌀로 밥을 지였는데 집주인 조선 어머니가 기진맥진하여 도라 온다. 말은 통치못하나 서로 정상을 리해하여 주객간에 이내 친부모자식 처럼 친해졌고 지원군은 어머니가 여러끼 굶는 기색을 보아 저의가 먹으려던 밥을 자기들이 먹고 남는 것이라하여 어머니에게 먹인다. 어머니는 그들에게 따뜻한 자리를주고 이들모르게 밥을새여

단 한자리 바꿔없는 이불을 뜯어 이들의 덧버섯을 기워두었다가 아침에 신겨보내는 내용이당。 단순하나 보는사람들의 가슴속에 조 중인민의 피로써 엉키는 우의를 절로 끓어넘치게 하였당。

× × ×

우리는 남경을 떠나는 날 이 남중국의 농촌을 실지로 보기위하여 남경가까이 있는 「동구촌」으로 나왔다。 큰 범선들이 지나가는 운하가 있고 그 운하에 걸렸던 운치있는 돌다리는 일제때 파괴되여 림시로 고친 널다리로 건느는데 축동에 버드나무들이 늘어선 마을이였다。

금년에 토지개혁이 실시되였다。 동네가운데는 새로 지은 학교가 있고 그전에는 그집앞을 지날때는 담배도 피어 물지못하던 지주집에서 고농과 빈농들이 들어 의기양양한 새 생활의 주인들로 되여있었당。

이 동구촌은 남경이 가까운 만치 부재지주의 땅이 많았고 관료들의 행패가 많았고 일제강도들에게 학살되고 강탈된 력사를 가지고 있었다。 「사기흥」이라는 농민은 팔을걷으며 일본도에 쪽히였던 칼자욱을 보이며 말하였다。

「미국놈들이 조선을 통해 다시 우리나라에 침입하려 애쓰며 한편、일제놈들을 재무장시키구 있다지만 인제 무서울거 없습니다。 조선과 중국 인민들이 그

전관 다른사람들이니까요 우리도 七二호에 불과한 작은 동네지만 十八세 이상 三十세까지의 남녀청년이 七九명인데 조선 전선에 모두 지원하구 기다립니당。

그리고 어떤 경우에나 우리농촌을 자위할만한 민병단 二八명이 있습니다。

이 농촌은 四十九년 해방후 이내 정부로부터 一만명분의 구제식량을 받아 강뚝수리하는 큰 공사가 있었는데 이 공사중에서 五〇년 가을의 소작료 감소 운동과 악지주 반대투쟁이 곰겨 나왔으며 쉬는 시간마다 토지개혁 준비학습이 시행되였다 한당。

인구 七二호에서 지주四호 (식구二二명) 부농 二호 (식구一〇명) 중농 二六호 (식구 一二五명) 빈농 三六호 (식구 一二五명) 고농 四호 (식구一〇명) 이였으며 이들의 전경작지는 八二七묘로서 부재지주의 토지가 一六六묘 재지주의 토지가 一一八묘 사유토지 五三六묘였다고 한당。 빈농과 고농을 기초 력량으로하고 중농까지 단결시키고 부농을 중립시키고 성분획분으로 결정된 베지주에게서 몰수한 토지는 一一八묘와 기와집 다섯채, 초가집 열간, 소 여섯마리, 식량 五、二〇〇근、배 一二척、물끌어 올리는 수차 한틀 기타 농구들을 고농과 빈농들에게 분배한바 몰수 토지에서 고농이 받은것이 一五% 빈농이 받은것이 六〇% 중농에게 간것이 二五%라 하였당。 그외 『보류답』이타하여 四二묘가 공동관리로 납

아, 있었다。 이것은 토지분배받을 사람으로 현재 고향을 떠나 있는 빈농과 동네 공동사업에 쓸것이라 하였다。 애국공약 체결은 七二호가 다하였고 이미 항미원조금 二六八만원을 거출하고 가을에 다시 九二五만원이 모이였다고 하였다。

경작지는 대개 논인데 얼마안되는 밭들에는 콩·깨·고구마·락화생과 어저귀가 있었다。 해방직후에는 이 동리에 글아는 사람이 五명뿐이 였는데 五〇년 十二월부터 성인야학이 생기여 지금은 글아는 사람이 一一〇명에 달하였고 금년 八월에는 소학교를세워 학교에 가지못하던 四〇여명 학령아동들이 전부 취학하고 있었다。 농민협회주석 양청동무는 「금년봄에는 정부의 주선으로 논 八二묘에 개량벼종자를 뿌린바 약 八二、七〇〇근의 증수확을 보리라」고 기뻐하였다。

지주성분인 농민들도 농사를 짓고 있는데 그들도 애국공약을 체결하였고 그들 애국공약 문구에는 특히 「로동을 통하여 자기개변에 분투하겠다」는 구절이들어 있었다。 농구는 호미、낫、삽、보섭、쇠스랑、도리깨、물끌어 올리는 수차、논 김매는 제초기등이며 돼지와 닭과 오리를 길렀고 소는 모두 물소들이 였다。

×　　×　　×

남경의 현무호도 아름다운 호수였다。 자금산 천문대에 올라가던 길에서 내려다본 인상으로는 호수라기보다 련당처럼 수면의 대부분이 련잎에 덮인듯 하였

눈데 실지로 그 앞에 이르려보니 그렇지도 않았다。 역시 섬이 있고 정자가 많

당 꽃으로 「항미원조」를 쓴 언덕도 있고 여기도 붉은 부용꽃이 만발해 있었

당。락조 비낀 호수면에 옛성의 그림자는 현무호가 가진 인상적인 풍경의 하나였다。

우리는 남경을 떠날때 양자강 부두에 나와 배로 이 장강을 건넜다。 맞은편

「포구」역에서 강을건너 남경을 돌아볼때 우리는 「남경아! 이제부터는 유구한

장강과 더불어 영원히 평화스러우라!」하고 마음속에들 웨치였다。

아물아물 건너다 보이는 저 강뚝에서 일제강도들에게 三十만의 남경시민들이

학살되였고 영웅적 인민해방군이 이 바다같은 넓은 강을 미 영제국주의 자들의 합

대와까지 싸우며 도하작전할때 또한 수없이 애국청년들의 피가 훌렀던 것이다!

그러나 장강이여! 너는 다시는 피없이 맑은물대로 흐를것이다!

네 비옥하고 광대한 三천여마일 량안에는 저 볼가강과 돈강류역에서처럼 착취와

억압을 모르는 진정한 평화세계가 벌어지며 있는것이다!

一○、천 진

천진은 호텔三층에서 내여다볼때 마치 서양 어느 도시에 온듯하였다。 서양식

주택으로 즐비하다 맞은편의 유표한 건물은 천진시 인민정부로 사용되는데 그

집 뒤됨이가 략탈자들의 특색이 있었다。영국놈들의 경찰서로 지였던것으로 집응

은 四면八방 총구를 가진 토치카식으로 되여있다。놈들은 언제 중국인민의 폭

동을 당할지몰라 전전 궁궁하고 살았던 표다。

명나라가 북경으로 수도를 정하고 량강 이북으로 올라오자 바다에 있어 새수

도의 관문이되는 이 천진은 북경과 아울러 획기적인 발전을 가지게 되였다。

남방 광동、복전등 각 상도들네서 많은 상인들이 천진으로 모여들어 천진은

전국적 경제금융의 중심지로 되였던 것이다。그러다가 一九〇〇년에 소위 八개국

련합군 영미일 불이 백독 오등 강도군대들이 상륙강점하고 저의 욕심껏

조계도시로 만들었다。영국은 一六〇만평、일본은 八〇만평、독일과 오태리는 八

二만평、불란서는 三二만평、이태리는 一三만평、백이의는 二十만평씩으로 임자없

는 소 각뜨듯 하여놓고 제마끔「빅토리아」거리니「야마도」동네니하고 판을채렸다。

우리 호텔이 있는곳은 영국놈들의 소위「빅토리아」거리였던 곳이다。

놈들은 중국침략을 자랑삼아 강탈자본의 은행들을 경쟁적으로 지여 놓았고

천만년 살것처럼 자기조계끔 사치를 경쟁하여 주택들을 지였다。

값싼 중국 로동자들의 로동으로 되였던 이 거리와 건물들은 고시란히 오늘 중

국 인민들의 것이 되였다.

천진에는 마침 대규모의 「화북 물자교류 전람회」가 개최되여 있었다. 전부를 보려면 四일간이 걸리는데 나는 이틀을 보았다. 내가 본중에서 인상깊은 것은 중국에서 처음인 천진자동차 공장에서 만들어내인 자동차요 하나는 해방 이전 상품들의 인민을 속인 사기성을 폭로해주는 것으로 약품도 진품과 위조품을 실물로 대비하여 설명해 있었고. 양복이나 내의도 빨면 줄수바께없는 원인을 보여주면서 새 중국에서는 인민을 속이는 이따위 상품은 있을수 없는 제도를 보여주었다.

이런 전람회가 천진에서 열리는것도 천진은 화북물산의 집산지며 대외무역의 중요한 관문이기 때문일 것이다. 천진은 우리 조선과 가까우므로 장래 조중무역에 있어 큰 역할을 놀것이다.

十一、 석경산 제철소

나는 十월二十八일 다른 나라 관례단들보다 이틀먼저 천진을 떠났다. 북경씨 다시들러 석경산 제철소를 방문하였다.

북경서 서산쪽으로 나가는 광활한 교외에 애스팔트길로 二、三十里를 달리는

동안 五、六층의 공동주택들과 학교 건물들이 여기저기 새로 일어서고 있었다。여

기다가 현대식 도시의 「신북경」을 건설하는 것이다。

석경산 계철소 이곳 이름으로 「석경산 강철창」은 신북경지구에 련속되여 있

었다。빨찌산 출신으로 장대한 몸집을 가진 마세법 지배인은 양개문 직맹위원장과 함

께 자동차로 정문까지 달려나와 맞아주었다。

「우리공장은 一九一九년에 군벌놈들이 돈푼이나 만들어 쓰자구 세운건데 밤낮

군단으로 제대로 건설하지 못했더랍니다。그후 일제가 달려들어 중국쇠로 중국

사람을 죽여보겠다구 지성스럽게 열한 군대에서나 용광로니 해탄로니를 모아들였

는데 그걸 죄다 리용못해보구 저의 고향으로들 가셨지요!」

하고 마지배인은 호결스럽게 웃었다。거기 양 직맹위원장은 이렇게 부언하면서

공장구경을 안내하였다。

「엉큼한 미국놈들은 또 저의 상품을 날라다 팔아먹으려구 제강건설을 일단

중지시키고 있은 것을 해방후 모두살려 움직일뿐 아니라 기본건설투 계속해

하고 있습니다」

마침 어느한 용광로에서 쇳물이 나오고 있었다。용광로 로동자들은 전부 펠트

갑 두꺼운 천으로 덧옷을 입었고 장갑을 끼고 있었고 쇳물이 거의 나왔을 무

럽에도 열풍을 끊지 않는듯 출선구로부터 내여뿜는 소리가 요란하였다。

중국인민대표단이 조선을 방문하고 돌아가 이 공장에와서도 귀환보고를 했는

데 조선형제들이 간고한 환경속에서 투쟁하며 또 생산하며 있다는 사실을 듣고

로동자들이 크게 격동되여

「우리가 후방에서 땀 한방울을 더 흘려 조선형제들의 피 한방울을 덜 흘리

게 하자!」

「우리가 끓여내는 쇳물을 미제 대가리에 퍼 붓자!」

이런 구호들이 나왔고 그후부터 출선작업중에도 불꽃 열풍을 계속넣어 하루에

三〇여톤의 쇳물을 더 생산하게 되였다는 것이당。

용접공 리금천은 전기용접자를 새로 창안하여 일본제품보다는 훨씬 우수한

것을 만들었고 미국제「린컨」표보다도 나은것이 되도록 계속 연구중이라 하

였다。

모형공 왕춘영은 「우리가 만드는것은 무엇이나 항미원조의 무기다! 하나라도

쓰지못할것을 만들어선 전선에서 피흘려 싸우는 형제들에게 면목없는 일이다!」

하고 정진하여 그가 만든 모형은 폐품이 전무하여 리용률 백퍼센트라 한다。

이 공장에는 九四七명의 모범로동자가 있었다。전 중국적 모범로동자 一명、북

경시 모범로동자 一경、전공장모범로동자 三〇명 그 외는 각 부리가다 모범로동자들이였다。

이들은 즐겁게 일하였다。이들은 또 긴장하여 일하였다。이들은 자기들의 로동이 조선인민군대와 지원군들의 전선에서의 전투와 꼭 같은것임을 인식하고 일하였다。그들의 직장마다 걸린 구호들과 애국공약들과 그들의 대포 땅크 비행기 헌납운동의 결과들이 그것을 말하고 있었다。「혜영충」이라는 로동자는 자기 월급 식량에서 매달 六〇근씩을 계속 헌납하고 있으며 제一용광로 로동자들은 六개월전럴 복구공사를 五十三일간에 완결해놓았다。이 로동자들은 자기들의 가외시간 생산에 의하여 이미 五억六천만원의 애국헌금을 했으며 모범로동자들은 기술 좌담회에서 기술의 연구와 향상으로 금년내에 비행기 二五대에 해당하는 초과리윤을 내일것을 결의하였다。

마지배인은 나와 작별하면서 이렇게 말하였다。

「우리 로동자들은 조선형제들의 간고한 투쟁을 한시도 잊고 있지 않습니다!」

× × ×

나는 북경에 전후 두번 체류하는 동안 많은 문화인들과 개별적으로 만나 그

들의 사업상 창작상 고귀한 경험들을 들었다. 중앙문학 연구소에서 작가 정령

녀사와 시인 전간과 작가 강택동지들을 만났고 중앙희극 학원에서 구양여 청년

장을 만났고 중앙미술학원에서 미술가 왕조문 동지도 만났다. 시인 해청은 내가

북경을 떠나던날 호텔에서 장시간 담화하였다. 이들은 중국문학 연극 미술계의

지도부서에 있는 권위들이다. 우리가 문학예술 사업에서 해결하려는 문제의 대부

분은 그들에게 있어서도 당면문제들이었다. 이미 그들이 해결한것, 해결하려고 노

력하는 방향에 많은 경험들을 들었고 중국문학동맹과 미술동맹으로

부터 그 기관지들을 창간호에서부터와 많은 작가들의 작품집과 화집들의 선사

를 받았다.

중국 문학예술인들은 광범히 조선전선에 동원되어 있었다. 중앙문학 연구소원들

은 전부 출동되여 강습사업이 쉬고있는 형편이며 조선전선에 다녀온 작가들은

훌륭한 전선기록들과 작품으로써 인민을 고무하고 있었다. 위외라는 신인의 누

가 가장 고귀한 사람인가? 라는 조선전선에서 쓴 글은 항미원조의 정의성과

지원군의 숭고한 도덕성을 높이 제고시키여 중국청년들로하여 조선전선

을 한하여 피가 끓게 하였다. 중국청년들은 금년 一월부터 七월까지 군사간부

학교에 지원한 수가 五十八만에 달하고 있었다.

중국작가 예술가들은 조선에 오면 언어 풍속이 다른만치 二종의 곤난을 겪을것이다. 우리가 그들을 협조하기에는 너무나 악조건에 처해있다. 그들이 조선에서 당하고 가는 신고는 우리가 상상못하는 것이 많을 것이다. 아깝게도 조선에서 희생되고 도라가지 못하는 동지도 많은데 그중에는 전중국적으로 고명한 배우 천진의 상보곤동지와 정주당동지가 들어있다.

과거에 있어서도 우리 두 나라의 문화교류는 많은 아름다운 결실을 가졌다 한 진리에서 한 목적을 위해 같이 투쟁하는 오늘에 있어 우리 두 문화의 교류는 더욱 필요하며 더욱 큰 결실을 가져올 것이다.

二二, 할 빈

중국은 광대한 나라다. 남경 현무호에는 대접갈은 부용화가 만발한것을 보고 왔는데 할빈 송화강 기슭에는 눈발이 히끗 히끗 날리였다. 나는 작년 이만때 쏘련 흑해변에서 들국화를 보고 오는걸에 령하 三〇도의 일꾸쓰크를 지나던 생각이 났다. 이 세계에서 제1 제二의 광대한 지역의 국가들이 인민의 세계요 자유의 세계요 평화의 세계가 된것이다. 오랜동안 그 철새 없이 인류

의 파로 물들여온 지구는 그 대부분의 지면이 다시는 피칠을 원치 않는 평

화옹호 지대로 되였다.

그러나 현재 이·평화대륙들의 지척에서 조선인민들의 피는 강을 이루어 그

저 이 지구를 적시고 있다! 제가 잘살기 위해서는 남을 못살게 해야하며 제

사회의 경제공황을 해결하는데는 남의 사회간섭과 침략전쟁 외에는 방법을 모

르는 그런 놈들과 그런 제도의 존재는 인류를 위해 세계를 위해 얼마나 통

분한 일인가!

할빈은 과거에 백계 로인이 많이 살았었고 다른 외국상인들과 좋은 의미로나 나

쁜 의미로나 종적을 감추려는 사람들이 여기 많이 모여들었던 도시다.

오늘 할빈은 부정면 옛 요소들은 깨끗이 청산하고 과거 동북혁명에 이바지

한 력사를 빛내며 새공업도시로서 면목을 일신하고 있다.

할빈에는 「동북혁명렬사 기념관」이 있다. 바로 일제의 군사령부자리에 차린

것이 더 통쾌하였다.

四백여년전 일본 침략주의자들의 「현명」한 선조 풍신수길의 말은 「일본외사」

에 이렇게 적혀있다.

「조선에부터 들어가서 그 병력으로 선봉을 삼아 명나라에 들어설 것이다.」

명이 만일 내 명령에 거역할진대 곧 쳐서 덜할지니 로동으로부터 북경에 직충하여 그 나라를 깔아버리면 이 또한 쾌하지 않을까보냐!」

풍신수길의 후손들은 이 조상의 망녕된 꿈을 버리지 않았다。 중국을 차지하기 위해서는 조선을 침략하였고 그 다음엔 동북을 침략하여 「만주국」부터 세우고 료동으로해서 북경을 직충하였다。

중국인민들의 반제투쟁은 반일투쟁에 의의가 컸고 반일투쟁은 동북에서의 루쟁이 의의가 컸다。 그리고 반제투쟁에서 조 중인민의 련결이 이 동북에서 시작되였다。

이 「동북 혁명렬사기념관」에는 양정우、주보중、리조린장군들의 투쟁사적과 함께 김일성장군、최현장군、김책선생의 투쟁사적도 많이 나와 있었다。

一九三一년부터 三四년까지 동북각지에 조직된 「반일회」와 「항일유격대」는 이미二十五만명에 달해 있었다。 이 항일력량은 三五년후 중공의 「八一선언」에 의하여 十一개군단의 항일련군으로 편성되였고 三七년 신형세에 처하여는 三로군으로 개편되였고 三八년에 모택동선생의 「지구전」 방침이 전달되여서는 十三개의 소부대로 나누어 투쟁하였다。 애초의 「반일회」와 「항일유격대」에는 많은 조선청년들이 가담되여 있었으며 김일성장군의 유격대와 련결되여 있은 것은 물

론이다。 一九三九년 동기작전 야영생활들에서 당시 제二방면 군단장이시던 김

일성장군께서 안길 최현장군등 열분의 동지들과함께 눈덮인 밀림속에서 찍은

안광 형형한 사진이 여기 걸려 있었다。 사진 밑에는 「김일성동지께서 직접령

도하여 항전 一四년의 영광스러운 력사적 임무를 수행하였다」라고 기록되여

있었다。 당시 항일련군 제三군 정치부 주임이시던 김책선생의 유화초상도 걸

려있고 목단강에서 적에게 포위되여 강물에 몸을 던지는 여덟명의 녀성투사들

의 장렬한 최후를 그린 대폭유화가 걸려 있었는데 그중의 한 녀성은 「황숙정」이라

는 조선녀성이 였다。

나는 이 「동북혁명렬사 기념관」에서 모주석 께서

「우리중화인민공화국의 찬란한 오성국기에는 조선혁명렬사들의 붉은피가 물

들어있다」라고 하신 말씀이 다시한번 회상되였다。

양정우장군은 동북혁명투쟁에서 가장 혁혁한 위훈을세운 군단장의 한분이다。

一九四〇년 二월二十三일 몽당현 남방 보안촌 四九〇고지에서 원쑤들에게 여러

날 포위된채 끝까지 굴·치 않고 싸워 三十九세의 꽃다운나이로 전사하였다。 원쑤

들은 양장군의 머리를 베여 약물에 담거두었던것을 해방후 발전하여 이곳 특

별진렬실에 안치되여 있었다、

서택민렬사는 원쑤들에게 잡혀 장기간 감옥에서 고초하였던

감방문짝이 여기 떼여와 진렬되여 있는데 서택민렬사가 뻥끼 철한 그 문짝에 손

톱으로새겨쓴 유언이 있었다。나는 다음과 같은 문구들을 찾아 읽을수있었다。

「위재 대동맹 중、한……희생려 적심열혈 조출 철뢰롱……동아 방광명、자

유! 평등! 대동 반일…

소멸 제국련、타도 군벌、대집단、혁명쾌성공……

인류행복 저안전、자유 평등권 세계대동만만년……」

서택민렬사는 중 조〈한이라함은 조선〉인민의동맹은 동방을 자유 평등으로

해방시킬 위대한 력량으로 보았고 세계인민이 대동단결하여 제국주의 련합세력을

소멸시키는날 전개될 인류의 행복을 눈앞에 보았다。

이 희생동지들의 영원한 위훈을 례찬하여 모택동주석은 이 기념관 벽에 크

게 쓰기를

「공산주의 시 불가어항적! 성성지화 가이요원! 사란렬사 만세!」라 하였

고、주덕장군은 「호기장존」이라 쓴 현관이 걸려 있었다。

나는 할빈에서도 몇 지원군 가족들을 위문하였다。정부의 배려에 의하여 안

정된 생활들을 하고있었고 아버지들은 물론 어머니나 누의들까지 놀고 있는 사

답는 하나도 없었다.

남녀노유를 막론하고 하나같이 붉덩이 같은 항미원조 투사들이었다。나는 그 중에도 늙은 기차운전수 마가채 동지를 잊을수없다。그는 해방군 마여룡의 아버지며 지원군 마병문의 아버지였다。얼굴에는 늙어시기보다 고난많았던 과거 노색직 로동자생활의 흔적인 깊은 주름이 패여 있었다.

그는 아직 노 아귀센 손으로 내손을 잡으며 나는 로동잡니다。二十八년간 기차운전을 했습니다。나는 우리 중국인민들과 함께 조선인민이 항일투쟁에서 어떻게 싸웠다는 것을 잘 알고 있습니다! 조선동무는 우리더러 고맙다는 말은 그만두십시요。지금 조선은 우리가 응당 가서 가치 싸울 공동의 전선입니다。나를 나이 먹었다구 편히 살라구 젊은 동무들이 이 목재소에다 앉쳐놓았소마는 나는 언제나 미국놈들 폭격에 파괴되고있는 조선철도가 눈에 떠오릅니다。그래 내가 맡은 일이 대강 자리잡는걸 보고는 나도 조선으로 갈 작정입니다。여기앉아 이 일하기보다 건설수송을 위해 기차를 끄는 일이 얼마나 더 중요하단걸 기관수 내가 왜 모르겠습니까

나는 지금 五十살이요。그러나 十년은더 기차운전을 할 자신이 있습니다。우리 조선서 다시 만납시다! 하고 아들의 이야기는 별로하지도 않았다。그리고

자기가 이번 국경절에 할빈시 인민정부로부터 받는 영광의 기념품이라하며 모

주석사진을 나에게 선사하였다.

一三、 도라 오는 길에서

도라오는 길 할빈에서 탄 기차에서 나는 몇가지 인상 깊게 본것이 있다.

열차식당에서 쓰는 그릇이 모두 새로만든 사기그릇인데 그릇에 그린 그림이

재떨이에까지 꼭같은 그림이다. 그림이라도 도자기에서 보는 그림으로는 기상천

외의 그림이니 옛날 중국옷을 입은 사람이 칼을 뻬여 큰 배암을 치는 그림인것이다.

나는 여기서 쎙그리아 부다페스트에서 본 해방탑이 련상되였다. 팟시스트를

상징시킨 배암을 육체 좋은 장정이 머가지를 틀어쥐고 앙상한 이빨을 벌린

대가리에 철퇴같은 주먹을 내려치는 조각이 있다. 중국에서는 팟시스트의 상징

인 배암을 자기들의 력사속에서 찾아내인것이다.

한나라고 제가 전국할때 인민들에게 해독을주는 큰 배암을 잡아버린 고사가 있다 한다.

나는 식당에서 나와 지날 길인 三등찻간에 잠시 앉아 보았다. 흰 위생복을

입은 청초한 녀자가 들어서더니 자세히 환경을 살피며 지나가다가 어떤 녀자

승객앞에 머물어 다정스럽게 무엇을 이야기하는데 녀자승객을 설복시키려 애를
쓴다。그 녀자승객은 우리가 보기에도 병색이 있고 기침도 가끔하는데 이렬
차내 위생원은 그가 기침을 하는 불건강한 승객임을 인정하고 독방이 있으니
가지않겠느냐고 권하는 것이였다。여기있으면 당신도 누을수가 없고 남들도
당신기침에 신경을 쓰니 답답는 하더라도 독방에 가 마음놓고 누어있으라、내릴
정거장은 내가 책임지고 알려주마하는 권유였다。녀자승객은 무엇보다 여러사람
앞에서 자기를 전염병환자로 취급함에 불쾌한듯 잘 수응하지 않았다。위생원은
강요하는 태도는 조금도 아니였다。그는 다음 찻간으로 가더니 잠간 뒤에 다
시 왔다。그리고 찻간에 담배연기가 있는것을 알아채였다。

그는 전체승객에게 큰소리로 말하였다「이 찻간은 담배 안피는 찻간입니다。
미안합니다만 담배피실분은 다음 찻간들로 옮겨주십시요」하였다。모자찻간이 따
루있고 담배 안피는 승객을위한 찻간이 따로있었다。위생원은 아까 그 녀승객앞
에서도 다시 발을 멈추였다。아까보다 더 다정한 어조로 물었다。
「내 의견에 아직 동의하고 싶지 않으십니까?」
어디까지 웃는낯으로 친절한 말씨였다。녀자승객은 쾌히 보통이불 들고 일어
섰고 위생원은 그의 짐을 자기가 들어주며 앞을섰다。모두가 의론성 있고 성

의 있게 진행된다。 나는 새 중국에 와 四十여일동안 어떤사람과 어떤사람 사이에도 명령조의 거센 소리가 오고가는것을 한번도 듣지 못하였다。

× × ×

나는 새 중국에서 많은것을 보았다。 큰 것에서부터 적은것에까지 많은 새것을 보았다。 그 모든 새것은 평화를 위한것이며 항미원조를 위한 무궁한 력량의 원천임을 보았다。 중국인민의 근 백년래 혁명투쟁은 중국공산당과 모택동주석의 탁월한 령도하에 저 로씨아의 위대한 十월혁명의 승리 다음의 큰 인류적 승리로 종결된것이며 그 승리의 결과인 새 중화인민공화국은 중국인민의 행복만을 경륜하는 나라가 아님을 보았다。 위대한 쏘련이 전세계인민의 해방과 평화의 불패의 기지며 보루였는데 그 기지와 보루는 다시 이 휘황한 새 중국의 풀러쓰로 인하여 더욱 확고하며 더욱 부동하는 것으로된것이다。 한결음 좀혀 우리 아세아에있어 그 의의는 더크고 더 직접적인 것이니 이미 우리 조국해방전쟁에 있어 중국인민의 병견작전은 조선의 통일독립과 아세아의 공고한 안전을 위하여 철벽과 같은 엄연한 승리의 담보로 되는것이다。

오늘 조선과 중국의 단결은 인민의 단결이다。 조 중인민의 단결은 세계인민의 제일선의 단결인것이다。 조선인민의 조국해방투쟁은 반드시 승리할 뿐아니

라 세계 평화확립에 크게 공헌할 것이다。

나는 싸우는 조국강토에 들어서는길로 신문에서 「十월혁명과 조선인민의 민족해방투쟁」시란 김일성장군의 론문을 읽었다。우리수령께서 조중인민의 력사적 공동투쟁에 언급하신 말씀을 삼가 여기 옮기는것으로 나의 붓을 놓으려 한다。

「조선인민과 중국인민에게는 평화와 민족륭성에 대한 공통한 리해와 공통한 지망이 있으며 조선과 중국의 자주권을 침략하는 공동의 적 미제국주의자가 있다。우리는 력사적 우의로서 호상 련결되였으며 일제의 적 침략을 반대하는 항일전쟁시기에 있어서와 같이 오늘의 루쟁에 있어서도 우리 량국 인민의 전투적 우의는 녀욱 견고하여졌다。

조선전쟁에의 중국인민지원병의 참가는 민주진영국가간의 긴밀한 친선과 호상협조에 대한 새로운 모범적 형태로 된다。이것은 동등권과 호상존중의 전정한 원칙 위에서 강한자가 약한자에게 주는 선량한 원조이다。조선인민군과 중국인민지원군의 협동작전은 미제침략자들에 대한 불패의 력량이며 우리의 전투적 성과들에 대한 신심 있는 담보로 된다!」

一九五一년 十二월

강동 송학리에서

원문 옝인